LA CINTA ROJA

 Planeta Internacional

LUCY ADLINGTON

LA CINTA ROJA

Traducción de Santiago del Rey

 Planeta

Obra editada en colaboración con Editorial Planeta – España

Título original: *The Red Ribbon*

© 2017, Lucy Adlington
© 2020, Traducción: Santiago del Rey

© 2020, Editorial Planeta S.A. – Barcelona, España

Derechos reservados

© 2021, Editorial Planeta Mexicana, S.A. de C.V.
Bajo el sello editorial PLANETA M.R.
Avenida Presidente Masarik núm. 111,
Piso 2, Polanco V Sección, Miguel Hidalgo
C.P. 11560, Ciudad de México
www.planetadelibros.com.mx

Primera edición impresa en España: octubre de 2020
ISBN: 978-84-670-2875-1

Primera edición en formato epub en México: enero de 2021
ISBN: 978-607-07-7354-9

Primera edición impresa en México: enero de 2021
ISBN: 978-607-07-7338-9

Impreso en los talleres de Litográfica Ingramex, S.A. de C.V.
Centeno núm. 162-1, colonia Granjas Esmeralda, Ciudad de México
Impreso en México –*Printed in Mexico*

A la memoria de mi abuela, E. R. Wild,
y en homenaje a la Betty original

La vida es lo que reclamamos. ¡Hemos conservado la fe! —dijimos—. ¡Coronados de rosas, descenderemos con paso decidido a la oscuridad!

RUPERT BROOKE, «The Hill»

Verde

Éramos cuatro: Rose, Ella, Mina y Carla.

En otra vida, tal vez habríamos sido todas amigas.

Pero aquello era Birchwood.

Costaba muchísimo correr con aquellos absurdos zapatos de madera. El lodo era denso como la melaza. La mujer que iba detrás de mí tenía el mismo problema. Se le atascaba uno de sus zapatos y se rezagaba. Mejor. Yo quería llegar primero.

¿Qué edificio era? Imposible pedir más indicaciones. Todas las demás corrían también como un rebaño de animales en estampida. ¿Allí? No, aquí. Éste. Me detuve en seco. La mujer detrás casi chocó conmigo. Ambas miramos el edificio. Tenía que ser allí. ¿Debíamos llamar a la puerta? ¿Llegábamos demasiado tarde?

«Por favor, que no sea demasiado tarde.»

Me alcé de puntillas y atisbé a través de una ventanita alta situada a un lado de la puerta. No veía gran cosa; prácticamente sólo mi propio reflejo. Me pellizqué las mejillas para tener un poco de color y pensé que me gustaría ser mayor para darme un toque de carmín. Al menos, la hinchazón que tenía alrededor del ojo casi había bajado del todo, aunque el moretón amarillo verdoso aún seguía ahí. Veía con claridad, eso era lo importante. Una espesa mata de pelo me habría servido para ocultar lo demás. Pero, en fin, hay que arreglárselas con lo que tienes.

—¿Llegamos demasiado tarde? —me dijo la mujer jadeando—. He perdido un zapato en el lodo.

Cuando llamé, la puerta se abrió casi en el acto, lo que nos sobresaltó a las dos.

—Llegan tarde —nos soltó la joven que apareció en el umbral, que nos miró de arriba abajo con dureza.

Yo le devolví la mirada. Ya llevaba tres semanas lejos de casa y aún no había aprendido a bajar la cabeza, por muchos golpes que recibiera. Esa chica prepotente —no mucho mayor que yo, en realidad— tenía una cara angulosa, con una nariz tan afilada que habría servido para cortar queso. A mí siempre me ha gustado el queso. El que encuentras desmenuzado en las ensaladas, o el queso cremoso, que está tan rico con pan recién hecho, o ese otro tan fuerte, con la corteza verde, que a las personas mayores les gusta comer con galletitas saladas...

—¡No se queden ahí! —dijo Caraafilada frunciendo el ceño—. ¡Entren! ¡Límpense los zapatos! ¡No toquen nada!

Entramos. Lo había logrado. Ya estaba allí..., en el pomposamente llamado Estudio de Alta Costura, también conocido como «taller de costura». Para mí, el paraíso. En cuanto me enteré de que había un puesto vacante, supe que debía conseguirlo.

En el interior del taller conté unas veinte cabezas inclinadas sobre las ruidosas máquinas de coser, como personajes de cuento atrapados en un hechizo. Estaban todas limpias, eso lo noté de entrada. Llevaban unos sencillos overoles cafés, mucho más bonitos que esa especie de costal que se me escurría de los hombros, desde luego. Había mesas con el tablero gastado y blancuzco cubierto de patrones e hilos. En un rincón, los estantes de las telas mostraban un despliegue de color tan inesperado que parpadeé asombrada. En otro rincón había un grupo de maniquís de sastrería sin brazos ni cabeza. Se oía el siseo y el golpeteo de una pesada plancha y se veían partículas de pelusa flotando en el aire como insectos perezosos.

Nadie alzó la vista de su labor. Todas cosían como si les fuera la vida en ello.

—¡Tijeras! —gritó alguien.

La trabajadora de la máquina más cercana ni siquiera hizo una pausa: siguió dándole al pedal y deslizó la tela bajo la aguja incluso mientras extendía una mano para recibir las tijeras. Observé cómo pasaban de mano en mano a lo largo de la mesa hasta llegar a las suyas y cómo luego —clac— entraban en contacto con un pedazo de *tweed* de color verde bosque.

La chica de cara afilada que había abierto la puerta chasqueó los dedos ante mis narices.

—¡Presta atención! Me llamo Mina. Yo soy la que manda aquí. La Jefa, ¿entendido?

Asentí. La mujer que había entrado conmigo se limitó a pestañear y a arrastrar sus pies calzados con un solo zapato. Era bastante mayor —unos veinticinco años—, y más nerviosa que un conejo. La piel de conejo es muy buena para hacer guantes. Yo tuve una vez unas zapatillas ribeteadas con ese tipo de piel. Eran muy calentitas. No sabía lo que le había ocurrido al conejo. Supongo que acabó en una cazuela...

¡Zas! Me sacudí el recuerdo. Había que centrarse.

—Escucha con atención —me ordenó Mina—. No te lo volveré a repetir y...

¡Bum! La puerta volvió a abrirse. Junto con una ráfaga de viento primaveral, entró en el taller otra chica, de hombros encorvados y mejillas redondeadas: como una ardilla que acabara de desenterrar un montón de nueces.

—Lo siento mucho...

La recién llegada sonrió tímidamente y se miró los zapatos. Yo también los miré. Debía de haberse dado cuenta de que estaban desparejados..., ¿no? Uno de ellos era una zapatilla de satén de un verde deslucido con una hebilla metálica; el otro, un zapato de cuero calado con los cordones rotos. A todas nos habían dado unos zapatos al azar cuando nos habían equipado por primera vez... ¿Esa ardillita no había sabido ingeniárselas para agenciarse un par decente? Me percaté a primera vista de que aquella chica iba a ser una nulidad. Su acento era tremendamente... finolis.

—Llego tarde —comentó.

—No me digas —repuso Mina—. Al parecer, hay entre nosotras toda una «dama». ¡Qué amable de su parte que se haya sumado a nuestra reunión, madame! ¿Qué puedo hacer para servirla?

—Me han dicho que había una vacante en el Estudio de Alta Costura —respondió Ardilla—. Que necesitas buenas trabajadoras.

—¡Pues claro que sí, maldita sea! Pero auténticas costureras, no damiselas de pitiminí. Tú pareces una ricachona que se ha pasado la vida sentada sobre un cojín bordando bolsitas de lavanda y otras frivolidades. ¿Me equivoco?

Ardilla no parecía ofenderse por mucho que Mina se mofara de ella.

—Sé bordar —afirmó.

—Tú harás lo que yo diga —replicó Mina—. ¿Número?

Ardilla se puso firme con elegancia. ¿Cómo se las arreglaba para parecer tan distinguida con aquellos zapatos desparejados? Desde luego, no era el tipo de chica con la que yo me relacionaría normalmente. Y ella debía de pensar lo mismo. Aunque fuese tan mal vestida como yo, seguro que debía de considerarme demasiado vulgar. Por debajo de ella.

Ardilla recitó su número con perfecta dicción. Allí no teníamos nombres, sólo números. Coneja y yo recitamos de carrerilla los nuestros. Coneja tartamudeaba un poco.

Mina se sorbió la nariz.

—¡Tú! —dijo señalando a esta última—. ¿Qué sabes hacer?

Coneja se estremeció.

—Yo..., coso.

—¡Serás idiota! Pues claro que coses; si no, no estarías aquí. No he hecho un llamamiento para conseguir costureras que no sepan coser, ¿verdad? ¡Esto no es una excusa para librarse de los trabajos más duros! ¿Eres buena?

—Yo..., yo cosía en casa. Las ropas de mis hijos. —Su cara se arrugó como un pañuelo usado.

—Ay, Dios. No me digas que vas a llorar, ¿eh? No soporto a las lloronas. Y tú... ¿qué? —Mina me miró con aire furibundo. Yo me encogí como una muselina bajo una plancha demasiado caliente—. ¿Eres siquiera lo bastante mayor para estar aquí? —preguntó burlona.

—Dieciséis —apuntó Ardilla inesperadamente—. Tiene dieciséis. Lo ha dicho antes.

—No te preguntaba a ti; se lo pregunto a ella.

Tragué saliva. Dieciséis era el número mágico. Si tenías menos, eras una inútil.

—Mmm..., tiene razón. Tengo dieciséis.

Bueno, los tendría... Con el tiempo.

Mina soltó un bufido.

—Y déjame adivinar... Has hecho vestidos de muñecas y sabes coser más o menos un botón cuando has acabado los deberes. ¡Por favor! ¿Para qué me hacen perder el tiempo con estas cretinas? No necesito a ninguna colegiala. ¡Fuera!

—No, espera, yo puedo servirte. Soy, eh...

—¿Qué? ¿Una niña de mamá? ¿La favorita de la maestra? ¿Una completa inútil? —Mina empezó a alejarse, haciendo un gesto despectivo con los dedos.

¿Ya estaba? ¿Mi primera entrevista de trabajo... fracasada? ¡Qué desastre! Lo cual significaba volver a... ¿qué? En el mejor de los casos, a un puesto de sirvienta de cocina o de lavandera; en el peor, a un empleo en la cantera o... a quedarse sin ningún trabajo, que era lo peor que te podía ocurrir. «Ni lo pienses. ¡Concéntrate, Ella!»

Mi abuela, que tiene una máxima para cada ocasión, siempre dice: «En caso de duda, alza la barbilla, echa los hombros atrás y actúa con arrogancia». Así pues, me erguí en toda mi estatura, que era bastante elevada, inspiré hondo y declaré:

—¡Soy cortadora!

Mina volvió a mirarme.

—¿Tú..., cortadora?

Una cortadora era una costurera supercualificada que se encargaba de crear los patrones que luego se convertían en vestidos. Ninguna labor de costura, por buena que fuera, podía salvar una prenda confeccionada groseramente por una mala cortadora. Una buena cortadora valía su peso en oro. O, al menos, eso esperaba. A mí no me hacía falta oro. Sólo necesitaba conseguir ese puesto, costara lo que costase. Era el trabajo de mis sueños, en resumidas cuentas..., suponiendo que se pudieran tener sueños en un sitio como ése.

Hasta aquel momento, las demás trabajadoras no nos habían prestado la menor atención. Ahora intuí que lo habían estado escuchando todo. Sin saltarse una puntada, estaban esperando a ver qué ocurría.

—Sí, por supuesto —proseguí—. Soy diseñadora de patrones, cortadora y modista cualificada. Hago... mis propios diseños. Algún día tendré una tienda de ropa.

—¿Que algún día...? Ja, ja. Vaya chiste —se mofó Mina.

La mujer de la máquina más cercana intervino sin quitarse siquiera los alfileres de la boca.

—Necesitamos una buena cortadora desde que Rhoda se puso enferma y se fue —murmuró.

Mina asintió lentamente.

—Es cierto. Muy bien. Vamos a hacer lo siguiente. Tú, princesa, te encargarás de planchar y fregar. Esas manos tan suaves necesitan endurecerse.

—No soy ninguna princesa —repuso Ardilla.

—¡Muévete!

Luego Mina nos miró a Coneja y a mí de arriba abajo.

—En cuanto a ustedes, patéticas costureras de mentira, pueden hacer una prueba. Se los digo sin rodeos: sólo hay sitio para una de las dos. Sólo para una, ¿entendido? Y las sacaré de aquí a ambas si no están a la altura de mi criterio. Yo me formé en las mejores casas de costura.

—No te decepcionaré —declaré.

Mina tomó una prenda de un montón de ropa y se la arrojó a Coneja. Era una blusa de lino teñida con un refrescante tono verde menta que casi podías saborear en la lengua.

Con tono autoritario, dijo:

—Descósela y ensánchala. Es para una clienta, la esposa de un oficial, que toma demasiada crema de leche y está más grande de lo que ella cree.

«Crema..., ¡ah, crema! Derramada sobre unas fresas con la mejor jarra floreada de mi abuela...»

Eché un vistazo a la etiqueta que había en el interior del cuello de la blusa. Mi corazón estuvo a punto de dejar de latir. Era el nombre de una de las firmas de costura más veneradas del mundo. El tipo de establecimiento a cuyos escaparates ni siquiera me atrevería a asomarme.

—En cuanto a ti... —Mina me puso un trozo de papel en la mano—, otra clienta, Carla, me ha pedido un vestido. Un modelo semiformal para un concierto o algo parecido que se va a celebrar este fin de semana. Aquí tienes las medidas. Apréndetelas de memoria y devuélveme el papel. Puedes utilizar el maniquí número 4. Toma la tela de allí.

—¿Qué...?

—Escoge algo que le siente bien a una rubia. Primero lávate en aquel fregadero y ponte un overol. En este taller, la limpieza es fundamental. No quiero ver marcas de dedos mugrientos en la tela, ni manchas de sangre o de polvo. ¿Entendido?

Asentí, haciendo un esfuerzo desesperado para no echarme a llorar.

El delgado labio de Mina se curvó.

—¿Te parezco muy severa? —Me miró entornando los ojos e hizo una seña con la cabeza hacia el fondo del taller—. Pues recuerda quién está en ese rincón.

Al final del taller había una figura oscura apoyada en la pared, arrancándose las cutículas de los dedos. Eché un vistazo y enseguida aparté la mirada.

—¿Y bien? —dijo Mina—. ¿Qué esperas? La primera prueba es a las cuatro.

—¿Quieres que haga un vestido a partir de cero para antes de las cuatro? Es...

—¿Demasiado duro? ¿Demasiado pronto? —se burló ella.

—Muy bien. Soy capaz de hacerlo.

—Pues adelante, colegiala. Y recuerda, estoy esperando que lo arruines y hagas un desastre.

—Me llamo Ella —repuse.

«Me trae sin cuidado», parecía decir su expresión impávida.

El fregadero del taller era de esos enormes de cerámica con vetas verdosas bajo la parte de los grifos que había goteado. El jabón apenas hacía espuma, pero era mejor que nada, que era lo que había tenido durante las últimas tres semanas. Incluso había una toalla —¡una toalla!— para secarse las manos. Ver salir del grifo agua limpia resultaba casi hipnótico.

Ardilla, que estaba detrás de mí esperando, dijo:

—Parece plata líquida, ¿verdad?

—¡Chist! —siseé frunciendo el ceño, pendiente de aquella figura oscura que seguía al fondo del taller.

Tardé un buen rato en lavarme. Ardilla podía esperar. Aunque yo no fuera tan finolis como ella, sabía lo importante que era estar limpia y presentable. La apariencia es básica. Cuando yo era niña, mi abuela chasqueaba los labios si me veía aparecer con las manos sucias y las uñas mugrientas, e incluso con una sombra de suciedad en los rincones más ocultos. «¡Podrías sembrar papas detrás de las orejas!», decía si yo no me las había restregado a fondo.

«Con manos limpias, labores limpias» era otro de sus lemas. También solía musitar: «Sin despilfarros no hay penurias». Y si había ocurrido algo moderadamente malo, se encogía de hombros y exclamaba: «¡Mejor esto que un golpe en la cara con un arenque ahumado!».

A mí nunca me habían entusiasmado los arenques, sobre todo porque después la casa apestaba a pescado durante días, y, además, siempre tenían espinas, incluso cuando la abuela decía: «No te preocupes, no hay espinas». No fallaba: empezabas a comerte la carne y te atragantabas con una de aquellas largas espinas que te pinchaban el fondo de la garganta. Entonces tenías que taparte con la servilleta para quitártela sin dar asco a los demás comensales. Y luego la dejabas en un lado del plato y procurabas no mirarla durante el resto de la comida, aunque sabías perfectamente que estaba ahí.

Desde que había llegado a Birchwood había decidido que sólo iba a ver las cosas que yo quisiera. Cada segundo de mis primeras tres semanas había resultado horrible: mucho peor que las espinas de un arenque. Yo me había convertido en una especie de gólem —una chica sin alma— a la que llevaban de aquí para allá a empujones y que se limitaba a esperar interminablemente, de pie o en cuclillas. No encontraba las palabras para preguntar qué era ese lugar o qué sucedía allí. Aunque tampoco quería conocer las respuestas, en realidad. Ahora, en el taller de costura, volví a sentirme humana de golpe. Inspiré aquel aire más puro. «Olvídate de todo lo demás.» Si estrechaba la perspectiva de mi mente podía llegar a creer que no existía nada en el mundo salvo la tarea de hacer aquel vestido para mi clienta, Carla.

¿Por dónde empezar?

Una prueba a las cuatro. No era posible. No podía diseñarlo, cortarlo, prenderlo con alfileres, hilvanarlo, coserlo, plancharlo y terminarlo. Iba a arruinarlo, como acababa de decir Mina. Iba a fracasar.

«No pienses en el fracaso —decía mi abuela—. Tú puedes hacer todo lo que te propongas. Todo. Salvo hacer pasteles. Los pasteles te salen horribles.»

Mientras estaba allí parada, al borde del pánico, noté unos ojos fijos en mí. Era Ardilla, desde la tabla de planchar. Seguramente se estaba riendo de mí. ¿Y por qué no iba a reírse?

Le di la espalda y caminé —clop, clop— con mis absurdos zapatos, demasiado grandes, hacia los estantes de las telas... Y enseguida me olvidé de todo, de Mina y de sus amenazas. Era una maravilla ver otros colores que no fuesen el café. Me había pasado tres semanas viendo sólo madera café, lodo café y otros cafés demasiado horribles para nombrarlos.

Ahora disponía de ríos enteros de tejido por los que mis dedos podían vadear. Mina había dicho que la tal Carla era rubia. Del alud café de Birchwood, surgió en mi mente el verde: un color adecuado para las rubias. Revolví entre las piezas y los rollos de tela buscando el matiz ideal. Había terciopelo verde musgo. Gasa con lentejuelas plateadas del tono de la hierba a la luz de la luna. Algodón crujiente con hojas estampadas. Lazos de satén de un verde maduro iluminado... Y mi preferida: una seda esmeralda que se ondulaba como el agua fresca moteada por el reflejo de los árboles.

Ya veía el vestido que iba a hacer. Mis manos empezaron a trazar formas en el aire; mis dedos tocaban los hombros invisibles, las costuras, las nesgas de la falda. Miré a mi alrededor. Necesitaba muchas cosas. Una mesa. Papel y lápiz. Alfileres, tijeras, agujas, hilo, máquina de coser, el DESAYUNO... Oh, Dios, estaba hambrienta...

—Disculpa. —Le tiré de la manga a una chica delgada como un palillo que pasaba de largo—. ¿Podrías decirme dónde conseguir...?

—Chist —dijo ella, llevándose dos dedos a los labios y haciendo como si los cerrase con una cremallera. Tenía unas manos increíblemente delicadas, como las de un anuncio de esmalte de uñas, pero sin esmalte.

Abrí la boca para preguntar por qué estaba prohibido hablar, pero enseguida lo pensé mejor. La figura oscura del rincón no parecía estar mirando, ni siquiera escuchando, pero nunca se sabía...

La chica delgada —Jirafa, la llamé para mis adentros— me indicó que la siguiera a lo largo de la hilera de trabajadoras hasta el extremo de una mesa de caballetes. Me señaló un taburete vacío. En esa parte había otras tres mujeres sentadas, que se encogieron para hacerme sitio. Una de ellas era Coneja. Estaba dándole la vuelta nerviosamente a la blusa verde menta y examinando las costuras.

Me senté con mi tela de seda. Ahora debía dibujar un patrón. Una chica que estaba un poco más allá tenía un rollo de papel de patronaje y un lápiz grueso. Inspiré hondo y me levanté. Le indiqué por señas que quería el papel. La chica se erizó igual que..., igual que un erizo y se acercó aún más el papel. Yo puse la mano encima del rollo y tiré con fuerza. Erizo tiró por su lado. Volví a tirar y vencí. También le quité el lápiz.

Mina estaba observando. ¿Eran imaginaciones mías o había sonreído? Me dirigió una leve inclinación, como diciendo: «Sí, así es como funcionan aquí las cosas».

Desplegué el papel. Era de color café, satinado por un lado y tenuemente rayado por el otro. El tipo de papel que solíamos usar para envolver salchichas. Hermosas y rollizas salchichas con trocitos de cebolla, o a veces salchichas con tomate que se ponían de un intenso color rojo en el sartén. O salchichas de hierbas, con albahaca y tomillo...

Me rugía el estómago.

Mi abuela siempre usaba papel de periódico para los patrones. Era capaz de dibujar en unos segundos un vestido o un traje completo en las páginas de la gaceta local. Luego lo iba recortando a través de los titulares, los anuncios de tónicos medicinales y las noticias del mercado de ganado. Con los patrones de mi abuela nunca hacía falta más que un ajuste. Yo, en cambio, debía entornar los ojos y hacer unas cuantas pasadas de prueba. Normalmente, la abuela vigilaba por encima de mi hombro mientras cortaba. Ahora estaba sola y oía en mi cabeza el tictac de un reloj. La primera prueba a las cuatro...

Bien. El patrón ya estaba dibujado.

—Eh —susurré a una de las mujeres que tenía encorvadas delante. Era ancha y rechoncha, de piel rugosa, así que la llamé Rana para mis adentros—. Guárdame algunos trozos de papel, ¿quieres? —le pedí.

Observé que Rana estaba poniendo ojales en un abrigo de lana de color manzana. El tipo de abrigo ideal para la primavera, cuando no sabes si hará fresco o no. Nosotros teníamos un manzano en el patio delantero de nuestra casa. Siempre parecía que los brotes tardaban una eternidad en florecer. Un año, las ramas estaban tan cargadas de fruta que se encorvaban igual que mi espalda cuando cosía. Preparábamos *crumble* de manzana salpicado de azúcar caramelizado, empanadillas de manzana con hojaldre e incluso sidra de manzana, que me daba hipo con sus burbujas. Cuando empezó la Guerra, uno de nuestros vecinos cortó el árbol para sacar leña. Decían que los de Nuestra Clase no necesitábamos árboles frutales.

—¿Papel? —dijo Rana, interrumpiendo mis pensamientos.

Eché un vistazo en derredor. ¿Estaba permitido guardar trozos de papel? Antes de acertar a responder, Rana hizo una mueca y se volvió para el otro lado.

Tragué saliva y dije «¡Tijeras!» con voz ronca. Y luego aún más fuerte:

—¡Tijeras!

Tal como había visto antes, un par de afiladas tijeras de costura pasó lentamente de mano en mano a lo largo de las mesas. Eran unas tijeras de acero bastante decentes. A la abuela le habrían parecido adecuadas.

Volví a tragar saliva.

—¿Alfileres?

Yo ya había reparado en la cajita de alfileres que Mina llevaba en un bolsillo de su overol. Ella se acercó y separó veinte. Le dije que necesitaría más.

—Mi abuela dice que sobre la seda es mejor ponerlos seguidos para que no se mueva.

—¿Vas a hacer el vestido de seda? —exclamó Mina como si acabara de firmar mi sentencia de muerte—. ¡No la destroces!

Se sorbió la nariz y se alejó. Yo la envidié. Tenía un taller lleno de mujeres que se desvivían para cumplir sus órdenes. Y, además, llevaba unos zapatos decentes, un vestido bastante bonito bajo el overol y carmín en los labios. Allí se la conocía como una «Prominente». Las Prominentes gozaban de privilegios y poder, simplemente el poder necesario para ejercer el mando sobre el resto de nosotras. Algunas de ellas procuraban ser justas. La mayoría disfrutaban actuando como matonas, igual que esas niñas del colegio que pensaban que aplastando a los demás eran mayores y mejores. En la naturaleza, si Mina hubiera sido un animal, habría sido un tiburón y todas nosotras, pececitos en su océano.

Los pececitos son devorados; los tiburones sobreviven. Era mejor ser un depredador que una presa, ¿no?

Los alfileres no eran del tipo adecuado, de esos diminutos que la abuela me había enseñado a usar para la seda, así que al final no me atreví a poner demasiados, por si resultaba que dejaban orificios. Las tijeras también me aterrorizaban. A mí normalmente me encanta el sonido de las tijeras al cortar, así como el cosquilleo de excitación que lleva implícito. Pero esta vez sentía puro pánico. Una vez que se ha cortado la tela, ya no se pueden deshacer los cortes. Tienes que estar segura de dónde quieres que las relucientes hojas seccionen el tejido.

Puse las manos planas sobre la mesa hasta que dejaron de temblarme. Me había puesto de pie para cortar, pero las piernas me flaqueaban. La abuela prefería hacer el corte en el suelo, donde había más espacio. Pero yo no estaba segura de que las tablas del suelo del taller estuvieran lo bastante limpias para eso. Así pues, extendí la seda sobre la mesa, fijé el papel con alfileres, marqué las pinzas y los pliegues... y me dispuse a poner manos a la obra.

«Cuando empiezas a cortar, usa la parte media de las hojas de las tijeras y corta con golpes largos y regulares.» Ojalá fuera tan fácil. La tela se escabullía de mis manos como una culebra serpenteando entre la hierba tras un ratón. En el taller no había ratones: no había ni una migaja para ellos. Tampoco había comida para nosotras. Sólo aire y pelusas, y algo de polvo.

Cuando terminé, Coneja miró mis tijeras. Sus manos avanzaron a hurtadillas hacia ellas. Yo me apresuré a volver a tomarlas y me puse a cortar hilos sueltos imaginarios. Coneja tragó saliva y susurró:

—Por favor, ¿puedo...?

Fingí no oírla. No sé por qué. Cuando ya no pude entretenerme más, se las pasé.

«Gracias», dijo sólo con los labios, como si yo fuese la encarnación de la generosidad.

Me estremecí al verla cortar torpemente la blusa de alta costura. Tenía un cuello de encaje blanco sobre la tela verde, como flores de perifollo en un seto.

Supuse que debía de ser mediodía cuando terminé de cortar y ensamblar las piezas del vestido. No había almuerzo en Birchwood, así que no había nada que marcara la mitad del día. Cuando había trabajado al aire libre, sabía que era mediodía simplemente porque el sol estaba en lo más alto y apretaba más. Ése era el punto intermedio entre el desayuno y la cena. Ahora, en el taller de costura, donde no había reloj, el tiempo estaba puntuado por el chasquido de las tijeras sobre el tablero de madera, por el suspiro del hilo al atravesar la tela con la aguja y por el zumbido incansable de las máquinas. De vez en cuando sonaba un tintineo metálico en el suelo y Mina gritaba: «¡Alfiler!». Las trabajadoras, a sus espaldas, ponían los ojos en blanco y la imitaban en son de mofa como en un eco silencioso: «¡Alfiler! ¡Alfiler!».

La figura oscura del fondo apenas se movía. Debía de haberse quedado dormida.

De repente, Mina apareció a mi lado.

—¿Has acabado, colegiala?

—Ya está todo hilvanado y listo para coser —dije.

Mina me señaló una máquina. A mí me temblaban las manos mientras colocaba el carrete y enhebraba la aguja. «La primera prueba a las cuatro...»

Coloqué los pies sobre el pedal, preparada para ponerlo todo en marcha. La aguja empezó a subir y a bajar... ¡demasiado rápido! El hilo se enredó. Se me pusieron coloradas las mejillas. Pero no se había producido ningún daño, todavía no.

Volví a intentarlo. Mejor. Comprobé la tensión del hilo, hice unos ajustes, inspiré profundamente y empecé a coser.

Era un sonido familiar: el traqueteo de todas esas piezas de metal moviéndose a la vez. Una parte de mí se sintió trasladada al cuarto de costura que la abuela tenía en casa. Ojalá hubiera sido tan fácil volver allí. Mientras ella trabajaba, yo jugaba en el suelo, recogiendo alfileres y trocitos de hilo. La abuela llamaba *Betty* a su máquina de coser. *Betty* era vieja. Toda una obra de arte. Estaba decorada con esmalte negro y dibujos dorados, y el nombre de la abuela figuraba grabado en su superficie. Ella le daba al pedal con sus zapatillas favoritas de piel de topo, cortadas por delante para que pudieran asomar sus pies hinchados. Y, cuando cosía, era como si la tela se guiara por sí sola en línea recta hacia la aguja. Yo aún no tenía ese toque mágico. Ni a la abuela a mi lado para ayudarme.

Se me cayó sobre la seda una lágrima, que le dio al verde un tono oscuro y venenoso. Me sorbí la nariz. No tenía pañuelo. Ése no era un momento adecuado para los recuerdos. Mejor centrarse en coser: una costura, una pinza cada vez. Primero las piezas del corpiño; luego las piezas de la falda, las mangas y las hombreras,

Después de cada costura, me levantaba de la máquina e iba a la tabla de planchar, donde estaba Ardilla. El planchado repetido es el secreto de una prenda bien hecha; hasta una principiante sabe eso. La plancha del taller tenía un largo cable que colgaba del techo. Yo rezaba para que no chamuscara o frunciera la seda, sobre todo porque

Ardilla no parecía saber muy bien lo que se hacía. Seguramente no había hecho labores domésticas en su vida.

Ardilla me miró compungida y negó con la cabeza. Luego contestó de igual forma: «La plancha pesa mucho. Y quema».

Yo respondí con fingida sorpresa: «¿Quién lo habría dicho?».

Ardilla tendió las manos hacia mi tela. Escupió en la plancha para ver lo caliente que estaba y la saliva crepitó hasta evaporarse. Ella bajó el termostato. Cuando empezó a plancharme las piezas, lo hizo con extraordinaria delicadeza y eficiencia.

Yo le dije sólo con los labios: «Gracias».

Ella extendió la palma de la mano como para que le pagase; luego soltó una risita y me miró a la cara.

—Era broma. Me llamo Rose —susurró.

Oír un nombre, en vez de un número, fue como tirar de la cinta de un lazo para desenvolver un precioso regalo.

—Yo, Ella.

—No soy una princesa, en realidad.

—Yo tampoco.

—Sólo condesa —añadió sonriendo.

Mina carraspeó. Había que volver al trabajo.

De vez en cuando observaba a hurtadillas a Coneja. Estaba concentrada cosiendo, con todo el cuerpo encorvado. Ay, Dios..., ¿es que no se había dado cuenta? Había descosido bien la prenda, pero luego había hilvanado las mangas al revés. Ahora se doblaban extrañamente, como si su propietaria tuviera los brazos rotos.

—¡Eh! —Yo no sabía su nombre (y probablemente no respondería por Coneja)—. Eh, tú.

Ella alzó la mirada.

Y entonces caí en la cuenta. Recordé la advertencia de Mina: «Sólo hay sitio para una de las dos».

Tenía que ser yo. No pensaba escarbar en el lodo como las demás, convertida en una chica anónima más. Yo tenía conocimientos. Talento. Ambición. ¿Acaso no merecía un trabajo decente y una oportunidad de ascender? La abuela no habría querido que me viniera abajo. Me estaría esperando en casa. Debía sobrevivir y progresar. Coneja habría de arreglárselas por sí sola. Así que aparté la mirada de la blusa contrahecha y negué con la cabeza: «No, nada».

Mientras ella seguía arruinando su trabajo, yo me hice planchar el plisado de mi vestido, puse una cremallera lateral y empecé a coser a mano el cuello más esmerado del mundo. La cabeza se me caía. Habría sido tan fácil cerrar los ojos y echar un sueñecito. ¿Cuándo era la última vez que había dormido como era debido? Hacía más de tres semanas. A lo mejor una cabezadita no me iría mal...

¡Eh! Alguien me despertó de un empujón. ¿Cuánto tiempo había dormido? ¿Un minuto? ¿Cien años? Miré alrededor. Rose, Ardilla, estaba pasando por mi lado y me dijo sólo con los labios: «Casi las cuatro».

¡Casi las cuatro! Me apresuré a moverme otra vez. Aún estaba quitando el hilvanado cuando se acercó Mina.

—Bueno, señoras, ¿cómo ha ido su primer, y seguramente último, día de trabajo? A ver, enséñame el vestido, colegiala.

Yo lo sacudí y se lo tendí. Era un desastre. Un harapo. Un trapo de cocina. El peor vestido confeccionado en toda la historia de la costura. Noté que las demás trabajadoras estaban observando la escena. No podía respirar.

Sin decir palabra, Mina examinó cada centímetro de seda esmeralda. Luego alzó y sacudió el vestido y la tela centelleó.

—Vaya, vaya —habló al fin—. Sabes coser. Bastante bien. Y sé lo que digo. Yo me formé en las mejores casas de costura.

Chasqueó los dedos para reclamar la blusa. Coneja estaba tan rígida de miedo que sus manos a duras penas lograron desplegar la prenda. Se dio cuenta de su terrible error exactamente al mismo tiempo que Mina.

—Lo siento, lo siento —se disculpó espantada—. Ya lo sé..., las mangas..., están al revés... Las puedo arreglar. No volverá a ocurrir, lo juro. Déjame quedarme, por favor.

La voz de Mina sonó ronca y amenazadora:

—Ya te he dicho cómo era la cosa: sólo hay sitio para una de ustedes. ¿No es así, colegiala?

A mí el corazón me martilleaba en el pecho. Quería decir que había sido sólo un accidente; la mujer estaba cansada, nerviosa, no en las mejores condiciones. Las palabras, sin embargo, se me atascaron en la garganta, como te sucede en un sueño cuando quieres pedir socorro. Sentí una oleada de vergüenza por dentro, pero permanecí en silencio.

—Ha sido un accidente —dijo alguien tímidamente—. Dice que no volverá a ocurrir. —Ardilla apareció justo detrás de Mina; menuda, expectante, lista para salir corriendo.

Mina ignoró a Rose, como si sólo hubiera oído el chillido de un roedor.

—¡Fuera de aquí, idiota! —le gritó a Coneja—. ¿O voy a tener que sacarte yo? —Alzó la mano y dio un paso hacia ella. La oscura figura del fondo se removió y se irguió.

Blanca como una sábana, Coneja se escabulló hacia la puerta y desapareció. Nosotras nos limitamos a mirar, sintiéndonos medio a salvo en nuestro santuario.

Cuando la puerta se hubo cerrado, Mina soltó un resoplido que parecía significar: «¿No se dan cuenta de lo difícil que es mi vida?».

Luego tomó mi vestido verde y se dirigió a otra puerta que quedaba al final del taller. Ése debía de ser el probador. Mi clienta, Carla, se probaría el vestido allí, y entonces sabría por fin si tenía un trabajo o no.

—¿Qué... qué le pasará a la mujer que acaba de salir? —le susurré a Rana.

Ella respondió sin levantar la vista del abrigo verde manzana:

—¿Quién sabe? Quizá lo mismo que a Rhoda, la que ocupaba el puesto que tú pretendes conseguir.

Esperé a que prosiguiera, pero Rana no dijo nada más; continuó dando una puntada tras otra. Mina salió del probador. Mis ojos la siguieron mientras ella, lenta y sinuosa como un tiburón, avanzaba entre las mesas hacia mí. Me levanté tan deprisa que derribé mi taburete.

—¡Los alfileres! —ordenó.

Me apresuré a tomarlos de la mesa y le devolví los veinte, después de contarlos. Mina se los guardó en su cajita. Luego recogió todos los restos de tela y de papel. Rana frunció el ceño: ahora ya no podría recuperar los trozos de papel que me había dejado. Me pregunté para qué los querría.

Mina me miró de arriba abajo. Hallarse bajo su escrutinio era como si te restregasen el alma con uno de aquellos estropajos verdes que se usan para fregar ollas y sartenes. Al fin, de mala gana, me sacó de mi angustia.

—La clienta dice que el vestido es encantador.

Me aflojé de golpe, aliviada.

—Como recompensa, me ha dado esto. Una de las ventajas de este trabajo: comida extra —dijo desenvolviendo un paquete de papel. Contenía una rebanada de pan negro duro untada con una roñosa capa de margarina. Venía a ser el doble de la ración habitual de la cena.

—Eh..., gracias, no tengo hambre. —Increíblemente, descubrí que estaba demasiado alterada por dentro para comer.

—¡Mentirosa! Te has tomado..., ¿qué?, una taza de café aguado para desayunar, y te darán una taza de sopa aguada café para cenar. Estás lo bastante hambrienta como para superar un estúpido remordimiento de conciencia a cuenta de esa tonta a la que acabo de correr. Lo bastante hambrienta para hacer lo que sea necesario con tal de sobrevivir aquí. Créeme, es la única manera.

Ella sabía que yo había notado el error de Coneja. Sabía por qué me había callado. Y le parecía bien.

Acto seguido, se comió delante de mis narices la rebanada de pan entera y luego se chupó los dedos diciendo:

—Observa y aprende, Ella. Observa y aprende.

Si llegué a dormir un poco aquella noche fue para soñar con una serie de vestidos verdes que pasaban ondeando como en un desfile de maravillas.

La gente se ríe de la moda. «Es sólo ropa», afirman.

Vale. Sólo ropa. Pero ninguna de las personas a las que había oído burlarse de la moda estaba desnuda en ese momento. Todas se habían vestido esa mañana escogiendo prendas que decían: «Eh, soy un próspero banquero». O: «Soy una madre atareada». O: «Soy un maestro cansado», «un soldado condecorado», «un pomposo juez», «una camarera descarada», «un camionero», «una enfermera». Y así podrías seguir interminablemente. Las ropas muestran quién eres, o quién quieres ser.

Quizá la gente dijera: «¿Por qué te tomas la ropa tan en serio, cuando hay cosas más importantes de las que preocuparse, como la Guerra?».

Ah, ya lo creo que me preocupaba la Guerra. La Guerra se interponía en todas las cosas. Fuera de allí, en el mundo real, yo había malgastado horas y horas haciendo cola en tiendas con las estanterías vacías. Y más horas aún escondida en un sótano cuando pasaban los bombarderos. Había soportado infinidad de boletines de noticias, y también a mi abuelo trazando frentes de batalla en un mapa clavado en la pared de la cocina. Había sabido con antelación que llegaría la Guerra: era de lo que venía hablando todo el mundo desde hacía meses. En el colegio, la habíamos estudiado en las clases de historia. La Guerra era algo que le pasaba a otra gente, lejos de donde vivíamos.

Y entonces llegó a mi país. A mi ciudad.

Había sido la Guerra la que me había llevado a Birchwood, conocido, en un idioma más duro, como Auschwitz-Birkenau.[1] El lugar al que todos llegan y del que nadie sale.

1. «Birkenau» significa en inglés birchwood («abedul», «madera de abedul»). (N. del t.)

Allí la gente descubría que la ropa no era tan trivial, a fin de cuentas. No lo es cuando no tienes ninguna. Lo primero que Ellos nos ordenaron cuando llegamos fue que nos la quitáramos. A los pocos minutos de bajar del tren, nos separaron a los hombres de las mujeres; nos metieron en una habitación y nos dijeron que nos desnudáramos. Allí mismo. Delante de todo el mundo. Ni siquiera nos dejaron conservar la ropa interior.

Apilaron nuestras prendas dobladas en grandes montones. Sin ellas, ya no éramos banqueros, maestros, enfermeras, camareras o camioneros. Estábamos asustados y humillados.

«Sólo ropa.»

Yo contemplé mi montón de ropa doblada. Evoqué la suave lana de mi suéter. Mi suéter verde preferido con cerezas bordadas: un regalo de cumpleaños de la abuela. Evoqué los pliegues de mis pantalones; mis calcetines, que había enrollado uno dentro de otro. También mi sujetador —¡mi primer sujetador!—, que había ocultado debajo junto con los clazones.

Luego, Ellos nos quitaron el pelo. Todo el pelo. Nos lo raparon con cuchillas desafiladas. Nos dieron unos trapos triangulares para cubrirnos la cabeza. Nos hicieron escoger unos zapatos de un montón tan alto como una casa. Yo encontré un par. Rose no tuvo tanta suerte, obviamente, y había acabado con una zapatilla de satén y un zapato de cuero calado.

Ellos nos habían dicho que recuperaríamos nuestras ropas después de una ducha. Mintieron. Nos dieron ropas de costal de rayas. Y así, convertidas en Rayadas, corríamos de un lado para otro como manadas de cebras despavoridas. Ya no éramos personas, sólo números. Ahora podían hacer lo que quisieran con nosotras.

Así que no me vengan con que la ropa no importa.

—¡Lo que tú creas da igual! —gritó Mina cuando me presenté al día siguiente, con ojos adormilados, pues nos levantaban antes del alba.

Yo iba dispuesta a confeccionar vestidos..., y acababa de descubrir que me mandaban limpiar el suelo del probador.

—Creía que estaba aquí para coser, no para trabajar de criada —repuse.

La bofetada fue demasiado rápida para poder evitarla. Una palma durísima en el lado de la cara que aún no tenía magullado. Me quedé tan atónita que estuve a punto de levantar la mano para devolverle el bofetón.

Los ojos de Mina brillaron, como si me leyera el pensamiento. Se trataba de demostrar quién era la Jefa. Vale. Era ella.

Me lavé, me puse el overol café y tomé los utensilios para limpiar y encerar el suelo. Observé que Rose no estaba en la tabla de planchar y me pregunté qué habría pasado con ella. Demasiado delicada para resistir en el taller de costura, obviamente. Las chicas de su clase eran muy agradables, pero no tenían aguante. Tampoco es que me importara, claro. Yo no estaba allí para hacer amigas.

Cuando abrí la puerta del probador, me quedé boquiabierta. En Birchwood era todo tan crudo, tan simple, que casi se me había olvidado que podía haber cosas bonitas en alguna parte.

Para empezar, las pantallas de las lámparas tenían un precioso ribete de borlas... Eran lámparas de verdad, no bombillas desnudas protegidas con una jaula de alambre. Luego, en una esquina, había un sillón: un auténtico sillón, con respaldo trenzado y un almohadón verde hierba. ¡Un almohadón muy grueso! Si yo hubiera sido un gato, me habría acurrucado encima y sólo me habría levantado cuando me hubieran puesto delante un platito de crema de leche.

Unas bonitas cortinas de algodón ocultaban la vista de las ventanas. Las paredes de hormigón estaban cubiertas con un papel de peonías estampadas. Alrededor de la plataforma del probador, situada en el centro, había auténticas alfombras tejidas y una serie de maniquís de costura.

Y lo más decadente de todo: había un espejo.

Era un fantástico espejo de cuerpo entero, con un marco pintado de blanco y adornado con volutas doradas. El tipo de espejo que se encontraría en el probador de la casa de moda más refinada de la ciudad. Yo me imaginaba a mí misma en un lugar parecido, caminando sobre alfombras mullidas, para ver cómo les sentaban mis vestidos a unas clientas increíblemente ricas. Habría una lista de espera para mis creaciones, claro. Subalternos correteando para cumplir mis órdenes. Y bandejas de plata con teteras y platos de pastelillos de color rosa: de esos diminutos, hechos de crema de malvavisco y azúcar glaseado...

—Hola, Ella.

Una voz me sacó de mi ensueño. Al volverme, me vi a mí misma en el espejo. ¡Vaya espantapájaros! Ropas feas, zapatos absurdos, cara magullada. Ningún accesorio glamuroso, sólo unas manoplas de limpieza de franela, un plumero amarillo y una lata de cera para el suelo. En el reflejo apareció junto a mí Ardilla, Rose, sujetando una cubeta humeante de agua caliente. Tenía las mangas enrolladas por encima del codo y sus delicadas manos muy rojas.

—¡Me han puesto a limpiar ventanas! —dijo alegremente, como si fuera un lujo—. Sólo que no llego a los paneles más altos.

Ella era algo bajita. Yo, en cambio, era alta para mi edad, de ahí que pudiera pasar por una chica de dieciséis. Alta, pero nada exuberante. Incluso antes de empezar a alimentarme con las raciones de ratón de allí, a duras penas llenaba un sujetador. Y las faldas del colegio siempre amenazaban con escurrirse por mis caderas rectas, por más que comiera y comiera.

La abuela me había asegurado que me volvería más rellenita. «Espera a los cuarenta y verás —comentó—. Fue entonces cuando engordé.»

No había muchas mujeres de cuarenta o más en Birchwood. Y las que había parecían de ochenta. La juventud era más fuerte: resistía más tiempo. A menos que fueras demasiado joven. Como mínimo debías tener dieciséis, tal como había apuntado Rose el día anterior. De lo contrario..., de lo contrario...

De repente, me olvidé de Rose y de las Cosas Innombrables: acababa de ver unas revistas de moda esparcidas sobre una mesa. *El Mundo de la Moda* y *Hogar y Moda*. Eran las mismas que vendían en el quiosco de la ciudad donde yo vivía. La quiosquera —una mujercilla nerviosa como un hámster, con unos tintineantes pendientes dorados—

siempre nos guardaba un ejemplar de cada una para mí y la abuela.

Nos pasábamos horas leyendo aquellas revistas, olvidándonos de la Guerra mientras examinábamos juntas cada página.

«Las costuras están demasiado juntas en la parte de detrás de ese vestido», decía la abuela, dando golpecitos en una ilustración. O bien: «Si le pusieras esos bolsillos a aquel vestido, quedaría impresionante». O bien, ambas exclamábamos a coro: «¡Qué color más horrible!» o «¡Qué conjunto tan precioso!». Luego la abuela servía café en las tacitas de porcelana, aunque no tan fuerte como le gustaba al abuelo, y añadía a la suya un chorrito de una botella de color verde ahumado que había en el estante superior de la despensa. «Para darle un poco de chispa», confesaba.

Unas gotas de agua salpicaron las tapas de las revistas. Rose, encaramada en el sillón, se tambaleaba con su cubeta.

—¡Perdón! —canturreó

«Con pedir perdón poco se arregla», decía mi abuela.

—Si quieres...

—¿Podrías? ¡Gracias! —Rose bajó de un salto y me dio la cubeta.

Yo iba a decir: «Si quieres, te aguanto el sillón», pero dio por supuesto que me sentía generosa y estaba ofreciéndome a limpiar los cristales por ella. ¡Nada más lejos! Lo último que quería era mirar el exterior de ese reducto seguro. Ya sabía de antemano que no había nada verde ahí fuera, ninguna planta creciendo. La única vista desde las ventanas sería la de las torres de vigilancia encaramadas como cigüeñas a lo largo de la alambrada. Y la de las chimeneas humeantes.

Cuando terminé de limpiarle los cristales, Rose sonrió y me dio las gracias. Yo me encogí de hombros y fui a levantar las alfombras, todavía pensando en las maravillosas fotografías de *Hogar y moda*, que siempre me daban muchas ideas para nuevos vestidos. ¿Me dejaría Mina volver a coser si limpiaba bien? La costura era el gran amor de mi vida. Además, si seguía cosiendo quizá habría otras recompensas. Había sido una idiota al no tomar el pan el día anterior. Limpiar bien podía significar coser y conseguir más comida. Perfecto.

Me arrodillé para empezar a encerar el suelo. Enseguida di con una buena técnica: con las manoplas puestas, un círculo con la mano derecha y otro con la izquierda.

—No se hace así —afirmó Rose dejando la cubeta.

Su tono refinado socavó mi confianza. Seguro que fingía ese acento finolis para que las demás nos sintiéramos como unas plebeyas.

La miré ceñuda.

—¿Desde cuándo sabes tanto de limpieza? Creía que habías dicho que eras condesa. Si lo fueses, tendrías un ejército de criados para hacer estas cosas.

—Un ejército no, pero sí algunos.

—Entonces ¿eres rica?

—Lo era.

—¡Qué afortunada!

Ella abrió las manos, como diciendo: «Mira lo afortunada que soy».

—Pero aun así sé cómo encerar el suelo mejor que tú. Observa...

Se quitó sus absurdos zapatos desparejados y se puso un par de manoplas de repuesto. ¡En los pies!

Allí mismo, en medio del probador, Rose empezó a ejecutar unos pasos de claqué. Contoneo a la derecha, contoneo a la izquierda. Meneo de cadera por aquí, meneo de trasero por allá. Chasqueó los dedos y empezó a tararear bajito. ¡Yo conocía esa canción! La abuela solía cantarla en el cuarto de coser, siguiendo el ritmo con sus zapatillas.

—¡Rose! —le advertí—. ¿Y si te oye alguien?

Ella soltó una risita. Increíblemente, yo también. Bruscamente, ella se deslizó a toda velocidad, como si patinase sobre hielo, rodeando la plataforma del centro del probador y pasando junto al espejo para detenerse donde yo seguía arrodillada.

«¿Me concede este baile?», dijo sólo con los labios, haciendo una reverencia principesca.

—¿Estás loca? —cuchicheé.

Ella encogió sus pequeños hombros de ardilla.

—Probablemente soy la persona más cuerda de este lugar, querida. ¿Te apetece bailar un vals?

¿Un vals? ¿Allí?

La actitud de Rose era tan audaz y juguetona que no me pude resistir. Fingí una sonrisa afectada ante su invitación y me levanté con elegancia para sumarme a su baile. Bueno, quizá no con tanta elegancia: todavía llevaba puestas las manoplas de encerar. Imitando a Rose, me las puse en los pies. Y, así, olvidando todo lo demás, bailamos por el suelo del probador, tarareando y riendo a la vez. ¡Éramos princesas de cuento! ¡Éramos diosas glamurosas en un lujoso y deslumbrante *nightclub*! ¡Éramos reinas de la belleza en un festival!

Sólo éramos chicas, unas chicas actuando como tales.

Y, de repente, nos atraparon in fraganti.

Sonaron unos pasos en el sendero de grava que llevaba a la puerta exterior y apareció en el umbral alguien con una cara tan plana que parecía pintada. Rose y yo nos quedamos paralizadas, como víctimas de un hechizo. No había tiempo para humillarse y suplicar. No había tiempo para desaparecer de allí. Había llegado una clienta.

Era alta, con el pelo rubio tupido y unos labios turgentes y enfurruñados. Caminaba con pasos pesados y sus botas dejaban marcas en el suelo recién encerado. Las borlas de las lámparas temblaron. Yo también.

La mujer nos dirigió una mirada que nos dejó a las dos clavadas contra la pared, como mariposas en el estuche de una colección; luego entró en el probador y dejó sus guantes sobre las revistas y su sombrero en el sillón. La fusta la colocó en la esquina, junto a la puerta.

Allí estábamos, en un campo de prisioneros para inocentes, dirigido por criminales.

Y allí teníamos a una de las Guardianas.

Durante toda mi vida había soñado con ser la dueña de una tienda de ropa. Cuando tendría que haber estado jugando con otras niñas, o al menos haciendo los deberes, yo estaba sentada con las piernas cruzadas en el suelo del cuarto de costura de la abuela, confeccionando miniaturas de los vestidos que se hallaban bajo la aguja de su máquina de coser. Mis muñecas incluso comentaban la decoración de los probadores de fantasía (yo hacía todas las voces) y luego posaban con sus precoces modelos de alta costura.

Ahora que estaba en un probador de verdad, con una clienta de verdad, me transformé en un conejo, igual que la mujer del día anterior. Pero los conejos son presa fácil para perros, zorros y lobos, sobre todo cuando llevan manoplas de encerar en los pies. Me apresuré a quitármelas y a ponerme mis absurdos zapatos de madera.

—¡Hola, soy Carla! —dijo la clienta. Tenía un acento pesado y compacto: así habría sonado una papa si hubiera podido hablar.

No se parecía en nada a la Guardiana aburrida del taller, aquella figura oscura que nos vigilaba. Carla era joven y rebosaba energía, como las chicas bulliciosas que andaban en pandilla por las calles de mi ciudad y que acababan de dejar el colegio para empezar a trabajar.

—¡Llego pronto! —exclamó—. Pero es que tenía que probarme otra vez mi nuevo vestido. ¿Lo han visto? El de seda verde. Me encanta. Qué elegante. Qué chic. Realmente encantador. ¿No se pondrán todas celosas cuando me vean con él?

Se desabotonó la chamarra del uniforme y me la tendió. Yo la tomé sin decir palabra. ¿Dónde se suponía que debía dejarla?

Entonces se abrió la puerta del taller y entró Mina disparada, como si se moviera sobre ruedas. Frenó y dijo con irritación:

—Disculpe, señora. Lo siento mucho, no la esperábamos tan pronto. —Chasqueó los dedos hacia Rose—. Tú. Trae el vestido.

A mí me siseó:

—¡Extiende las alfombras!

Carla continuó hablando mientras se desvestía:

—Qué primavera tan deliciosa. Las mañanas son más luminosas, ¿verdad? No soporto levantarme cuando todavía está oscuro, ¿y tú? Toma...

Me dio también su falda para que la sujetara.

Sólo con la ropa interior y las medias, Carla subió a la plataforma del centro del probador y se admiró a sí misma en aquel espejo impresionante. Había mucho que admirar en ella. Estaba redondeada en todos los sitios adecuados, a diferencia de mí. Yo tenía unas caderas tan estrechas que casi cabían en una tostadora, como una rebanada de pan.

Rose volvió con el vestido. «Mi vestido.» Casi se me escapó un suspiro al ver cómo se deslizaba por los brazos alzados de Carla y se derramaba en cascada sobre su estómago y su trasero. Se ceñía exactamente donde debía y crujía maravillosamente mientras ella giraba a uno y otro lado frente al espejo. La abuela se habría sentido orgullosa de mi creación.

Carla sonrió de oreja a oreja al ver su reflejo y dio unas palmadas como una criatura en una pastelería.

—Ah, qué habilidosa eres. Con unos pespuntes tan impecables. Con un diseño tan favorecedor. ¿Cómo lo has hecho?

—Yo...

No pasé de ahí. Mina me lanzó una mirada fulminante: «Silencio».

—Son años de experiencia —murmuró—. Pero también ayuda tener una clienta con tan buena figura. Sabía que este estilo le sentaría bien. Y escogí este color expresamente para la primavera. Es difícil trabajar con la seda, pero el efecto vale la pena, seguro que estará usted de acuerdo. Yo me formé en las mejores casas de costura.

Mina recorrió el ruedo de la falda, comprobando que estaba nivelado por delante y por detrás. Algo se cayó al suelo. Ella chasqueó los dedos hacia mí: «¡Alfiler!». Me agaché y tanteé con la mano —con el dorso, como me había enseñado la abuela— hasta que tropecé con él. La abuela tenía un dicho: «Si encuentras un alfiler y le salvas la vida, te dará suerte todo el día». Después de oír a Mina atribuirse el mérito de mi trabajo, me habría gustado clavárselo en el brazo. Pero lo que hice fue devolvérselo.

—Este vestido quedará fantástico para el concierto del fin de semana —dijo Carla—. A mí todos esos violines..., ni fu ni fa, pero quiero estar guapa, claro. Y lo estaré gracias a ti.

—Tendré terminado el dobladillo dentro de una hora —anunció Mina, irguiéndose y admirando «su» obra.

—Aunque... —Carla dejó de hacer poses y miró el espejo con inquina.

Mina frunció el ceño.

—¿Algún problema?

Yo sentí el impulso de dar un paso al frente y contestar: «¡Sí, hay un problema! ¡Aunque ella pretenda atribuirse todo el mérito, este vestido es mío!». Además, si hubiera tenido valor, habría añadido que el vestido no tenía ningún defecto.

Carla dio otra palmada.

—¡Ya lo sé! Unas hombreras más grandes..., eso le dará un toque más atractivo. Y un cinturón. Un bonito cinturón de lunares. Vi en una de esas revistas una foto que podrías copiar. ¿Y quizá un lazo en el cuello? ¿O ya sería demasiado?

Con frecuencia, la abuela volvía a casa tras una prueba con alguna de sus clientas quejándose de que tenían menos sentido de la elegancia que una escobilla de inodoro. Pero qué se le iba a hacer, decía: con tal de que pagasen puntualmente, tú hacías lo que te pedían. Y con un leve estremecimiento, añadía: «Aunque no es necesario que a ti te guste».

Birchwood, al parecer, no era muy diferente en ese aspecto. Mina asintió ante cada una de aquellas grotescas sugerencias.

Tal vez Carla captó mi expresión. Entornando los ojos, nos observó a Mina y a mí. Había cierta astucia en su rostro, por mucho que se comportara como una aldeana ignorante que ha logrado fama y fortuna. Noté que se había dado cuenta de que Mina mentía al decir que ella había hecho el vestido.

—¡Espera! —exclamó—. Olvida todo eso. Hazme... una chamarra a juego... —Me miró de soslayo, buscando mi aprobación. No sé lo que veía en mis ojos, pero sacó el aplomo necesario para continuar—: Sí, una chamarra. Con mangas tres cuartos, estilo bolero, forrada y quizá bordada. Con tu talento, será coser y cantar. ¿Sí? Muy bien, decidido. Rápido, quítame el vestido. Tengo que volver al trabajo. ¡El deber me llama!

Volvió a ponerse el uniforme y se fue a toda prisa, dándose un golpe con el mango de la fusta en la caña de la bota y tarareando una melodía de baile.

—¡No digas ni una palabra! —Mina me apuntó con un dedo huesudo en cuanto se cerró la puerta y nos quedamos solas.

—Pero...

—¡Ni una palabra!

—Tú...

—Ah, ya veo. Estás enfadada porque esa cerda se ha creído que yo he hecho su vestido, ¿no?

—Pues sí...

—Así son las cosas. Has de hacer lo que sea para sobrevivir, ¿entiendes?

Asentí lentamente. Estaba aprendiendo deprisa. Si sobrevivía, algún día podría volver a casa.

Sin poder contenerme, le solté:

—¿Cuándo podré enviar un mensaje para avisar a mi abuela de que me encuentro bien? Ella ha estado enferma esta primavera y el abuelo es bastante inútil para cuidarla. Estaba volviendo del colegio cuando me detuvieron y me trajeron aquí. Mi abuela estará muerta de angustia.

Mina suspiró.

—Tú estás muy verde, ¿no? ¿Cuántas semanas llevas aquí?

—Tres.

—No me extraña que estés tan despistada. Es todo un *shock*, eso lo reconozco. —Se metió la mano en el bolsillo del overol, sacó una cajita de cartón, la sacudió y de ella salieron dos cigarritos muy delgados.

—Tómalos. Y haz una chamarra bolero para Carla.

—Gracias, no fumo.

—Ya decía yo, ¡no tienes ni idea de nada! Aquí, en Birchwood, los cigarritos no son para fumar: son dinero. Sirven para conseguir comida o amigos, que para mí vienen a ser lo mismo.

—¿Y para enviar un mensaje fuera...?

—Ni lo sueñes. Ni por un cargamento de cigarros. ¿Crees que Ellos quieren que el resto del mundo sepa que existe este lugar? Escucha mi consejo, colegiala: olvida a tu familia. Olvida todo lo que hay fuera. Aquí sólo hay una persona en el mundo de la que preocuparse: yo, yo y yo. Cada vez que no sepas cómo actuar, pregúntate simplemente: «¿Qué haría Mina?», y ya verás cómo encuentras la respuesta correcta.

Contemplé aquellos rollos de papel comprimidos, con hebras de tabaco asomando por ambos extremos. El abuelo se liaba sus propios cigarros. Tenía unos dedos ágiles, como los míos, pero los suyos estaban manchados de tabaco. Cuando le daba por toser, y tosía mucho, sobre todo de noche, yo me deslizaba a hurtadillas, tomaba su bolsa de tabaco y la vaciaba en el váter. Por la mañana, él se reía de mí, me alborotaba el pelo y me mandaba a comprar más. Yo odiaba los cigarros. El olor del tabaco hace que la ropa apeste.

—¿Y bien? —Mina me miró a los ojos, evaluándome.

Tomé los cigarros.

No fue lo único que me llevé esa mañana del probador.

—Ella... ¡Eh, Ella!

Llegó un susurro a mis oídos. Yo estaba muy lejos en ese momento, calculando cómo marcar las solapas de la chamarra bolero para que encajaran a la perfección. La abuela podría haberme enseñado en un periquete. Eso era pan comido para ella. Pan comido, pan dulce, pastel de manzana... Se me empezó a hacer la boca agua.

Pero la abuela no estaba allí. Por suerte.

Era Rose la que me llamaba.

—¿Qué pasa? —susurré.

—Tienes que dejarlo ya. Es casi la hora de la cena.

Lo dijo como si nos estuviera esperando una gran mesa cubierta de manteles blancos almidonados, velas, servilletas con aro de plata y enormes platos llenos hasta arriba de comida humeante con la que hartarnos. Quizá había sido así en su refinado palacio de princesa.

—Un minuto —rezongué—. Tengo que resolver esto.

Para mi irritación, Rose no se movió. Tomó la chamarra y le dio la vuelta al cuello en uno otro y sentido.

—Mira, podrías hacer aquí unos pequeños cortes para aflojar la tensión; entonces las solapas encajarían mejor.

Yo pestañeé. ¡Claro! Qué idiota, cómo no se me había ocurrido a mí. Grité: «¡Tijeras!», hice los cortes y las solapas dejaron por fin de darme guerra.

En las mesas de alrededor, las chicas y las mujeres estaban doblando su trabajo y devolviendo sus alfileres. Se movían lentamente, frotándose los músculos doloridos de los hombros y el cuello, estirando la columna con las manos en los riñones. Había sido una larga jornada. Agotadora. Aun así, nadie quería romper el hechizo y salir de aquel reducto de seguridad. Fuera sonaban ladridos.

—Vamos, largo, princesa —dijo Mina, apareciendo de repente.

Rose hizo una reverencia y obedeció.

Mina manoseó mi trabajo con sus largos dedos.

—No está mal. La clienta ha pedido también unos adornos. ¿Sabes bordar?

¿Sabía bordar? Buena pregunta. Mina empezó a dar golpecitos en el suelo con el pie, esperando mi respuesta.

«¿Qué haría Mina?»

«Mentir.»

—Se me da muy bien el bordado —dije.

—De maravilla. Pon una mariposa o unas flores: algo fácil y bonito.

Y se fue sin más. Suspiré. Yo odiaba bordar. Nudos complicados y estúpidos puntos de relleno. Uf.

Estuve mirando si veía a Rose durante la cena, pero no la localicé entre los miles y miles de mujeres con ropa de rayas que sorbían la sopa en cuencos de hojalata. La encontré por pura casualidad por la noche, poco antes de que apagaran las luces. Las apagaban a las nueve en punto. (La jornada empezaba a las cuatro y media.) Yo estaba en mi barracón, subida a mi litera. Los barracones eran unos míseros edificios largos y achaparrados. En cada uno nos apretujábamos unas quinientas. Estábamos apiladas en húmedos estantes de madera de tres pisos que iban desde el suelo hasta el techo. Cada estante se hallaba dividido en literas cubiertas con una serie de sucios colchones de paja. Éramos al menos seis por litera y al menos dos por colchón. No había ningún otro mobiliario, a menos que contaras también las cubetas del baño. Esa noche mi compañera de litera no se había presentado. Yo no pregunté por qué. Hay preguntas cuya respuesta prefieres no conocer.

Oí un alboroto abajo y me asomé por el borde de la litera. La Jefa del barracón y sus secuaces habían acorralado a Rose. Yo ni siquiera me había dado cuenta de que estuviera en mi barracón. Mal asunto que hubiera llamado la atención de la Jefa. Las Jefas de barracón también eran presas, pero actuaban como Guardianas. Tenían la categoría de Prominentes, igual que Mina, y aprovechaban su estatus para conseguir la mejor comida, las mejores literas y los mejores trabajos. Nuestra Jefa de barracón era una mujer llamada Gerda. Era tan robusta que enseguida la apodaron Girder, como las grandes vigas de acero que se empleaban para construir puentes o sostener tejados. Sus brazos musculosos parecían hechos de metal soldado. Cada día rodeaba con esos recios brazos a una novia distinta. Yo procuraba no cruzarme en su camino. Ella alardeaba de tener un número muy bajo, lo que significaba que debía de llevar en Birchwood varios años, no sólo unas semanas. Nadie demasiado blando era capaz de sobrevivir tanto tiempo.

Rose era de las blandas. Girder y compañía la habían acorralado cerca de la estufa, en mitad del barracón. No la estaban maltratando, todavía. Sólo se burlaban de ella. Estaban probando hasta dónde podían llegar.

—¿No tienes dónde dormir, pequeña? —se mofó Girder—. Ah, no llores. No vayas a estropear esa cara tan linda...

Rose no estaba llorando. Permanecía allí con aire indefenso, dejando que la zarandearan. ¿Acaso no había aprendido nada desde que había llegado a Birchwood? No podías permitir que te trataran a empujones. Seguro que Mina no se dejaba mangonear en su barracón. Probablemente también era la Jefa allí.

«¿Qué haría Mina?»

«Ignorar a Rose. Sumarse al acoso. Ponerse del lado de Girder.»

Girder le echó a Rose el humo de su cigarro en la cara. Ya me imaginaba lo que vendría a continuación: una quemadura de cigarro en una zona sensible. Mejor no interponerse. Yo no quería figurar en la lista negra de Girder. Como Jefa del barracón, ella supervisaba el reparto de la ración diaria de pan. También asignaba las tareas domésticas, como cargar el caldero de sopa... o vaciar la cubeta del baño.

Por otro lado, ¿no sería mejor tener de compañera de litera a Rose, en vez de dormir al lado de otra completa desconocida?

—¡Eh, Rose! ¡Aquí arriba! —indiqué dando unas palmaditas al colchón de paja de mi litera.

Rose sonrió con una sonrisa más luminosa que la única bombilla que colgaba entre las camas. Me saludó con la mano e indicó con un leve gesto a Girder y compañía que se hicieran a un lado. Ellas se quedaron tan atónitas que la dejaron pasar.

—Gracias —dijo Rose, como si todas fueran las invitadas de una fiesta concurrida.

Aunque tenía unos brazos como fideos, se las arregló para encaramarse al tercer piso de literas. Mientras trepaba, Girder le levantó la falda un par de veces, sólo para salvar la situación. Yo me había perdido en una rápida ensoñación de fideos con hojas frescas de albahaca y una espesa salsa de tomate..., ese tipo de comida que no tenías más remedio que sorber y que te dejaba manchas de salsa alrededor de toda la boca...

—Uf. ¿No te entra mal de altura? —preguntó Rose subiéndose al colchón.

—¡Cuidado con la cabeza!

Demasiado tarde. Rose se dio un golpe en la coronilla. El techo era muy bajo..., demasiado bajo incluso para sentarse con la espalda erguida.

Me moví para hacerle sitio.

—El aire es más fresco aquí arriba. —*Fresco* quería decir «helado» cuando el viento se colaba entre los resquicios y las grietas—. Y la gente no se pasa la noche trepando sobre ti para ir a la cubeta del baño. Lo malo es que, si necesitas orinar, es un largo trayecto en medio de la oscuridad.

—Gracias por dejarme compartirlo contigo —dijo Rose, frotándose la cabeza—. Otras mujeres habían ocupado mi hueco. Pero el mío no tenía tanta clase como éste.

—¿Clase?

Ella sonrió.

—Bueno, nosotras estamos aquí, ¿no?

Ahora que tenía compañía, se me presentaba un pequeño dilema. Yo había canjeado uno de los cigarritos de Mina por una rebanada extra de pan con margarina. ¿Cómo se suponía que iba a comérmela delante de Rose? Pensé que podía esconderla hasta la hora del desayuno, suponiendo que nadie me la robara mientras dormía, o que las ratas no la alcanzaran. Las ratas que correteaban por las vigas del techo estaban más gordas que cualquiera de los humanos tendidos en las literas.

El hambre me pudo. Saqué el pan del interior de mi vestido y empecé a mordisquear la corteza. Rose tragó saliva... y luego se volvió educadamente para otro lado. Yo mastiqué con todo el sigilo posible. No sirvió de nada.

—Toma un poco —le indiqué.

—¿Yo? No, estoy llena —mintió—. No podría dar ni un bocado.

—No seas idiota.

—Bueno, si insistes...

Ahora masticamos las dos juntas. Con una diferencia: yo recogía y me comía las migajas que se me caían en el vestido; Rose, sin perder los modales, se las sacudía.

A continuación me contorsioné para quitarme mis absurdos zapatos. Dejando de lado que me provocaban unas horribles ampollas, eran lo más parecido que tenía a una almohada.

Rose ladeó la cabeza, como una ardilla probando una nuez para ver si estaba buena o no.

—¿No oyes un murmullo?

—Son las ratas.

Ella negó con la cabeza.

—No son ratas ni chinches.

Cuando volví a moverme para estar menos incómoda, exclamó:

—¡Eres tú! Haces ruido.

—¡No es verdad!

—Ya lo creo. Suenan crujidos cuando te mueves.

—Son imaginaciones tuyas.

—Si tú lo dices...

Fruncí el ceño.

—¿Y quién ha dicho que hacer ruido sea un crimen? Puedo hacer todo el que quiera.

—Desde luego. Pero mira, si yo he descubierto que te has llevado una de las revistas de moda del probador, otros podrían descubrirlo también.

Roja de vergüenza, me saqué el ejemplar de *Hogar y Moda* de la manga, donde lo había tenido enrollado durante todo el día.

Rose arqueó una ceja.

—¿Sabes lo que Ellos te harán si te atrapan?

Yo no sabía exactamente cuál sería el castigo; sólo sabía que sería severo.

—Vamos, es sólo una revista —repuse.

—Sigue siendo robar.

—Aquí se llama *agenciarse*.

—Sigue siendo robar.

—¿Y?

—¿No te enseñaron que robar está mal?

A punto estuve de soltar una risotada. Claro que sabía que robar estaba mal. Yo nunca había tocado un céntimo del dinero para el tabaco del abuelo cuando iba al estanco. Nunca había tomado siquiera un carrete de hilo de la caja de costura de la abuela. Una vez me pilló con su monedero y me soltó un tremebundo sermón sobre el deber de respetar las pertenencias ajenas, aunque yo trataba de explicarle que sólo pretendía jugar con él. Y decía la verdad. Era un gran monedero de piel de cocodrilo con cierres de presión, forro interior rojo y una cremallera oxidada en el compartimento de las monedas. Los cocodrilos eran rápidos y crueles, capaces de devorar a cualquiera.

—A mí me lo robaron todo cuando llegué aquí —dije—, lo cual también estaba mal. ¿Piensas delatarme, de todos modos?

—¡Claro que no! —replicó Rose con desdén. Hubo un silencio; luego me preguntó con su acento de alto copete—: ¿No vas a mirarla antes de devolverla?

—Si la devuelvo, querrás decir.

Le pasé la revista. Ella acarició la cubierta.

—Mi madre se desesperaba cuando me veía leer este «periodicucho», como ella lo llamaba. Decía que me irían mejor las cosas si leía buenos libros o escribía los míos.

—¿Tu madre llamaba «periodicucho» a *Hogar y Moda*? Pero si trae comentarios de diseños, editoriales, sección de cartas, esquemas y fotografías...

—¡Ya lo sé! —se rio ella—. ¡Con preciosos colores! Aquí todo es muy café, ¿no te parece?

—Fuera luces —gritó Girder.

Del café al negro: oscuridad total. Se había terminado la sesión de moda. Ahora a mí me aterrorizaba que descubrieran mi robo, me bajaran de la litera y..., bueno, lo que harían los Guardianes no sería agradable. Hasta el momento, Carla era la única Guardiana de Birchwood que parecía medio humana.

«Rápido, piensa en otra cosa.»

Costura.

En voz baja:

—Oye, Rose..., gracias por el consejo de hoy sobre las solapas de la chamarra.

—De nada.

—¿Dónde aprendiste a coser?

—¿Yo? Bueno, venía una señora al palacio y me daba

clases. Cuando era pequeña, yo soñaba con tener una tienda de ropa. O una librería. O un zoo. Era bastante voluble.

Me removí en el colchón. ¡Rose no podía tener una tienda de ropa! ¡Ése era mi plan! ¡Y mira que fingir que vivía en un palacio! ¡Qué tonta era!

—¿Ella? —susurró Rose al cabo de unos minutos.

—¿Qué?

—Buenas noches.

—Igualmente.

—Que duermas bien.

«Las ganas.»

Una pausa.

—Ella, ¿te cuento un cuento para dormir?

—No.

Otra pausa.

—¿Ella...?

Me giré en el colchón lleno de bultos.

—¿Qué pasa ahora?

—Me alegro de que estés aquí —respondió Rose en la oscuridad—. El pan está bueno, pero las amigas aún son mejores.

No podía dormir. No sólo era la sombra de una conciencia culpable por robar —o sea, por «agenciarme»— la revista. Tampoco era sólo el hambre. No, no podía dormir porque Rose roncaba. No con grandes ronquidos jadeantes como los que daba mi abuelo en la habitación contigua de casa. Rose soltaba unos ronquiditos nasales que hasta habrían resultado lindos si no la hubiera tenido justo a mi lado.

«¿Qué haría Mina?»

«Darle en las costillas.»

—Mmm, tengo cosquillas —murmuró ella medio dormida.

Yo permanecí despierta, negándome a pensar en nada salvo en lo que cosería al día siguiente.

El silbato sonó a las cuatro y media de la madrugada, como cada día. Nos bajamos todas de las literas para correr al Recuento, que se hacía tanto por la mañana como por la noche. Contaban a todas las Rayadas para comprobar que ninguna se había volatilizado durante la noche o se había escapado, algo igualmente improbable. Las Guardianas tenían Listas. Pero no había nombres en ellas: eso habría significado que éramos humanas; sólo había números. Las Rayadas teníamos número.

También teníamos insignias, unas insignias hechas con trapo de color y cosidas en nuestras ropas. La insignia que llevabas indicaba por qué habían decidido Ellos exactamente que ya no eras apta para vivir en el mundo real.

La mayoría de las Jefas llevaban un triángulo verde, lo cual significaba que antes de venir a Birchwood habían sido delincuentes. La insignia de Rose era un triángulo rojo. Eso proclamaba ante todo el mundo que era una enemiga política, cosa que a mí me parecía una locura. ¿Cómo podían considerar una amenaza política a aquella tontuela soñadora? A Ellos, obviamente, no les gustaban las personas que leían libros. Tampoco la gente de mi religión. Por adorar al dios equivocado te tocaba una estrella. Eran como las estrellas doradas que nos daban en el colegio cuando sacábamos buenas notas; sólo que aquella estrella significaba que eras lo peor de lo peor. La mayor parte de los Rayados tenían estrella. Y los presos con estrella eran los peor tratados de todos. Éramos sólo medio humanos. Infrahumanos. Prescindibles.

Yo odiaba la estrella. Odiaba todas las insignias, y también todas las Listas. Odiaba la forma que tenía la gente de meter a los demás en una casilla y poner una etiqueta que decía: «Eres diferente». Una vez que eres etiquetada como «diferente», los demás pueden tratarte como si no importaras. Lo cual es una estupidez. Yo no era una insignia o un número. ¡Era Ella!

En el mundo real, al principio no parecía tan dramático que estuvieran poniendo a la gente en Listas, ni tampoco la posibilidad de que fueras a tener problemas por estar en una. Todo comenzó por pequeñas cosas. Eras la última en ser escogida en las actividades deportivas del colegio (porque «los de Tu Clase no trabajan bien en equipo»). Te bajaban la nota en los exámenes («Los de Su Clase deben de haberse copiado mutuamente para sacar tantas respuestas correctas»). No te hacían caso cuando levantabas la mano desde la última fila («¿Alguien sabe la repuesta? A ver..., ¿nadie?»).

Luego las cosas pequeñas se volvieron grandes. Un día, en clase de ciencias, el profesor hizo que un niño saliera delante de todos y le midió la cabeza. «¡Miren su color de piel! —dijo en tono burlón—. Y las medidas del cráneo son bien claras: es de la raza incorrecta. Claramente inferior.»

Yo me revolví en mi pupitre, pero no me atreví a decir nada, no fueran a hacerme salir a mí.

Al formar una mañana, el director anunció que las normas de admisión habían cambiado: «Los siguientes alumnos deben levantarse y abandonar las instalaciones...». Tenía una Lista. Y mi nombre figuraba en ella. Nunca me había sentido tan avergonzada como cuando salí del salón del colegio bajo la mirada de centenares de ojos. Cuando llegué a casa, el abuelo amenazó con ir allí y meterle al director la cabeza en el inodoro. La abuela lo disuadió. Y yo fui a un nuevo colegio. Un colegio sólo para la gente que estaba en las Listas.

La cosa empeoró. Sitios de reunión destrozados vandálicamente. Libros religiosos quemados. Vecinos a los que se llevaban de noche en camiones con barrotes en vez de ventanas.

«No hagas caso de toda esta locura —solía decirme la abuela—. Es sólo para amedrentarnos, y nunca hay que ceder ante los matones. No hay nada malo en lo que somos.»

Pero si ninguno de nosotros había hecho nada malo, ¿cómo podía ser que hubiéramos acabado en una prisión como ésa?

Que tu nombre figurase en una Lista podía significar la vida o la muerte, dependiendo de cuál fuera esa Lista. Allí, en Birchwood, lo más importante era estar en una de trabajo. Si no trabajabas, no seguías viva. Así de simple.

Aunque ames tu oficio, no deja de ser un fastidio levantarse e ir al trabajo, sin importar en qué lado del alambre de púas estés. Formar en fila en el Recuento era lo peor de todo, especialmente en la oscuridad anterior al alba. El patio de armas parecía el lugar más desolado del mundo a esa hora. Las Rayadas formábamos en filas de cinco para que las Jefas nos contaran. Si alguien llegaba tarde al Recuento, había que empezar otra vez. Si faltaba alguna, también. Si alguien se desplomaba por hambre, agotamiento o frío (o las tres cosas), vuelta a empezar. Las Guardianas se apiñaban todas juntas, bostezando, envueltas en capas negras. Esa mañana, la primera que asistí al Recuento con Rose, me pareció ver a Carla, aunque no podría haberlo asegurado. Estaba más lejos, fumando, con un gran perro negro que no paraba de jadear.

Rose se hallaba a mi lado. De repente, cuando no había ninguna Jefa cerca, me susurró:

—Yo sé bordar. Si quieres, pondré unas hojas de hiedra en las solapas de la chamarra verde.

Le lancé una mirada.

—¿En serio? ¿Eres buena de verdad?

Rose me sacó la lengua. Fue algo tan inesperado que estuve a punto de reírme en voz alta, cosa que habría sido letal. Reírse durante el Recuento no estaba permitido. (Estrictamente, hablar tampoco, pero aquélla era una conversación de trapos y, por tanto, irresistible.)

—Perdona, o sea, gracias —murmuré—. La hiedra es bonita. Mi abuela me hizo bordar una vez unas hojas de hiedra de satén blanco en un vestido de boda. Se supone que la planta simboliza el matrimonio, porque sus ramas se aferran y se entrelazan.

—Y es venenosa —añadió Rose con un brillo pícaro en los ojos.

Yo pensaba devolver el ejemplar robado de *Hogar y Moda*; de veras que pensaba hacerlo. El problema fue que ese día el probador estuvo ocupado continuamente, con clientas que querían que les hicieran los últimos retoques a sus vestidos para el concierto. En un momento dado, la puerta se abrió y pude ver su interior desde el taller. Estaban mostrándole vestidos a una mujer madura y bajita, y la chica que hacía de modelo era la Jirafa a la que había conocido el primer día. Su nombre real era Shona. La mujer no era una de las nuestras. Llevaba un vestido verde hierba de crepé de lana, así que seguro que no era tampoco una Guardiana. Mina la trataba como si fuese una especie de diosa.

—¿Quién es ésa? —pregunté a aquella mujer tan fea a la que había apodado Rana y cuyo verdadero nombre era Francine. La Rana-Francine era muy buena cosiendo telas abultadas y haciendo pespuntes sencillos.

—¿No sabes quién es? —respondió bajito—. Cariño, ella es la razón de que estemos todas aquí. Es Madame H.

—¿Quién?

—¡La esposa del Comandante, nada menos! ¡Una gran amante de la moda! Empezó con un par de costureras trabajando en su buhardilla (su casa está al lado de Birchwood) y luego montó este taller para que las esposas de los Oficiales y las Guardianas pudieran lucir ropa de moda. Se habían puesto celosas, ¿entiendes?, al verla siempre con unos trapitos tan elegantes. Ese niño es uno de sus hijos.

Miré de nuevo y vi a un niño pequeño. Me bastó verlo para quedarme boquiabierta. Nunca veías niños allí, en Birchwood. Nunca. Iba vestido con unos pantaloncitos y una camisa impecablemente planchados. Llevaba el pelo peinado con raya en medio y tenía unos zapatos relucientes.

El niño nos miró a través de la puerta abierta, entornando los ojos. Francine hizo como que se ponía una soga al cuello y tiraba con fuerza. El niño retrocedió y se escondió tras las faldas de su madre.

—Un día los colgarán por lo que nos han hecho —masculló Francine—. Al padre, a la madre y a toda la maldita familia.

Seguramente debió de ver mi expresión escandalizada.

—¡Es sólo un niño! —repuse.

—Y tú también lo eres, cielo. Y todos los niños que suben por las chimeneas... ¡Puf!

Al principio, cuando oí decir que la gente subía por las chimeneas, pensé que significaba que se las hacían limpiar, como si fuesen deshollinadores. Pero, por mucho que deseara seguir creyéndolo, había demasiado humo, demasiada ceniza. Demasiada gente que llegaba y desaparecía.

«No pienses en ello. Piensa en vestidos.»

Me aferré a la imagen de la elegante Madame H., la clienta más importante de aquel universo. Memoricé su rostro, su piel, su figura. En ese mismo momento decidí que algún día haría vestidos para ella. Si quieres ser una buena modista necesitas una lista de clientas prestigiosas. De lo contrario, acabas vistiendo a la primera que entra.

La puerta del probador volvió a cerrarse del todo. Era demasiado arriesgado intentar devolver la revista ahora. Pensé que, si nadie lo había notado, también podía quedármela. ¿Por qué no? Lo que yo hiciera no era asunto de

Rose. En absoluto. Y tampoco me importaba lo que ella pensara.

Lo que sí recordé era que el primer día Francine había pedido trozos de papel para recortar patrones. Cuando la Guardiana del fondo del taller no estaba mirando, arranqué con cuidado una página de anuncios de la revista. Eran anuncios de cosas que casi había olvidado que existieran. Perfume. Jabón. Tacones. Eso me trajo el recuerdo del día en que la abuela me llevó de compras antes de empezar el curso escolar. Ella calzaba unos prácticos tacones gruesos, algo gastados por los lados. Yo, mis aburridos zapatos del colegio, lo cual no me impidió comerme con los ojos el reluciente despliegue de zapatos de gala con lentejuelas y diamantes de imitación.

«Las plumas bellas se las lleva el viento», había mascullado la abuela.

A mí me habían llegado rumores fascinantes sobre una especie de tienda en Birchwood que llamaban el Gran Almacén. Decían que era como «la tierra de la abundancia». Puesto que no había visto más que barracones y alambradas, me costaba mucho creerlo. Hasta que una tarde Shona, la Jirafa, entró en el taller casi enterrada bajo un montón de paquetes y bolsas colgadas del hombro.

—Hay de todo en ese lugar —declaró tras comprobar que Mina no andaba cerca para darle un bofetón por hablar en voz alta—. ¡Todas las cosas del mundo!

El caso es que, mientras Mina seguía ocupada acogotando a otras costureras, yo le pasé a Francine la página de la revista por debajo de la mesa.

«¿Aún necesitas papel?», dije sólo con los labios.

Ella alzó los ojos al techo y me contestó, también por gestos: «Muchas gracias». Confié en que no le importara que sólo hubiera anuncios.

De hecho, la muy ingrata ni siquiera miró lo que había impreso en la hoja. La partió en cuatro, se levantó del taburete y se dirigió al baño, agitando el papel como si fuera un premio que hubiera ganado. Cuando volvió, el papel había desaparecido.

¡Para eso servía la generosidad!

Amarillo

Un recuerdo: Rose bajando de un salto de nuestra litera y gritando: «¡Vida, vida, vida!». Con los brazos alzados, empezó a girar y girar sobre sí misma hasta que todas acabamos mareadas de sólo mirarla.

—¡Me encanta poder moverme! ¡Me encanta respirar! ¡Sería capaz de besar y de casarme con cualquiera!

Girder siguió masticando pensativamente su ración nocturna.

—Ha perdido la caveza, eso está claro.

El lodo primaveral dio paso al polvo veraniego.

Nos asábamos.

En el colegio, yo odiaba los últimos días del trimestre de verano. Nos encorvábamos sobre los pupitres, con la blusa arremangada y la ropa pegada a la espalda, mientras el sol se mofaba de nosotras afuera. Luego llegaba la liberación: ¡la última campana del curso! Salíamos a trompicones a la calle en un barullo de libros, bicicletas y alegría..., ¡con semanas y semanas de libertad por delante!

En Birchwood no había liberación. Cada mañana, después de despertarnos con el silbato, formábamos en filas de cinco para el Recuento. En verano hacía calor incluso al alba. Nos achicharrábamos con nuestros delgados vestidos y con el triángulo de algodón sobre la cabeza rapada. Las Guardianas merodeaban lentamente entre nosotras. Eran como cuervos posándose en un campo de rastrojos para picotear insectos. Comprobaban que nuestros números concordaran, que nuestras insignias estuvieran cosidas correctamente y que pareciéramos aptas para el trabajo. Como los cuervos, se mantenían ojo avizor por si había algún bocado apetitoso..., alguna Rayada que mereciera ser castigada. Las Guardianas se abalanzaban sobre cualquiera que sobresaliera del montón. Yo vi cómo apaleaban a una mujer hasta dejarla inconsciente porque se había atrevido a alisarse su pelo rebelde con saliva para parecer un poquito más presentable.

Una vez apareció Carla con su perra, que se llamaba *Pippa* y jadeaba y tiraba de la correa hasta estrangularse. Bastó un tirón enérgico para que *Pippa* se sentara.

Carla me ignoró. A sus ojos, yo sólo era una Rayada más. Justo el día anterior, ella había estado en el probador alardeando de su bronceado. Yo le había hecho un vestido de verano amarillo limón..., aunque Mina se había atribuido otra vez todo el mérito. Carla sabía que Mina mentía, no me cabía duda. De hecho, me había preguntado:

—¿Tú crees que Mina podría hacerme un traje de baño?

—Estoy segura de que Mina podría hacérselo —había respondido yo recatadamente.

Para entonces, me permitían estar a solas con las clientas en el probador: ¡ya no tenía que limpiar el suelo como una

70

sirvienta! Cosía hasta que se me agarrotaban las manos y se me emborronaba la vista. Aquello era lo más duro que había hecho en mi vida. Mi plan original había sido aprender en casa con la abuela y ahorrar de algún modo para asistir luego a una escuela de oficios y adquirir mayor refinamiento. Después empezaría desde abajo en una casa de costura e iría ascendiendo poco a poco hasta poseer Mi Propia Tienda.

Al ir allí, se habían desbaratado mis planes, lo cual no significaba que no pudiera aprender. Mina era sorprendentemente servicial a la hora de enseñarte trucos de confección.

—Yo me formé en las mejores casas de costura —decía una y otra vez.

Y, sin embargo, Carla quería que fuese yo, y no Mina, la que le hiciera sus nuevos vestidos.

Un día, en el probador, sólo en clazones a causa del bochorno, Carla se puso a hojear las páginas del último número de *El Mundo de la Moda*.

—Tengo que realzar mi bronceado con un bonito conjunto con shorts. Pero en el Gran Almacén no he visto nada que me atraiga —rezongó—. Mira. A ver qué te parece esto...

Me indicó que me acercase, como si yo fuese un ser humano normal, no una Rayada. Me incliné sobre su suave hombro, que olía a jabón. Las dos contemplamos a unas chicas alegres que posaban con trajes de baño y pareos de playa.

—Como ese de lunares de la derecha... —sugirió.

—Pero más bonito —respondí.

—Seré la envidia en la piscina.

—¿Hay una piscina en Birchwood? —Las palabras me salieron antes de que pudiera contenerme.

—No para los de Tu Clase —dijo Carla con un bufido—. Sólo para la gente apropiada.

Acto seguido, sacó una cigarrera de plata del bolsillo de su chamarra y la abrió de un capirotazo, como si fuera una estrella en un casino. Había cinco cigarros en la cigarrera. Yo los miré fijamente, todavía aturdida por aquellas palabras pronunciadas con tanta despreocupación. «No para los de Tu Clase.»

¿Cómo se atrevía? ¿CÓMO SE ATREVÍA? Yo estaba justo a su lado, respirando el mismo aire, sudando bajo el mismo calor, ¿y ella no creía que fuera «gente apropiada»? ¿Y cómo iba a serlo si ella tenía ropas decentes y yo andaba con un costal de rayas con dos agujeros para los brazos? Si intercambiábamos nuestras ropas, entonces ¿qué seríamos?

Mi indignación se fue aplacando. Más allá de la diferencia de ropa, nunca seríamos iguales. Carla era un ser humano; yo ya no lo era.

Mucho antes de la Guerra, las personas llenas de odio que estaban en el poder habían hecho Listas de toda la gente a la que querían borrar literalmente de este mundo. Primero la gente que pensaba de otra manera. Luego la gente con el cerebro o el cuerpo contrahecho. Luego la gente de distinta fe. La gente de otra raza.

Una vez que estabas en la Lista, ya no eras una persona. Podían ponerte en una Lista sólo por el hecho de estar viva, lo cual solía significar que acabarías muerta poco después, o encerrada en Birchwood, que venía a ser más o menos lo mismo.

Carla sacudió la cigarrera en mi dirección. El sentido de su gesto era obvio: «Toma uno».

«¿Qué haría Rose?»

«No hacer caso de la imprudente generosidad de Carla.»

«¿Qué haría Mina?»

«Mantenerse con vida.»

Tomé los cinco cigarros.

En el patio de armas, Carla pasó de largo con su perro. En mi fila respiramos con alivio. En general, las Guardianas permanecían a la sombra durante los Recuentos más sofocantes, dejando que las Jefas recorrieran las filas y llevaran la cuenta. Podían pasar horas hasta que las cifras cuadraban. Mientras, nosotras nos freíamos bajo el sol como huevos en una sartén.

Rose se ponía siempre a mi lado. Ella mantenía los ojos fijos en un punto invisible y lejano. Yo soñaba despierta que me tomaba tarros de helado de limón..., cubetas enteras de helado de limón... ¡Me bañaba en helado de limón! Cualquier cosa para no percibir lo que sucedía alrededor; para no ver, ni oír, ni oler. Así era cómo resistía todo aquello.

Una mañana, mientras corríamos desde el Recuento hacia el taller de costura, reparé en que Rose iba con la cabeza descubierta. Ya era bastante malo que se resignara a llevar aquellos zapatos desparejados de payaso, pero andar con la cabeza descubierta era una locura.

Me detuve y la sujeté del brazo.

—¡Tu gorro! ¡Lo has perdido! ¡No puedes estar perdiendo cosas continuamente, Rose!

La verdad era que no tenía remedio. Ya había perdido su cuchara. Sólo nos daban un cuenco y una cuchara a cada una. Sin ellos, no podías comer. Rose ahora tenía que beberse la sopa directamente del cuenco. Decía que le daba igual.

—Así tengo menos cosas que lavar —había bromeado, como si hubiera algún sitio para fregar los trastes en el barracón.

—Supongo que en tu palacio sólo había cucharas de plata, ¿no? —repuse para provocarla.

—Y no sabes el trabajo que daba a los criados sacarles brillo —dijo Rose, asintiendo—. De hecho, teníamos un juego de cubiertos especial sólo para comer piña. Eran el orgullo del ama de llaves. A mí me encanta la piña, ¿a ti no? Tan dura y espinosa por fuera, pero por dentro…, ay, esa blanda pulpa amarilla y ese zumo… Era como beber a tragos la felicidad.

Me lamí los labios agrietados. Nunca en mi vida había probado el zumo de piña.

—Pero ¿dónde está el pañuelo? ¿Has dejado que te lo roben?

—¡No! Había una mujer en el Recuento…, ¿no la has visto, justo delante de nosotras?

—Yo no he visto a nadie… Ah, ¿la que se ha desmayado? —Recordaba vagamente el pequeño revuelo desatado cuando la mujer se había doblado y acuclillado en el suelo como un cangrejo hasta que la habían vuelto a poner de pie—. ¿La vieja?

—Se lo he dado a ella.

—¿Tú estás loca? ¿Es que te ha afectado el sol a la cabeza? Porque, si no te has insolado ahora, pronto lo harás. Ese pañuelo era tuyo. ¿Por qué se lo has dado?

—Porque lo necesitaba.

—¡Y tú también! Mina te va a matar por no ir como es debido. ¿Quién era esa vieja, en todo caso?

Rose se encogió de hombros: un leve encogimiento de ardilla.

—No lo sé. Alguien. Nadie. Parecía muy triste y sola. Con la mirada perdida, ¿sabes? Estaba temblando cuando le he atado el pañuelo a la cabeza. Ni siquiera ha podido decir gracias.

—¿No te parece una señal de ingratitud?

Rose negó.

—Era más bien como si hubiera olvidado que había algún motivo para dar las gracias. Y tampoco era tan vieja. Podría haber sido mi madre, o la tuya. ¿No te gustaría pensar que alguien, en alguna parte, cuida de ellas?

Esa frase me cerró la boca.

No volvimos a ver a la mujer-cangrejo nunca más.

A mí me gustaba esconderme en el taller. Allí dentro, el mundo se reducía a una sucesión de puntadas. Yo me encorvaba sobre mi trabajo de manera que se me marcaban los nudos de la columna: estaba tan esquelética que casi notaba cómo raspaban la tosca tela del vestido de rayas. Meter la aguja, sacarla, tirar del hilo. Así era como iba a sobrevivir hasta el final de la Guerra. Entonces abriría mi tienda de ropa y ya no volvería a ver cosas horribles nunca más.

Una vez, sólo una vez, al principio del verano, habíamos abierto las ventanas del taller con la esperanza de que entrase un poco de aire. Teníamos las manos húmedas, las telas estaban flácidas y las máquinas de coser casi quemaban cuando el sol apretaba más. La Guardiana apostada al fondo tenía manchas de sudor en el uniforme.

La Rana-Francine se acercó a las ventanas. Eran muy altas, para que no se viera nada desde dentro ni desde fuera. Los marcos estaban combados por el calor. Francine golpeó una de ellas con el canto de la mano y la ventana se abrió bruscamente. Las otras se resistieron más, pero al final tuvimos unos recuadros de cielo a la vista.

Como bajo un hechizo, todas las chicas del taller volvieron la cabeza, cerraron los ojos y abrieron la boca.

—Me dan ganas de correr a lo largo de las mesas y arrojarles botones dentro —murmuró Rose.

Con las ventanas abiertas, todas habíamos esperado un aire fresco que no llegó a aparecer. En cambio, entraba polvo. Tras muchos días sin lluvia, el lodo de Birchwood se había secado, agrietado y desmenuzado hasta convertirse en un polvillo amarillo parduzco que la brisa más leve esparcía en pequeños torbellinos. Y ahora se colaba por los alféizares.

—Será mejor que vuelvas a cerrarlas —le dije a Francine—. No podemos dejar que se ensucien las ropas, ya lo sabes.

—Me importan un bledo las ropas —masculló ella—. Necesito respirar. —Se irguió ante mí, aunque seguía siendo bajita, y me miró con furia. Yo le devolví la mirada. Cerré los puños.

No sé cómo habría acabado la cosa si no hubieran sonado fuera los ladridos de un perro y un estrépito de balas. Francine se estremeció... y se apresuró a cerrar las ventanas.

Yo detestaba el momento en el que debíamos devolver los utensilios —«¡Alfileres!», gritaba Mina—, doblar nuestro trabajo y salir fuera para unirnos a los rebaños de cebras en el sombrío paisaje de Birchwood.

El campo estaba todo compuesto de líneas rectas. Hileras e hileras de barracones que se extendían hasta donde alcanzaba la vista. Y donde terminaban los barracones, empezaba la alambrada. Entre los edificios, las Rayadas se movían a tumbos, se sentaban... o se tumbaban muertas de cansancio. Algunas eran como mujeres fantasma. Sus cuerpos venían a ser las ascuas de un fuego que se iba extinguiendo.

Después del trabajo, arrastraba a Rose entre la multitud para conseguir el mejor lugar en la cola de la sopa. Demasiado adelante, sólo nos servirían agua salada. Demasiado atrás, únicamente nos quedarían los restos requemados del fondo del caldero; o peor aún, nada. Lo mejor era ponerse hacia la mitad. Entonces incluso podías llevarte un trozo de piel de papa.

Mi abuela hacía una sopa tan espesa que casi se podía colocar una cuchara de pie. En una ocasión, el abuelo tomó el tenedor y el cuchillo y simuló que la cortaba.

Yo confiaba en que el abuelo estuviera haciendo la compra y ocupándose de que la abuela se alimentase bien. Ella había estado un poco débil en primavera. Seguramente ya se encontraba mejor ahora. No había nada que la mantuviera postrada mucho tiempo. Además, el abuelo al final enfermaría a base de improvisar sus propias comidas y atosigaría a la abuela hasta que se levantara y fuera a la cocina. Ella le daría un par de golpes con una espátula, lo llamaría viejo idiota y volvería a sus tareas, ya recuperada.

«La vida es demasiado corta para perder el tiempo enfermándote», decía siempre.

Un día de aquel verano no hubo cena. Nos daban unas raciones tan minúsculas que cualquiera habría creído que saltarse una no tendría importancia. En realidad, fue un tormento. Casi me sentí tentada de mascar un trozo de seda para tener algo en la boca.

Ese día sin cena, tenía un terrible dolor de cabeza de tanto forzar la vista. Estaba ocupada cosiendo pliegues diminutos en un juego de lencería para una de las esposas de los Oficiales. Rose se había quemado con la plancha y no había ninguna crema que aplicarle, así que ella también estaba algo apagada. Yo habría preferido que llorase o se quejara. Pero, siendo como era, continuó con su tarea fingiendo que estaba bien.

Al menos, ya tenía un pañuelo nuevo para la cabeza: dos de los cigarros de Carla le habían servido para agenciárselo. Los cigarros habían salido de mi propio alijo, en justo pago por el bordado de hiedra que Rose me había hecho. Yo guardaba mis magros tesoros en una bolsita de tela colgada dentro de mi vestido. Mientras no me registraran, estaba a buen recaudo.

El caso es que ya habíamos recogido y estábamos preparadas para salir cuando apareció de repente una Guardiana y gritó:

—¡Siéntense! ¡Que no salga nadie!

—¡Nos perderemos la cena! —me atreví a objetar. Hubo murmullos de apoyo de otras trabajadoras.

—¡Pues no comerán! —intervino Mina con una expresión furibunda—. Les han dicho que se sienten. ¡Tú, princesa, apártate de la ventana!

Rose estaba de puntillas, tratando de atisbar algo, y se había puesto pálida.

—Están..., están trayendo gente desde el andén —anunció—. Mucha más gente de lo normal.

Me estremecí. No quería que me recordasen la estación donde terminaban su trayecto los trenes que venían de todo el continente..., donde terminaba la hermosa vida real. Ahora la palabra *andén* significaba para mí un lugar lleno de perros y gritos, de Guardianes y maletas. Hombres separados de sus mujeres, mujeres separadas de sus bebés, yo misma arrastrada a empujones, indefensa como una hoja en un río sucio.

En el andén del tren nos habían clasificado a derecha e izquierda. Trabajo o chimeneas. Vida o muerte.

—Exactamente —dijo Mina—. Hay un enorme caos ahí fuera. No quiero que ninguna de mis trabajadoras sea apresada y llevada accidentalmente... al lugar equivocado.

La Guardiana asintió y salió del taller, cerrando la puerta.

Ahora lo oímos todas: el monótono redoble de pisadas. Tram, tram, tram. Miles y miles de pies arrastrándose por el polvo.

Por los chismorreos que oí, aquel verano estaban llegando diez mil personas al día en un viaje que era sólo de ida. ¡Diez mil al día! No podía ni imaginar una cantidad tan grande de gente. Desde luego, era más de la que vivía en mi ciudad. Toda esa gente llegando a diario, a menudo ya muy de noche.

Algunos se quedaban en el campo. El resto..., no quería pensar lo que pasaba con el resto, con tal de que no fuera yo. «¡No dejes que sea yo!» Entonces trabajaba aún más deprisa, como si cada puntada me cosiera más firmemente a la vida.

El problema era que Birchwood estaba a punto de reventar por las costuras. Ahora éramos tres, incluso cuatro en un colchón. Con una manta compartida entre dos. No había suficientes trabajos para todos. Los trenes seguían llegando día y noche. Los silbatos de las locomotoras continuaban aullando. A mí me recordaban mi propio viaje a través de unos paisajes invisibles para llegar a Birchwood. Días y noches de traqueteo a lo largo de las vías. Esperando. Haciéndote preguntas.

Por la noche, las nuevas Rayadas venían a apretujarse a los barracones. Lo miraban todo parpadeando, llorando. Venían de todos los rincones del continente, farfullaban en todos los idiomas, lo que mostraba hasta qué punto se habían extendido los combates desde la patria de acero donde se encontraba el centro de la Guerra. Mal que bien, nos las arreglábamos para entendernos entre todas.

Lo que teníamos en común era que Ellos nos habían declarado la Guerra a nosotros. Aún había algunos países libres que plantaban cara. Nuestros liberadores, esperábamos. ¿Estábamos ganando la Guerra? Dependía de con quién hablaras. Las Guardianas siempre andaban alardeando de nuevas conquistas, de nuevas victorias. Nosotras nos alimentábamos de los rumores que decían que los liberadores seguían combatiendo.

Entretanto, cada nueva Rayada recibía un número y una insignia: triángulos rojos, triángulos verdes y estrellas amarillas como la mía en cantidades suficientes para crear toda una galaxia de constelaciones.

Escuchándolas hablar, me daba cuenta de lo poco que había visto del mundo. Mi ciudad estaba a cientos y cientos de kilómetros en dirección nordeste. Las presas hablaban de ciudades que olían a estofado especiado con pimienta, o de islas del sur que se tornaban azules y blancas bajo el sol abrasador del verano. Había Rayadas que procedían de la parte más extrema del oeste a la que podías llegar sin caerte al océano: eran las compatriotas de Shona. Mujeres maravillosamente altivas, de una peculiar elegancia. Yo me imaginaba a mí misma haciendo vestidos para ellas después de la Guerra. Las Rayadas de las tierras del Este eran más robustas, como Francine. Buenas trabajadoras.

Fuera cual fuese su raza o lugar de origen, todas las recién llegadas se veían acribilladas a preguntas sobre el mundo real: «¿De dónde eres? ¿Cómo va la Guerra? ¿Cuándo vendrán los liberadores?».

Todo eso estaba muy bien, pero yo prefería preguntar cómo iba cambiando la moda. ¿Los dobladillos se hacían más largos o más cortos? ¿Las mangas, abullonadas o lisas? ¿Las faldas, plisadas o rectas? Una noche, me pasé horas confeccionando vestidos mentalmente mientras Rose se paseaba con una tosca mujer de su propia región del mundo: un lugar de campos y bosques, de música y belleza, según lo que deducía de las descripciones que ella me hacía. Aunque con Rose nunca se sabía lo que era real y lo que era una historia de fantasía.

Así pues, estábamos apretujadas como en un hormiguero, pero seguía llegando gente. Quizá pareceré cobarde, pero yo no podía soportar el redoble de pisadas —tram, tram, tram— que sonaba fuera del taller aquella sofocante tarde de verano.

Permanecimos todas en tensión esperando a que la multitud acabara de pasar. Tamborileábamos con los dedos. Sacudíamos las piernas. Hervíamos por dentro...

Tram, tram, tram. No se acababa nunca. Voces murmurando. Bebés llorando.

Shona se levantó de golpe al oír a los niños. La bella y elegante Shona, toda piernas y pestañas: Jirafa. Tan sólo llevaba un año casada cuando Ellos fueron a detenerla porque su nombre figuraba en una Lista. Su marido y su bebé también estaban en la Lista. A veces la oíamos cantándole canciones de cuna en voz baja a su máquina de coser. La Guardiana apostada al fondo captaba en ocasiones algunas notas y tarareaba también su canción... Luego venía a grandes zancadas y le daba un golpe en la cabeza para silenciarla. Ahora Shona tenía las pestañas húmedas de lágrimas.

—Mi bebé —sollozó—. ¡Mi precioso y pequeño bebé! Mina se giró en redondo.

—¿Quién ha dicho eso?

Shona se ahogaba con las lágrimas.

Rose alzó la voz inesperadamente:

—¿Han oído alguna vez la historia de la Reina y los pasteles de crema de limón...?

¡Una ocurrencia absurda y divertida, ideal para un momento semejante! Fue como si nos hubieran rociado con agua fresca. Todas nos volvimos hacia Rose, que se había sentado en el pico de una mesa y tenía relucientes sus ojitos de ardilla.

Ella esperó unos instantes.

Mina asintió.

—Vamos, cuenta...

Yo ya conocía ese rasgo suyo: justo cuando te entraban ganas de despotricar contra el mundo entero, Rose empezaba a contarte una historia sobre una chica que frunció el ceño y que, al cambiar el viento, se quedó con la cara así. O la historia de un ogro que gritó con tal fuerza que derribó la luna del cielo.

Todo había empezado una noche en el barracón, a la hora de acostarse. Teníamos a una Rayada extra apretujada con nosotras en la litera, de manera que Rose y yo estábamos acurrucadas juntas.

—No sabes cuánto extraño los libros —me había dicho con un suspiro—. A veces mi madre, si no estaba ocupada escribiendo, venía a leerme una historia. Yo, además, leía bajo la colcha con una linterna. Las historias resultan más emocionantes así. ¿Qué me dices de ti? ¿Cuál es tu libro favorito?

La pregunta me dejó perpleja.

—Nosotros nunca hemos tenido muchos libros. El abuelo lee el periódico: más que nada por el crucigrama y las tiras cómicas. La abuela lee *Hogar y Moda*, obviamente.

—¡¿No tienen libros?! —Rose se incorporó de golpe y se dio un coscorrón con las vigas del techo, lo que sobresaltó a las ratas—. ¿Cómo se puede vivir sin leer?

—Bastante bien hasta ahora —respondí riendo—. Las historias son cosas inventadas, de todos modos.

—¿Eso quién lo ha dicho? Yo creo que son otra forma de contar la verdad. ¿En serio que no leen libros? ¡Ay, Ella, no tienes ni idea de lo que te has perdido! Las historias son comida y bebida, son la vida misma... O sea, ¿no has oído nunca la historia de una chica que hizo un vestido con la luz de las estrellas?

—¿Con la luz de las estrellas? ¿Cómo vas a poder...?

—Bueno —dijo Rose—. Érase una vez...

Y ahí se terminó la discusión. No pude dormir hasta que ella concluyó con un «Fin» triunfal.

A Rose nunca se le agotaban las historias. Se las sacaba de la manga, como un gusano de seda tejiendo un capullo, o como una doncella de cuento convirtiendo la paja en oro.

«¿Te he hablado alguna vez de cuando...?» era siempre su frase inicial. Y lo que venía a continuación era una asombrosa cascada de disparates. Cosas como su vida de condesa en un palacio, donde las hueveras estaban bañadas en oro. En las historias de Rose, la gente bailaba hasta el amanecer bajo la luz de un centenar de candelabros y luego dormía en camas grandes como barcos cuyas colchas eran de seda rellena de plumón. El palacio tenía paredes enteras cubiertas de libros, y agujas que tocaban la luna cuando estaba baja en el cielo.

—...y unicornios deambulando por el parque, y fuentes que manaban limonada espumosa, ¿no? —me burlé yo después de oír aquella historia en particular.

Rose me miró gravemente.

—Ahora te estás portando como una tonta —dijo.

Aquella tarde de verano, en el taller de costura, Rose alargó su historia durante tres horas enteras mientras permanecíamos atrapadas. Fuera, seguía sonando el redoble de zapatos, botas y sandalias: tram, tram, tram. Allí dentro estábamos perdidas en un mundo donde las reinas preparaban pasteles y los limoneros hablaban. Ni siquiera recuerdo exactamente qué más pasaba. Sí sé que había unos ogros que venían y se llevaban a la Reina, cuyas manos aún estaban cubiertas de harina. Y que los pasteles de crema de limón sabían a luz del sol y a lágrimas, y que tenían escondidos dentro los anillos de la Reina, donde los ogros jamás los encontrarían. También que había una princesa que se ocultó en un árbol para que los ogros no la vieran, pero que ellos la acabaron oliendo y se la llevaron a su guarida, un lugar lúgubre, sin hierba ni árboles.

—Se parece a esto —musitó Francine.

La historia no era toda triste. En un momento dado, Francine se puso a reír con tanta fuerza que temblaba de pies a cabeza y gritaba: «¡Basta, basta, o me mearé encima!». En otra parte, Mina ocultó una sonrisa tapándose con la mano. Era la primera vez que la veía tan humana como el resto de nosotras. Incluso la Guardiana del fondo escuchaba con atención y esbozaba una sonrisita en los momentos graciosos.

Fue un *shock* para todas cuando Rose terminó bruscamente la historia con un floreo:

—Y así fue como acabó todo.

—¡No, no, no! —protestamos a coro.

—Chist —dijo Shona—. Escuchen.

Silencio.

La Guardiana fue a la puerta del taller y abrió una rendija.

—¡Todo despejado! —gritó—. Vamos, salgan.

Corrimos al Recuento. Tuvimos que sortear los desechos de la multitud que acababa de desfilar hacia el interior del campo. Aquí un pañuelo, con manchas amarillas de moco. Ahí una pluma de color canario que había volado de algún sombrero. Y allá, salpicado de polvo, un diminuto zapatito de bebé.

Esa noche, mientras formábamos filas de cinco en cinco para que nos contaran, no había estrellas, ni luna, ni cielo. Birchwood estaba enterrado bajo el humo. Probé el sabor de la ceniza y, por una vez, no tuve hambre.

—¿Rose...? —la llamé en la oscuridad. El barracón, esa noche, estaba sin aire y aún más abarrotado de lo normal. El colchón de paja sobre el que dormíamos resultaba extremadamente caliente y rasposo—. Rose, ¿estás despierta?

—No —susurró ella—. ¿Y tú?

—Chist —siseó el costal de huesos que yacía a mi otro lado.

Rose y yo nos acurrucamos juntas para que nuestras palabras sólo pasaran de los labios al oído.

—La historia que nos has contado hoy estaba muy bien —murmuré—. Deberías ser escritora.

—Mi madre lo es —respondió ella—. Una escritora buena de verdad. Y famosa. Por eso detuvieron a mi familia; ella no temía publicar libros que decían la verdad, y no lo que Ellos querían que creyéramos.

No pude preguntarle sobre la detención. Rose ya estaba metida en la siguiente frase.

—Me encantaría ser la mitad de buena que ella escribiendo. ¿Qué me dices de ti?

—¿Yo? ¿Escribir? Qué risa. Lo mío es coser.

—No, me refería a tu madre.

—Ah, mi madre. No hay mucho que contar.

—Algo tiene que haber —replicó Rose.

La verdad era que yo no recordaba gran cosa de mamá.

—Ella tuvo que volver al trabajo cuando yo era un bebé. Estaba en una gran fábrica, cosiendo trajes. Nadie habla nunca del asunto, pero creo que mi padre debía de ser uno de los directores de la fábrica o algo parecido. Yo no lo conocí. No estaban casados. ¿Puedes creer que tenían unas máquinas capaces de cortar a la vez veinte capas dobles de lana?

—Pero tu madre... —me pinchó Rose con delicadeza.

—La que me crio fue mi abuela, en realidad. La fábrica de trajes se trasladó a otra ciudad y todos los empleados tuvieron que seguirla o perder su puesto. Mamá venía cada dos o tres semanas. Luego, cada dos o tres meses. Y luego ya sólo enviaba dinero. Al llegar la Guerra, la fábrica empezó a hacer uniformes y ella dejó de cobrar. Y después... Ya sabes.

—Me encogí de hombros en la oscuridad.

Las madres no eran un tema sobre el que supiera mucho.

Dos brazos delgados me rodearon, estrechándome.

—¿A qué viene esto? —gruñí.

Rose me dio un apretón.

—Sólo estaba midiendo hasta dónde me llegan los brazos.

Esa noche, una mujer del primer piso de literas empezó a sollozar, primero en voz baja, luego de modo incontrolable.

—¿Por qué yo, por qué yo, por qué yo...? —gemía—. ¿Qué he hecho en toda mi vida para sufrir así?

—¡Cállate ya! —bramó Girder desde su cubículo privado, que quedaba al final del barracón.

—¡No voy a callarme! —gritó la mujer—. ¡Quiero irme a casa! ¡Quiero volver con mi marido y mis niños! ¿Por qué vinieron a buscarnos? ¿Qué habíamos hecho nosotros?

—¡He dicho que te calles! —rugió Girder.

La mujer estaba demasiado desquiciada. Gritó y gritó hasta que creí que me iban a estallar los oídos. En la oscuridad, Rose extendió la mano y encontró la mía.

Girder acabó explotando y pasó a la acción. Sacó a la mujer a rastras de la litera y la zarandeó.

—¡No eres tú! —gritó—. No tiene nada que ver contigo. Son Ellos. Ellos necesitan gente a la que odiar. Gente a la que matar. Para Ellos, somos todas criminales.

—¡Yo no lo soy! —repuso Rose bruscamente con un tono de gran indignación.

—¡Yo tampoco! —graznó una chica dura, dos literas más allá. Ella llevaba un triángulo verde; era bien sabido que tenía un historial delictivo más largo que un rollo de papel higiénico.

—Yo robaba manzanas —dijo una voz cascada desde abajo—. Eran agrias como el vinagre y te daban unos retortijones terribles en la panza, pero cada otoño las robábamos igualmente.

Girder cruzó los brazos.

—Serán idiotas... No estoy hablando de eso. No se trata de si te han atrapado por tomar un pintalabios, o por robarle a una vieja el dinero de su pensión... o, bueno, por matar a tu madre a hachazos, ya puestos. Sea lo que sea lo que hayamos hecho, no estamos aquí por ningún delito real.

El barracón se quedó en completo silencio. No se oía ni el menor crujido.

A Girder le gustaba tener público.

—¿Es que no se han dado cuenta, bola de mierdas, de que a Ellos no les importa lo que hayamos hecho? Estamos aquí por lo que somos. Porque existimos. Porque para Ellos no somos personas. Tú, Rose, con tus modales de damisela y toda esa mierda..., ¿te crees que Ellos se sentarían a tomar el té contigo? ¡Sería como pedirle a una rata que te enseñara con qué puto tenedor tienes que comerte el pescado!

—¡Qué grosería! —exclamó Rose, aunque no entendí si se refería al lenguaje de Girder o a la idea de cenar con una rata.

—Su modo de mirarnos es peor que una grosería —le replicó Girder—. ¡Para nosotras significará la muerte!

—Ellos no nos quieren muertas a todas —objeté.

—Bah, no mientras les seamos útiles, costurerita. Pero ¿qué pasará cuando se cansen de jugar a los vestidos? ¿Crees que entonces seguirán con el plan: «Ay, cómo me encanta este vestidito de seda»? No. Serás un montón de huesos crujientes subiendo por la chimenea, como el resto de nosotras.

—¡Cállate! —grité de inmediato, tapándome los oídos con las manos—. ¡Basta, basta, basta de hablar de chimeneas!

Cuando quise darme cuenta, Girder me estaba bajando a mí de la litera a rastras, haciendo que me golpeara todos los huesos contra las tablas de madera. Apenas me había puesto de pie cuando me dio un puñetazo en la boca, vociferando:

—Yo soy la Jefa. La única que hace callar aquí a la gente, ¿lo has entendido?

Dicho lo cual, me soltó. Me desmoroné en el suelo como un trapo. Girder me miró desde lo alto y suspiró. Su rabia ya se había vaciado, como una cubeta de orín agujereada.

Yo todavía temblaba cuando me ayudó a levantarme y me empujó para que subiera a la litera. Luego se volvió hacia la mujer que había desatado toda la bronca.

—Tienen que metérselo en la cabezota: los psicópatas que las enviaron a este lugar están tan llenos de odio que tienen que escupírselo a alguien, casi no importa a quién. Si no es la raza, la piel o la religión, será otra cosa. Ahora vomitan sobre nosotras. En la próxima guerra serán otros pobres miserables, y luego otros y...

—Quiero irme a casa —gimió la mujer entre temblores y sollozos.

—Y yo quiero asesinar a todas las bestias de este agujero infernal con mis propias manos —dijo con rabia Girder, que tenía unas manos tan grandes como platos—. Lo mejor que podemos hacer es seguir vivas. ¿Lo han oído? La única manera de vencerlos es no morirse. O sea que cállate y aprende a sobrevivir, vaca desdichada. Y déjanos dormir a las demás.

A mí se me empezaba a olvidar que hubiera existido otro mundo aparte de Birchwood. Un mundo donde la gente podía viajar en tren a un destino normal, a un lugar lleno de tiendas o un pueblo de la costa. Un mundo donde podías llevar ropas decentes y dormir en tu propia cama, y sentarte a cenar con tu familia. En fin, una vida real.

Rose decía que las historias eran vida. Yo lo tenía más claro. El trabajo era vida. Fuera lo que fuese lo que me pidiera Mina, siempre decía: «Puedo hacerlo». Por mucha prisa que corriera, por muy exigente que fuera la clienta, yo nunca la decepcionaba. A cambio, recibía los mejores encargos, raciones extra de pan, cigarros. Y un comentario elogioso de vez en cuando.

Estaba aprendiendo un montón: unas veces sólo a base de mirar; otras, recibiendo ayuda para confeccionar alguna prenda. Las demás costureras no eran tan antipáticas como había creído al principio. No se negaban a compartir sus conocimientos y habilidades. Poco a poco, me fui enterando de sus historias también. Historias de la vida real, de antes de Birchwood.

Francine, por ejemplo, había estado en una gran planta industrial antes de venir aquí. Yo ya me lo había imaginado, viendo su capacidad para asumir duras tareas. Para ella, era un lujo coser cosas diferentes cada semana en un pequeño taller. No estaba demasiado contenta con el lavabo, en cambio. Aún seguía dándome lata para que le consiguiera papel.

Shona había sido la modista estrella en un emporio de trajes de novia. Nos contaba toda clase de historias sobre las novias bolcheviques y sus monstruosas madres.

—Satisfacer a las dos era imposible —decía—. Cuando conseguías por fin dejar contenta a la novia..., sentías que casi habían valido la pena todas las complicaciones.

Observé que Shona siempre se estaba tocando el dedo en el que debería haber lucido su anillo de boda. Cuando habíamos llegado, nos habían quitado todas las joyas y objetos valiosos. Yo sólo llevaba encima el pequeño colgante de oro amarillo que el abuelo me había regalado por mi último cumpleaños. Tenía grabado en la parte de dentro mi nombre y mi fecha de nacimiento. Me preguntaba si volvería a verlo algún día.

—¿Tú te hiciste tu propio vestido de novia? —le pregunté a Shona.

Ella sonrió.

—Sí. Simplemente un vestido de día de crepé color caramelo. Después, cuando me creció la panza con el bebé, lo corté para hacerle un pelele.

Su cara se descompuso al recordarlo.

A mediados de verano ya tenía mi propia máquina de coser, que nadie más podía tocar. Incluso me correspondía a mí custodiar los famosos «¡alfileres!». Cuando Mina estaba ocupada en el probador, yo me convertía en la Jefa del taller. Las demás costureras debían obedecerme. Conseguí que Rose se encargara de hacer los bordados, en vez de limpiar y planchar. Ella no pareció precisamente agradecida por ese privilegio.

—No te quejes —le dije—. Ya casi somos Prominentes ahora. Y tú eres la mejor bordadora que hay aquí: mereces un ascenso. Los dientes de león que pusiste el otro día en ese camisón eran preciosos.

—A mí siempre me han gustado los dientes de león —declaró Rose—. Salvo cuando llegué aquí y me encargaron la tarea de recoger dientes de león y ortigas para hacer sopa. Se me llenó toda la piel de ampollas... En los jardines del palacio teníamos un prado de dientes de león y botones de oro. ¿Sabes que la gente suele ponerse los botones de oro bajo la barbilla para ver si les gusta o no la mante-quilla?[1]

—¿Qué? ¡No! ¿Para qué habrías de hacer tal cosa? A todo el mundo le gusta la mantequilla. Mi abuela hacía el mejor pudin de pan y mantequilla del mundo, con leche cremosa de verdad y... ¡Ésa no es la cuestión! Deja de distraerme. Para empezar, Carla quiere una blusa de verano con marga-ritas bordadas en el cuello. Me dará cigarros si queda bonita. Y yo podría agenciarte un par de zapatos adecuados, en lu-gar de esos tan ridículos que llevas.

Rose bajó la vista a su zapatilla de satén y su zapato de cuero calado.

—Ya me he acostumbrado a llevarlos —dijo—. Uno me hace sentir como una dama primorosa y el otro me sirve para hacer kilómetros. Hay una historia relacionada con esto...

—¿Por qué te empeñas en convertirlo todo en historias?

—¿Y tú por qué te empeñas en aceptar regalos de una Guardiana?

—¡Es una clienta! —la corregí, aunque era imposible soslayar el hecho de que Carla solía venir a las pruebas con el uniforme completo, incluida la fusta.

A veces incluso se traía a *Pippa* y ataba la correa a la pata de la silla. *Pippa* se acostaba y observaba todos mis movi-mientos mostrando sus dientes amarillos. Los perros esta-ban adiestrados para atacar a las Rayadas.

---

1. El botón de oro se llama en inglés *buttercup* («cuenco de mante-quilla», literalmente), de ahí la tradición anglosajona a la que alude Rose. (*N. del t.*)

—Vamos, Rose, ¡no me mires así! A su manera un tanto estúpida, Carla es simpática. Como una cerda enorme que se revuelca aplastando a sus propios cerditos.

Rose sonrió y enlazó su brazo con el mío. Yo la dejé. Estábamos fuera, haciendo cola para el café aguado de la noche, y siempre resultaba más seguro ser dos que una.

—¿Tú siempre comparas a la gente con animales? —me preguntó—. Ya debes de tener un zoo entero a estas alturas. Carla, la Cerda; Francine, la Rana, y Mina, el Tiburón.

—¡No se te ocurra decirles que las llamo así!

—Claro que no. ¿Y yo qué? ¿Qué animal soy?

—Olvídalo.

—¿Qué animal?

—Una ardilla.

—¿Una ardilla? —gritó—. ¿Así crees que soy? ¿Recelosa y asustadiza?

—¡Las ardillas son guapísimas! Tienen una preciosa cola mullida, y también esa forma de ladear la cabeza cuando te miran. A mí me gustan las ardillas. A ver, ¿qué animal te gustaría ser? Un cisne, supongo. Alguna criatura distinguida de ese tipo, que encaje con una condesa que vivía en un palacio con hueveras de oro, ¿no?

—Los cisnes dan unos picotazos tremendos —dijo Rose riendo y picoteándome con la mano.

Yo la aparté, partiendome de risa.

—¡Para ya, idiota!

Era irritante cómo se las ingeniaba para divertirme. Se suponía que yo debía concentrarme en otras cosas, como seguir adelante y conseguir volver a casa.

La gente de la cola nos miraba como si estuviéramos locas. Paramos de reírnos. De repente, parecía antinatural.

—Dime, ¿qué animal eres tú, entonces? —me desafió Rose.

—¡No lo sé! Ninguno. O uno estúpido. Da igual. —Serpiente, piraña, araña, escorpión..., fueron los primeros que me vinieron a la cabeza.

Rose ladeó la cabeza como una ardilla.

—Creo que ya sé cuál eres.

No me atreví a preguntar.

Día tras día cosiendo. Noche tras noche charlando; luego durmiendo y soñando.

Soñaba con mi casa. La mesa del desayuno preparada con un mantel de algodón limpio. Tostadas recién hechas untadas con mantequilla de verdad. Huevos con yemas relucientes. Té de una jarra con lunares amarillos.

Siempre me despertaba antes de llegar a comer nada.

Una mensajera vino una noche al barracón después del Recuento. Era una Rayada chiquitita como un pajarito. Un estornino, quizá. Se puso a hablar con Girder y ésta gritó mi número. Yo bajé de la litera, procurando disimular mi temor. Aquello no podía significar nada bueno.

—Nos vemos luego —me dijo Rose con tono animoso, como si sólo me fuera a comprar una jarra de leche.

Salí con el Estornino. Corrimos por la calle principal. Pasamos una hilera tras otra de barracones. Llegamos a un patio adoquinado, a un gran edificio en cuyas ventanas había cristales y unas tiras de tela sospechosamente parecidas a cortinas. Nos detuvimos ante una puerta.

Estornino se llevó un dedo a los labios. «Tú primero», me dijo con gestos.

«Ni hablar», repliqué, también con gestos.

Estornino suspiró y abrió la puerta. Yo vacilé un momento antes de seguirla. Como si pudiera elegir. Para ser sincera, casi me estaba meando de los nervios (todo un logro, teniendo en cuenta que durante el verano sudaba más de lo que bebía, de manera que resultaba difícil orinar un poco siquiera).

Dentro había una serie de puertas cerradas. Olía a desinfectante de limón. Sonaban voces amortiguadas. Junto a una de las puertas había un par de botas. Estornino siguió hacia el fondo del corredor, llamó a una puerta blanca... y desapareció tan rápidamente que casi creí que había salido volando como un pájaro de verdad. El corazón me palpitaba.

La puerta se abrió.

—Deprisa, no te quedes ahí. Vamos, entra. Y cierra la puerta. Límpiate los zapatos. Bueno, ¿qué te parece? No es gran cosa, pero es mi hogar.

Estaba en el barracón de las Guardianas. En la habitación de Carla.

Carla tenía un aspecto fresco y elegante con el vestido de verano amarillo que yo le había hecho. Se señaló los dedos de los pies como una bailarina de ballet para que admirase sus sandalias.

—¿A que son deliciosas? Una de las chicas las vio en el Gran Almacén y yo supe sin más que me quedarían bien. Y justo de mi número, por suerte.

«Una de las chicas.» Otra Guardiana.

Carla soltó una risita nerviosa.

—No te preocupes, no hay problema: no me pasará nada por tenerte aquí, siempre que bajemos la voz y que nadie te vea. Siéntate en la silla, si quieres; sólo déjame quitar el cojín. O en mi cama. En ésta, no en la otra; ésa es de Grazyna. Ahora está de servicio. Seguro que la has visto por ahí. Tiene el pelo muy rizado y una pinta espantosa. Es porque se pasa el día nadando. Siempre le digo que se pondrá demasiado musculosa, pero ella no me hace caso.

Yo había visto a Grazyna en el trabajo. Llevaba una gastada cachiporra de madera. Ahora no era momento de explicarle a Carla que todas las Rayadas la apodábamos Quebrantahuesos, como un ogro que aparecía en una historia de Rose.

Carla se sentó en la cama y los muelles del colchón gimieron. Yo ocupé la silla. Ella dio unas palmaditas sobre la colcha de retazos, en tonos cafés y beige, que cubría la cama.

—He pensado que te gustaría esta colcha. ¿Lo ves?, está cosida con restos de vestidos, todos de distinto tipo.

Era como un batiburrillo de las corbatas menos presentables del abuelo. Mi abuela tenía en su cama una colcha de retazos mucho más bonita, con un alegre estampado de rayas y flores, que era como un libro de cuentos de nuestras vidas. Ella empezaba diciendo: «¿Recuerdas que tenías un vestido hecho con esta tela cuando fuimos de pícnic al río y comimos pastel de crema con nuez moscada? ¿Te acuerdas de este trozo del viejo chaleco de tu abuelo, el que se ponía para trabajar, normalmente con los botones mal abrochados? ¿Te acuerdas...? ¿Te acuerdas...?».

El colchón volvió a gemir cuando Carla se inclinó hacia delante. Vi que tenía en las mejillas partículas de polvos faciales.

—¿Qué te pasa? ¿Te encuentras bien?

Asentí. Pero casi di un salto cuando ella me puso sin más ni más la muñeca bajo la nariz.

—¡Huele! Es perfume Blue Evening. Mira, aquí está el frasco. —Se levantó, fue a una cómoda cubierta de postales y fotos y tomó un frasco de cristal tallado azul con un tapón metálico con estrellitas—. Leí en alguna parte que las mujeres más glamurosas rocían el aire con una nube de perfume y luego pasan por en medio. ¡Prueba un poco!

Alcé la muñeca con cautela.

—Estás delgada, qué bien. Ojalá yo pudiera hacer más dieta. Pero estoy condenada a quedarme con estas curvas —dijo.

Unas gotas de Blue Evening escarcharon mi piel. Tenía un aroma a sofisticación y mullidos abrigos de pieles. A bebidas heladas en frágiles copas. A tacones de aguja y seda tornasolada. Después de esas primeras notas ostentosas y superficiales, venía una fragancia más sutil. Pétalos de flores cayendo lentamente. Pensé en un lugar de cuento que Rose llamaba la Ciudad de la Luz, lleno de brillo y elegancia. Cuando acabara la Guerra, ella y yo nos pondríamos perfume todos los días para quitarnos el hedor de Birchwood. Pero no esa fragancia: resultaba tan agobiante en la angosta habitación de Carla que me entraron arcadas, igual que a un gato cuando saca una bola de pelo.

—Bueno..., ¿no lo adivinas? —me dijo Carla.

«Adivinar..., ¿qué?»

Ella se puso a dar vueltas en medio de la habitación.

—¡Es mi cumpleaños! Incluso he ido a que me arreglaran el pelo especialmente. La peluquería de aquí es fantástica. Hoy cumplo diecinueve..., ¡ya soy prácticamente de mediana edad! Mira, éstas son las postales de mamá y papá, y de mi hermanito Paul, y de mi antiguo profesor del colegio (¡vaya ogro!) y de Frank, un chico del pueblo, aunque a mí no me gustaba tanto como yo a él... Y esta otra es de la tía Fern y el tío Os, que tienen su granja al lado de la nuestra. Ellos son los que han enviado el pastel. ¿No te mueres de ganas de tomar un trozo? Yo, sí. ¿Te gusta el chocolate? Es bizcocho de chocolate con crema de mantequilla, chocolate en medio y un glaseado de chocolate encima. Incluso tengo velas.

Carla las encendió, frunció los labios (pintados de rojo para la ocasión) y sopló las velas.

—¡Ya está! ¡He pedido un deseo!

«Me alegro», pensé. Yo también tenía algunos deseos guardados: «Me gustaría volver a casa. Me gustaría ser la modista más famosa del mundo». Y el más urgente de todos: «Me gustaría que procediera de una vez y cortara ya el pastel».

El último deseo se hizo realidad enseguida. Carla me pasó una gruesa porción café de felicidad que rezumaba crema de mantequilla.

—No te importa comerlo con los dedos, ¿verdad? —preguntó—. Sólo estamos nosotras, y en este lugar no es que se utilicen cubiertos de pastel precisamente, ¿eh? Ja, ja.

Probé un mordisquito. «¡¡Azúcar!!» Mis papilas gustativas amenazaron con explotar de la impresión y el placer.

—Tengo regalos también —anunció Carla con la boca llena—. No pongas esa cara culpable: no esperaba que tú me regalaras nada. Bueno, he recibido un juego nuevo de cepillo y peine de mamá y papá. Yo les dije que no necesitaba ninguno porque los hay a toneladas, gratis, en el Gran Almacén. También me han enviado estas revistas... ¡Ja! Sabía que te gustarían. Todos los números de *El Mundo de la Moda* de los últimos tres meses, junto con patrones para un traje de baño y un pareo de playa, y toda clase de...

Carla extendió las revistas sobre la cama y empezó a pasar las páginas una a una. Con un acento falsamente elegante de pueblerina, se puso a hacer comentarios: «¿A que es divino?... Por Dios, qué espanto... Me ENCANTA éste... ¡Nadie en su sano juicio llevaría ESO en público!».

Yo tenía un poco de náuseas. Era el azúcar..., el perfume..., su voz, que seguía y seguía sonando. Vomitar sobre la colcha de retazos sería un desastre, me daba perfecta cuenta.

Carla señaló con un dedo pegajoso uno de los diseños de la revista.

—Podrías hacerme éste. ¿Qué te parece?... ¿Demasiado llamativo? ¿Muy ostentoso? Yo he pensado que, como el otoño no está lejos, quedaría bien con una chaquetita tejida del Gran Almacén. ¿Sabes?, nunca me había dado cuenta de que las de Tu Clase sabían coser tan bien. Después de la Guerra, abriré una tienda de ropa. Yo diseñaré y exhibiré los vestidos como modelo, y tú puedes confeccionarlos.

Casi me atraganté ante la idea.

Carla cambió de tercio hacia su siguiente monólogo, esta vez tomando una fotografía de la cómoda.

—Mira esta foto: soy yo y *Rudi*, uno de los perros de la granja. ¿A que es adorable? No pude traérmelo aquí. Pero no importa, ahora tengo a *Pippa*. El mejor amigo de una chica es su perro, ¿no crees? Este prado donde estamos *Rudi* y yo se llena de margaritas y botones de oro en esta época del año: todo amarillo desde un seto hasta el otro. ¿Tú has probado alguna vez lo de arrancarle los pétalos a una margarita para ver si alguien te quiere? Me quiere..., no me quiere...

La tenía tan cerca que incluso veía los grumos de rímel de sus pestañas. Me acordé de *Pippa*, que parecía más capaz de arrancarle a alguien la cabeza que de ponerse a arrancar pétalos... Dejé mi plato.

—No te irás ya, ¿no? ¿Tan pronto? Toma, te envolveré un poco más de pastel en una servilleta para que te lo lleves. Yo no me lo puedo comer todo, al menos si quiero que me entre ese vestido, ja, ja. A las demás chicas no les voy a dar nada. No son amigas de verdad, ¿sabes?, ni siquiera Grazyna. No tienen ojo para la moda y las cosas bonitas como yo. Tú sí que me entiendes, estoy segura.

Me fui hacia la puerta.

—Sí, apresúrate antes de que alguien te vea —dijo Carla, de repente angustiada—. Vete.

Yo no había pronunciado en todo el rato una sola palabra.

De vuelta en el barracón, Rose y yo nos acurrucamos en un círculo secreto en nuestra litera. Los restos de la porción de pastel estaban apachurrados sobre una servilleta entre nosotras. Era como un objeto prodigioso.

—No parece posible que Birchwood y un pastel puedan existir a la vez —comentó Rose.

—Lo sé. Es una locura. ¿Qué diantre habrá impulsado a Carla a invitarme a su cumpleaños? ¿Una especie de chiste maligno? ¡Y luego a ofrecerme pastel!

—Quiere hacerse amiga tuya. No está bien que abuse de ti así, pero da la impresión de que está sola.

—¿Sola? Tú no la has oído cotorreando sobre todos sus regalos, explicando que puede conseguir todo lo que quiera en el Gran Almacén, diciendo que las demás Guardianas no la comprenden...

—Exacto. Está sola.

—Sí, claro, ¡cuánta pena nos da! Lo importante es que hemos sacado un trozo de pastel. Vamos, es para compartirlo. Pero no con todas las mujeres del barracón, ¿eh? —añadí rápidamente, conociendo la disparatada generosidad de Rose.

Ella tocó el pastel y luego se lamió el dedo con la punta de la lengua, cerrando los ojos.

—Ay, cómo extraño los dulces.

A mí me tenía fascinada lo mucho que Rose estaba disfrutando la sensación. Ella sonrió y tomó un trocito más grande. Se le había quedado una mancha de crema de mantequilla en el labio inferior. Me dieron ganas de lamerlo para limpiárselo.

No estábamos acostumbradas a aquellos lujos. Al poco rato, nos entraron retortijones a las dos. Pero valió la pena.

Al día siguiente, lavé la servilleta del pastel en el fregadero del taller de costura y Rose la planchó y la dejó pulcramente doblada. Por la noche, cuando corría hacia el Recuento, vi a Carla y pensé en devolvérsela. Me acerqué para hablar con ella —lo suficiente para que *Pippa* se pusiera a ladrar—, pero Carla pasó de largo con la barbilla alzada y la fusta en la mano. Yo sólo era un Rayada anónima más, un ser insignificante en quien no merecía la pena reparar.

Unos días más tarde, al ver que Mina se situaba en el centro del taller y daba unas palmadas para reclamar toda nuestra atención, intuimos que debía de pasar algo trascendental; de lo contrario, no nos habrían permitido dejar de trabajar.

Busqué a Rose con la mirada. Ella me sonrió desde la tabla de planchar, donde estaba repasando con cuidado un paño de muselina bordada. Yo le devolví la sonrisa. Rose fingió que se dejaba sin querer la plancha ardiendo sobre la tela. La miré horrorizada. Ella puso los ojos en blanco. «Sólo bromeaba», dijo con gestos.

—¡Un anuncio de la máxima importancia! —gritó Mina—. Acabo de reunirme nada menos que con la esposa del Comandante en persona. En su propia casa.

Se desató un coro de murmullos. El Comandante y su esposa tenían una casa justo al otro lado del muro de la prisión. Algunas Rayadas iban a veces a trabajar allí: una auténtica maravilla, por lo que había oído decir.

Mina estaba disfrutando nuestra expectación.

—A Madame H., como saben, le gusta escoger los mejores vestidos que llegan a Birchwood. Nuestra misión es modificarlos y mejorarlos para que pasen a formar parte de su guardarropa. Ahora bien, parece que un personaje de alto rango visitará pronto Birchwood para efectuar una inspección y Madame necesitará un vestido especial. Nada de lo que le he mostrado se ajusta a sus necesidades, así que me ha pedido que haga confeccionar algo aquí, en el taller. Un vestido de noche adecuado para una dama de su categoría...

Yo no escuché más. Ya estaba dibujando mentalmente. Un vestido de gala para una noche de verano... Ni estridente ni frívolo. Madame H. era una matrona y una madre de familia, al fin y al cabo. El amarillo serviría. Un amarillo maduro. Un satén ondeante con un tono de oro viejo, de paja dorada...

—¿Ella?

Parpadeé.

—Perdón. ¿Sí?

Mina frunció el ceño.

—¿Me has oído? He dicho que tú te encargues del trabajo de Francine con ese juego de pijamas amarillos para que ella esté libre y pueda confeccionar el vestido de noche.

—¡Ni hablar! —exploté—. ¡Yo voy a hacer el vestido! Francine trabaja bien si lo que quieres es algo sencillo y ordinario, sin ánimo de ofender, Francine...

—Pues lo has conseguido —replicó ella, frunciendo el ceño.

Yo me apresuré a continuar:

—Perdona, pero es que ya tengo un vestido en la cabeza. El vestido más impresionante del mundo: con las mangas hasta los codos, un ligero realce en los hombros, pinzas bajo el busto, un chal alrededor de las caderas, a esta altura, y luego la tela de satén cayendo en cascada hasta el suelo...

No sé cómo me atreví a seguir y seguir hablando así. Quizá me acordaba de uno de los lemas de la abuela: «Los niños apocados no se llevan los regalos».

Francine y yo permanecimos frente a frente, como dos boxeadoras en el ring a punto de disputarse un trofeo. Sólo que esto era mucho más serio que un simple trofeo. Mina nos observaba con ojos relucientes. Yo adiviné de golpe que ella había querido ponerme a prueba para ver hasta dónde estaba dispuesta a llegar para seguir adelante.

«Hasta el final.»

¿Me atrevería a hablar mal del trabajo de Francine? «Sí.» ¿Sería capaz de acaparar los mejores utensilios? «Sí.» ¿Incluso de sabotear su labor...? «Quizá. Si no tenía más remedio...»

—Muy bien —dijo Mina, con un rictus de crueldad en el labio superior—. Vamos a ver de qué son capaces.

—No te arrepentirás de escoger mi vestido —aseguré—. Puedo empezar ahora mismo. Necesito las medidas de Madame, un maniquí y cinco metros de satén amarillo: no de cualquier amarillo, sino de un matiz peculiar...

Creo que Rose reprimió una risotada en ese momento. Después, en la cola de la sopa, le pregunté por qué se reía.

—Por tu forma de ser —respondió con una sonrisa—. Mina te dice que hagas un vestido y tú ya lo tienes confeccionado en tu cabeza. Realmente eres una diseñadora nata, ¿lo sabías?

—Puedes reírte todo lo que quieras, pero va a ser espectacular. Y lo mejor es que ya sé cómo quiero adornarlo. Pondré un girasol bordado en seda justo aquí, en el corpiño, de manera que los pétalos alcanzarán el hombro y las costuras de la manga. Me gustaría que las sedas quedaran sombreadas, como una pintura al óleo sobre el vestido. Pondremos cuentas para representar las semillas: centenares de cuentas apiñadas...

—Caray..., un momento, señorita Modista. No hablarás en serio, ¿no?

—¿No crees que vaya a ser capaz de conseguir una seda del tono justo? ¿No querrás hacer el bordado con las cuentas?

—Escucha, no se trata de la seda ni de las cuentas: es todo el maldito encargo. Francine ha sido escogida antes que tú. Deja que lo haga ella.

Esas palabras me frenaron en seco. El vestido de mis sueños dejó de flotar en mi imaginación y se desplomó en el suelo, en un flácido montón de tela.

—¿Por qué no debería hacerlo? ¿Quién sabe cuál será la recompensa? Quizá pueda canjearla por una litera mejor en el barracón o por una manta para cada una..., ¿no te gustaría?

—¿Y a quién no? Pero ésa no es la cuestión, Ella. ¿Tú sabes para quién vas a hacer el vestido?

—Claro que lo sé. Para la esposa del Comandante. Ella fue la que montó el taller de costura. Esa mujer tiene muy buen ojo para las cosas de calidad: sólo quiere lo mejor. Y cuando las esposas de los Oficiales la vean con mi vestido, vendrán todas en masa para que les haga su propio modelito de fantasía.

Rose se apartó un poco.

—No entiendes cuál es el problema, ¿verdad? ¿Realmente no ves lo que está pasando?

—El éxito: eso está pasando. No intentes disuadirme, Rose. Debo hacer este vestido y voy a hacerlo. Punto final.

—Las historias nunca tienen final —dijo ella, tozuda como una mula—. Siempre hay otro capítulo, siempre puedes preguntarte qué pasa a continuación.

—¡Lo que va a pasar a continuación —le solté— es que tú vas a dejar de meter las narices en mis asuntos! ¡Me tiene sin cuidado si estoy cosiendo para la esposa del Comandante! Lo único que importa es que yo voy a hacer ese vestido, tanto si te gusta como si no.

—No me gusta.

—Ya lo has dejado bien claro.

—Lo que está claro es que tú has olvidado dónde estás y lo que pasa aquí..., ¡y quién es el responsable de que pase!

—¡Como si tú supieras lo que pasa a tu alrededor, cuando tienes la cabeza metida todo el día en ese mundo de fantasía!

—¿Sabes lo que sí veo, Ella? Veo que todas estamos tambaleándonos en esa delgada línea que hay entre mantenerse viva y colaborar.

Me quedé boquiabierta.

—¿Me estás llamando colaboracionista? ¿Cómo puedes decir algo tan espantoso? ¡Estás celosa porque tú ni siquiera eres capaz de agenciarte unos zapatos normales, no digamos ya de confeccionar vestidos! ¡Sin mí no sabrías ni cómo empezar para conseguir tu ración extra de pan!

Estaba tan enojada que no podía controlarme. Nunca hasta entonces habíamos discutido de aquella forma. Pero la culpa era suya por pincharme.

Rose cambió de táctica.

—Escucha, Ella. Si es más pan lo que quieres, toma del mío. A mí no me importa. Así no extrañarás la comida extra del taller.

Por Dios, qué exasperante llegaba a ser. No entendía nada. Me habría ido furiosa en aquel mismo momento si con ello no hubiera perdido un lugar precioso en la cola.

En verano, Birchwood consistía en días de calor sofocante y noches impregnadas de humo. Las Rayadas languidecían, tan delgadas y resecas, que parecían muñecas de papel. Yo estaba sedienta, famélica y asqueada por el gusto de cenizas del aire; por dentro, sin embargo, me elevaba por encima del polvo y del hedor. Podría haber pasado a través del alambre de púas, de las vallas electrificadas y de una lluvia de balas sin darme cuenta. Nada de todo eso tenía importancia, porque, tanto si le gustaba a Rose como si no, ¡estaba haciendo el Vestido!

Lo más maravilloso de todo era que Mina iba a dejarme que fuera a comprar al Gran Almacén. Como ofrenda de paz, le ofrecí a Rose que viniera conmigo. Ella aún debía de estar enfurruñada, porque soltó un gruñido cuando se lo dije.

—No soporto ir de compras —respondió.

—Tienes que venir, Rose, por favor. Oye, siento que te enfadases. Pero acompáñame a ese almacén. Piénsalo bien..., ¡la tierra de la abundancia!

—Yo lo que tengo es trabajo en abundancia —replicó.

—Vamos —la engatusé—. Mina me ha hecho una lista larguísima y no puedo cargar con todo.

—Pídeselo a Shona...

—Está enferma...

Ahora Shona estaba enferma casi a diario. En lugar de una airosa jirafa, parecía más bien un narciso mustio que llevara demasiado tiempo sin agua. Creo que estaba enferma de verdad, no sólo suspirando por su marido y su bebé.

—Además —dije—, ¿cómo puedes odiar ir de compras?

—No te haces una idea de la cantidad de desfiles de moda a los que me arrastraba mi madre.

—¿Ibas a desfiles de moda?

—Dos veces al año, para cada colección de la nueva temporada. No me malinterpretes: los vestidos eran increíbles. Yo habría sido capaz de zamparme cada conjunto y todavía habría vuelto para una segunda ración.

—¡No puedes comerte las ropas!

—¡Ojalá fueran comestibles! Te lo aseguro, los modelos en la Ciudad de la Luz eran deliciosos. Era la gente la que me resultaba indigesta. Todos esos besitos al aire, todos esos «queridaaaa», todas esas caras empolvadas y esos dedos como garras. ¡Qué asco!

—Cuando yo tenga mi tienda de vestidos, cobraré más de la cuenta a las clientas pretenciosas como ésas.

—¡Ah, la famosa tienda de Ella!

—Espera y verás. Lo conseguiré. Iré con chófer a los mejores almacenes para comprar las telas...

Rose enlazó su brazo con el mío.

—Yo conduciré si me dejas llevar una gorra de plato. «Suba, señora, y disfrute del trayecto...»

—Entonces ¿vienes conmigo al Gran Almacén?

A regañadientes, dijo que sí. Y allá nos fuimos corriendo.

—Vaya —dije—. Me esperaba algo más...

—¿Glamuroso? —se burló Rose—. ¿Con puertas giratorias, inmensas lunas de cristal y pretenciosas plantas decorativas?

—Algo así.

La llamada «tierra de la abundancia» era, de hecho, una hilera de unos treinta cobertizos inmensos que se extendían a lo largo del extremo norte de Birchwood, no lejos de un grupo de abedules resecos.

Nos deslizamos por las puertas más cercanas, sin saber muy bien qué esperar.

Shona debía de estar bromeando cuando nos dijo que en el Gran Almacén había absolutamente de todo. En el primer edificio al que entramos había una actividad frenética. Lo llamaban el Pequeño Almacén. Allí se mezclaban las Guardianas y las Rayadas, escogiendo artículos de las estanterías o trajinando cargadas de paquetes.

La encargada era una mujer llamada señora Smith, que pertenecía sin duda a la élite de las presas Prominentes. Se rumoreaba que antes había regentado una casa de lenocinio. Rose me preguntó qué era eso. Yo fingí que lo sabía, pero que no era educado decírselo.

La señora Smith no tenía en absoluto el aspecto de las Rayadas normales. Iba elegantemente vestida con un traje a medida de lino oscuro y unos tacones sencillo. Su pelo ralo daba la impresión de estar recién lavado y arreglado. Llevaba las uñas pintadas. En conjunto, venía a ser como un cruce entre un halcón y una serpiente. Una serpiente venenosa.

En cuanto nos vio, sus labios se tensaron. Yo casi esperaba que asomara entre ellos una lengua bífida.

—Ah, las chicas del taller de Mina. Bienvenidas.

Había tanto calor en su recibimiento como en un iceberg. Su acento no era muy refinado; en todo caso, no tan elegante como el de Rose.

—Los almacenes están bastante atestados ahora mismo, como pueden ver —dijo la señora Serpiente—. Llegan al menos diez mil paquetes al día. Todo ese *stock* requiere mucho trabajo para clasificarlo, así que mis chicas están siempre ocupadas. A duras penas podré prestarles una escolta. Pero no se hagan ilusiones. El robo jamás se tolera.

Mientras hablaba, la señora Serpiente tamborileaba con sus uñas pintadas sobre unos frascos de perfume alineados en la mesa que tenía delante. El preferido de Carla, Blue Evening, estaba entre ellos. Fuera, en el mundo real, cada frasco costaría más de lo que mis abuelos ganaban en un año. Yo me moría de ganas de quitar los tapones y oler las fragancias.

La señora Serpiente llamó a una chica bajita y rolliza que iba con una blusa blanca y una falda negra.

—Lleva a estas dos al Gran Almacén. Y, ya de paso, trae una lista de los vestidos de noche. Hemos recibido una solicitud de modelos de verano.

Nuestra guía parecía no haber visto la luz del sol en su vida: tan pálida era. Llevaba unos lentes gruesos y tenía los hombros muy caídos y unas grandes manos blancas. En cuanto la vi correr hacia un montón de artículos para hurgar entre ellos, supe qué clase de animal sería en mi zoológico. Un topo. Pequeño, blando, subterráneo.

—También son prisioneras, pero no tienen que llevar costales rayados —le susurré a Rose—. ¿No te mueres de ganas de salir de aquí y llevar ropa normal?

Sin mirarnos a los ojos, Topo salió a toda prisa del Pequeño Almacén y entró en el Gran Almacén: veintinueve cobertizos enormes repletos de toda clase de artículos. Maletas, zapatos, lentes, jabón, cochecitos, muñecos, mantas, perfumes... Vi una caja llena de peines y cepillos, algunos aún con pelos enganchados. Sentí un hormigueo en mi cráneo rapado.

Entre los cobertizos había Rayadas empujando carretillas con más y más cajas, con más y más bultos atados con soga gruesa. Algunas de las fornidas mujeres que estaban fuera, en los patios de clasificación, iban vestidas con blusas blancas y pantalones negros, como personas normales. Debía de haber varios millares de presas trabajando allí: las dependientas más extrañas que habías visto en tu vida.

—¿Te imaginas poder tomar todo lo que quieras? —le pregunté a Rose—. Es como la cueva del tesoro.

—Querrás decir como la guarida de un ogro —replicó ella con desdén—. Todo robado y a buen recaudo.

—Eh, aquí podrías conseguir un par de zapatos decentes —le comenté—. Quiero decir, un par de verdad.

Rose se encogió de hombros. Seguimos a Topo.

Cada cobertizo del Gran Almacén era como uno de nuestros barracones, sólo que más largo, más ancho y más alto, aunque con el mismo tipo de vigas de madera en el techo. Topo nos llevó a uno que me hizo arrugar la nariz. Birchwood no resultaba nunca fragante, pero aquel cobertizo encerraba todo un mundo de olores. Humedad. Moho. Sudor. Pies apestosos. Un hedor a pérdida y abandono. Me entraron náuseas. Eso no era lo que yo esperaba.

El pasillo central del cobertizo tenía la anchura justa para que pasaran dos personas, siempre que no les importara rozarse y empujarse un poco. Cada centímetro del resto del espacio estaba cubierto de montones de maletas y grandes pilas de bultos que llegaban hasta el techo y se perdían hacia las sombras del fondo. Algunos montones eran tan altos que amenazaban con venirse abajo. Asomando entre los bultos, vi mangas, perneras, tirantes de sujetador y calcetines desparejados.

—¡Son ropas! —dijo Rose con ese tono cuchicheado que suele reservarse para pasear de puntillas por los templos religiosos o las galerías de arte—. ¡Montañas de ropas!

Topo miró en derredor y suspiró.

—Diez mil maletas al día. Es demasiado. No damos abasto. Se abre cada maleta y se clasifica el contenido: ropas, objetos de valor, artículos perecederos. Una parte de la comida está mohosa cuando la sacamos, claro. Vaya despilfarro.

—¿De dónde vienen? —pregunté bruscamente. Nada más decirlo, me habría gustado retirar mis palabras. «No hagas preguntas si no quieres conocer las respuestas, Ella.»

Topo me miró como si me faltara un tornillo.

Rose me echó un vistazo y se apresuró a decir:

—¿Qué hacen con ellas una vez que las han clasificado?

—Lo que no se guarda en Birchwood se fumiga, se embala y se vuelve a mandar por tren a las ciudades. Para ayudar a las víctimas de los bombardeos, o para venderlo de segunda mano —respondió Topo con indiferencia—. Pero las prendas deben revisarse primero una a una por si contienen objetos valiosos. La gente esconde dinero y joyas en las costuras, en las hombreras, en todas partes. Lo que encontramos va a estos montones de aquí, en el centro del cobertizo. Las Guardianas y las Jefas vigilan por si a alguien se le ocurre quedarse algo. Ayer le pegaron un tiro a una chica que tomó una joya. Ella dijo que era el anillo de boda de su madre...

La voz de Topo se apagó un momento. Luego continuó explicando el sistema de clasificación del Gran Almacén:

—Hay que sacar todas las etiquetas con nombres y las marcas de identificación. A los nuevos dueños no les hace falta saber de quién eran sus ropas antes. Las etiquetas de las modistas y los sastres se arrancan meticulosamente también y se queman en la estufa. Salvo las más exclusivas, por supuesto. Las ropas de alta costura se las enviamos a ustedes al taller.

Me quedé absorta mirando a las Rayadas que sacaban ropas de un montón. Sus manos se movían como arañas por cada prenda. Sonaba el chasquido de las tijeras cuando tenían que cortar algo; el tintineo de las monedas cuando las depositaban en una bandeja. Los billetes crujían. El oro centelleaba. Lentamente, de mala gana, todavía con torpeza, mi mente empezó a establecer la conexión entre las ropas de alta calidad que repasábamos y modificábamos en el taller y esas maletas despanzurradas por el suelo del Gran Almacén.

Diez mil maletas al día. Diez mil personas al día. Todas llegaban para no salir nunca de allí.

El corazón empezó a latirme más deprisa. Pasé de mirar las montañas de objetos a fijarme en los pequeños detalles. Las borlas de pelusa en un suéter de niño. Las manchas de sudor en las axilas de una vieja camisa. Botones rotos, calcetines con agujeros, camisetas zurcidas.

También había artículos más lujosos, como tirantes de sujetador de satén y faldas de lentejuelas. Me llamó la atención el brillo de un pijama de seda ribeteado de fustán y perfumado con tallos de lavanda atados con un lazo. Observé que esos objetos eran clasificados aparte, junto con unos zapatos con tacones de diamantes de imitación y una cigarrera de plata. Había vestidos de noche y vestidos de baile; trajes de baño y trajes de noche; zapatos de golf y *shorts* de tenis.

«¿A qué clase de lugar pensaba esta gente que venía cuando hizo las maletas para abandonar su casa?»

Como si alguien pudiera imaginar siquiera que existía un sitio como Birchwood.

Un pensamiento empezó a formarse en mi mente: alguien debía salir de Birchwood para contarle al resto del mundo lo que sucedía allí. Las personas que figuraban en las Listas tenían que saber lo que les esperaba al final del trayecto en tren. Mi abuela tenía que enterarse: «NO SUBAS A ESE TREN».

—¿Ella?

Rose me tocó la mano. Salí de mi trance y troté detrás de ella y de Topo. Tenía un gusto a vómito en la boca.

—¿Tú crees...? —empecé mientras nos apresurábamos—. ¿Tú crees que nuestras cosas están entre esos montones? No me gusta la idea de que la gente hurgue en mi cartera del colegio y lea mi cuaderno de deberes. ¿Y qué hay de nuestras ropas, además? Yo tenía un suéter precioso que me tejió mi abuela. ¿Lo llevará otra chica ahora? Seguro que no dejará de preguntarse quién lo llevaba antes, o cómo llegó a sus manos.

Rose no respondió.

Nunca le había preguntado si ella había tenido tiempo de hacer la maleta. Cada vez que trataba de hablar de su detención, ella se salía por la tangente con cuentos de hadas: que si los ogros la habían encerrado en una mazmorra, que si un dragón de madera la había llevado hasta allí y la había dejado caer sobre el campo con un gran porrazo...

Fuimos esquivando pilas de cajas que llegaban al techo.

Había oído decir que a la mayoría de la gente le daban unos minutos o incluso unas horas para preparar las maletas con sus pertenencias antes de emprender el viaje hasta allí. Qué suerte la suya. En mi caso, yo estaba volviendo del colegio a casa y bajaba por la calle —por la calzada, claro, porque si estabas en una Lista no podías andar por la acera—, balanceando mi cartera y preguntándome qué traería el nuevo número de *Hogar y Moda*. De repente, un camión con barrotes en las ventanillas de detrás se paró a mi lado y la policía empezó a gritar y a arrastrarme. Pedí ayuda a gritos, pero la gente que pasaba fingió no darse cuenta de nada. Las puertas del camión se cerraron con estrépito, sellando mi paso (sin ogros ni dragones) de un mundo a otro.

¿Qué habría decidido traer —me pregunté— si hubiera tenido que meter toda mi vida en una sola maleta? Ropa, desde luego, y jabón, y mi kit de costura. Y comida, ¡ay, toda la comida que me hubiera cabido!

—¡Libros! —jadeó Rose, divisando una cascada de volúmenes encuadernados en tapa dura.

¿Qué clase de idiota malgastaría el espacio cargando libros en su maleta cuando podía meter ropas y comestibles? Una idiota como Rose, obviamente. Ella se adelantó, hechizada.

Topo la sujetó del brazo.

—No puedes tocar los libros. Tú has venido a buscar tela.

Saqué la lista que Mina había preparado. Topo le echó un vistazo rápido.

—Vengan por aquí.

En otro cobertizo, entre un montón de rollos y piezas de tela, encontré justo lo que necesitaba. Aquello sería perfecto para el vestido de Madame: un satén pesado y fluido que relucía como la luz difusa del sol sobre un campo de trigo en un día abrasador. Estaba a trozos, no en una sola pieza sin cortar. Alisé nerviosamente los pedazos, comprobé las medidas y arranqué algunos hilos sueltos de los extremos. Obviamente, eran los restos de otro vestido más grande —un traje de baile de aspecto mágico— que aún no había sido reciclado. ¿Quién lo habría llevado en su momento?...

No iba a detenerme a pensarlo.

—¿Qué te parece, Rose? ¡¿Rose?!

Ni rastro de ella.

Me entró el pánico. Durante un momento de angustia, me la imaginé enterrada bajo un montón de miles y miles de piezas de tela. Tuve la fantasía de que tiraba de su brazo y descubría que era sólo una manga o una pernera vacía...

No. Ahí estaba.

Absorta, contemplando un libro.

Ni siquiera lo estaba leyendo. Era otro quien lo leía. Un Guardián.

Era un tipo joven de bigotito incipiente cuya mano libre descendía una y otra vez para acariciar la pistola que tenía en el cinto. Era evidente que llevaba bastante tiempo con el libro. Iba más o menos por la mitad, y reseguía las palabras con un dedo regordete. Los ojos de Rose seguían ese dedo como si estuviera cargado de anillos de oro y diamantes. Yo no veía nada de especial en el libro.

La llamé con un susurro. Ella no me oyó.

El Guardián no había advertido su presencia, al menos al principio. Cuando lo hizo por fin, frunció la frente con irritación, pero se limitó a mirarla.

—¿Es un buen libro? —preguntó Rose educadamente, como si se tratara de un chico simpático con el que se había tropezado en la biblioteca.

Él parpadeó.

—¿Éste? Sí. Es bueno. Muy muy bueno, de hecho.

—¿De los que no puedes dejar?

—Mmm, sí.

Rose asintió.

—Yo también lo creo. Aunque no soy imparcial. Lo escribió mi madre.

El Guardián la miró tan fijamente que pensé que se le iban a salir los ojos de las órbitas. Un ardiente rubor le ascendió desde el cuello hasta la raíz del cabello. Miró a Rose y luego examinó el nombre que aparecía en el lomo del libro. Sin añadir una palabra más, lo cerró, se acercó a la estufa y lo arrojó dentro. El papel ardió y se convirtió en cenizas en un momento. El Guardián se limpió las manos en el uniforme como si se le hubieran contaminado. Si hubiese podido restregarse los ojos y purgar su cerebro, creo que lo habría hecho.

Me acerqué de puntillas, le di la vuelta a Rose, que se había quedado petrificada, y la guie para salir del cobertizo.

—¡Rápido! —dijo Topo, y ambas corrimos tras ella.

Las imágenes se sucedían ante nuestros ojos. Una estancia llena de anteojos: miles de círculos de cristal mirando a nadie. Una cordillera de calzado: zapatos de cuero calado café, tenis de fútbol, sandalias de baile, zapatillas de ballet. Zapatos nuevos, zapatos viejos, zapatos gastados, zapatos relucientes. Zapatos enormes. Zapatos de bebé.

¿Y mis zapatos...?

Se te partiría el corazón si te parases a pensarlo.

«Sólo son ropas.»

Ya no había forma de ocultar la verdad. Ya no se podía mirar para otro lado ni fingir más. El Gran Almacén no era una gloriosa cueva del tesoro. No era una tienda de lujo. Era un horrible cementerio de vidas y pertenencias. Nosotras habíamos llegado allí vestidas con ropas y cargadas con nuestro equipaje. Y nos lo habían quitado todo, a veces sin contemplaciones, a veces con engaños. Claro que nos lo habían quitado todo. Así éramos más vulnerables. Si te quitan tus cosas, te quedas sólo con un cuerpo desnudo que puede ser apaleado, privado de alimentos, esclavizado..., o algo peor.

Todas aquellas ropas y aquellos equipajes podían entonces almacenarse, clasificarse, limpiarse y utilizarse de nuevo. Qué espantosa eficiencia.

Rose tenía razón. Eso era la guarida de un ogro, aprovisionada por un ejército de metódicos y modernos esbirros con traje y uniforme. En lugar de un castillo de cuento o una mazmorra, habían construido una fábrica: una fábrica que convertía a las personas en fantasmas y sacaba beneficios de sus bienes.

A mí no. ¡A mí no iba a pasarme aquello! Aunque no tuviera ni mi cartera ni mi suéter de lana con cerezas bordadas, seguía siendo Ella. Yo no iba a convertirme en la fantasmal columna de humo de una chimenea.

Cuando ya nos íbamos, Rose tropezó con una pequeña maleta de color café. La maleta se abrió de golpe, derramando una gran cantidad de fotografías. Ella resbaló y cayó al suelo sobre su trasero, de tal modo que quedó rodeada de un sinfín de imágenes. Vacaciones en la playa. Bebés en brazos. Grupos de invitados en una boda. Primeros días de colegio.

Las fotografías nos miraban desde el suelo, como diciendo: «¿Dónde estamos? ¿Por qué ya no seguimos en la repisa de la chimenea, junto a la cama o dentro de la billetera?». Mientras ayudaba a Rose a levantarse, ambas éramos conscientes de las caras que estábamos pisoteando. Oí que ella musitaba: «Perdón», como si fuesen personas reales. Cosa que habían sido en su momento, supongo.

Sujeté a Rose con fuerza y la miré a los ojos.

—No podemos terminar volviéndonos invisibles o inexistentes —dije atropelladamente—. Todavía somos reales, aunque Ellos se hayan quedado nuestros vestidos, nuestros zapatos y nuestros libros. Tenemos que mantenernos lo más vivas posible, y el máximo tiempo posible, tal como dijo Girder. ¿Entiendes lo que quiero decir?

Su mirada no vaciló.

—Sí, viviremos —afirmé.

«No vuelvas a pensar en el Gran Almacén —me dije—. No te obsesiones con el polvo, la sed o las moscas. Baja la vista hacia la costura, no la levantes hacia las chimeneas.»

Para huir de la pesadilla, me sumergí en un mundo de sedas y de cuidadosas puntadas. Me dediqué a hacer un vestido de ensueño. Fuera estaba el barullo de los trenes y los perros, el hedor de las letrinas y de cosas peores. Dentro estaba yo y la magia de mi trabajo. Tenía unas relucientes tijeras, una aguja centelleante, alfileres plateados, hilo resplandeciente.

Monté un maniquí de sastrería y lo acolché para que tuviera las formas de Madame, según sus medidas exactas. En el otro extremo del taller, Francine hizo lo mismo. Yo no estaba nada preocupada, sobre todo desde que ella había escogido una gasa de aspecto barato del color del vómito de un bebé.

Rose planchó de maravilla mi seda. Yo no podía creer que siguiera en la plancha por su propia elección. Habíamos acordado con Mina que ella empezaría a coser más, pero Rose dijo que no le importaba planchar.

Mina me llevó un día aparte y me comentó:

—Lo que tú no entiendes es que Rose no es como nosotras. Nosotras sabemos que hemos de sobrevivir. Ella aún está anclada en la idea de que puede seguir siendo la misma chica encantadora de siempre.

Quise decir algo en su defensa, pero no se me ocurrió nada.

Mina asintió.

—Sin ti, Rose no duraría ni cinco minutos. Tú saldrás de aquí si mantienes la cabeza en su sitio. Ella... no estoy tan segura.

Todo el mundo sabía ya en el taller lo dotada que estaba Rose para el bordado. Sus dedos podían convertir un ovillo de seda en cisnes, estrellas o jardines de flores. Ella ponía en sus bordados toda la naturaleza que jamás veíamos en Birchwood: mariquitas, abejas, mariposas. Cosió unos patitos en un vestido amarillo de niña que Shona estaba haciendo para la hija de un Oficial de alta graduación. Los patitos resultaban tan alegres y tan reales que casi esperabas que salieran vadeando del vestido y se pusieran a nadar en el charco más cercano. Sólo que no había agua de ninguna clase en Birchwood, al menos para las Rayadas. Nuestros labios estaban agrietados de sed. La que salía de los grifos no era potable.

Cuando Shona vio los patos enterró la cara en el vestidito y empezó a llorar.

—Chist —dije—. Mina está en el probador con una clienta. No vaya a oírte.

—Extraño a mi bebé —sollozó ella.

—Pues claro —replicó Francine—. Todas extrañamos a alguien, ¿verdad, chicas? Y ahora sécate la cara y termina ese dobladillo que estabas haciendo.

—¡Atención! —exclamó Rose.

La puerta del probador se entreabrió. Vi los dedos de Mina en el pomo. Estaba hablando con un cliente.

—¿El vestido de niña con patitos? Sí, señor. Enseguida hago que se lo traigan... Sí, claro, a esa edad crecen muy deprisa... Ya está empezando a hablar, ¿no?

Rose se puso delante de Shona para que Mina no la viera.

—Dame el vestido, rápido —cuchicheé—. Ya sabes lo que pasará si te sorprenden así. ¡Podrían echarte para siempre!

—¡Dale el vestido! —ordenó Francine.

—Vamos, Shona —intentó persuadirla Rose.

El llanto de ella se volvió más y más ruidoso. No había forma de contenerla o acallarla.

«¿Qué haría Mina?»

«Pegarle un bofetón.»

Le di una bofetada a Shona. Bien fuerte.

Eso es lo que hacen en las películas cuando la gente se pone histérica. Yo nunca habría creído que funcionara de verdad, y menos aún cuando las bofetadas, allí, formaban parte de la vida diaria. Para mi sorpresa, Shona inspiró hondo..., soltó el aire... y se desplomó.

Cuando Mina volvió a entrar en el taller estábamos tan calladas que podría haberse oído cómo caía un alfiler (suponiendo que dejar caer un alfiler hubiera estado permitido). Para entonces, Shona ya estaba otra vez en su máquina, cosiendo el dobladillo de unas cortinas para la residencia de los Oficiales. El vestido de los patitos fue un gran éxito, según nos dijeron después, y le gustó mucho a la niña que debía llevarlo.

Además de bordar patitos, Rose estaba trabajando en el girasol para mi creación. Recortó la silueta de un girasol en una tela de seda y la reforzó con una capa de guata y otra de lienzo de algodón. Con bastas de hilo blanco, marcó las líneas que seguirían los pétalos y las hojas del girasol. Luego desenrolló la seda de uno de los ovillos que Mina nos había dado y empezó a dar puntadas. Me encantaba verla coser. Se quedaba completamente absorta.

—Me gusta bordar —me dijo después, cuando estábamos acurrucadas juntas en nuestra litera—. Cuando coso se me ocurren los mejores argumentos. Mi madre dice que fragua sus historias en la cocina, mientras está horneando. Las tragedias vuelven amargos los pasteles de limón. ¡Y las comedias ponen chispa a sus platos picantes!

—Yo creía que vivían en un palacio con legiones de criados.

—Desde luego. La cocinera echaba humo como un volcán cada vez que mamá se adueñaba de la cocina. Deberías haberla oído aporrear las cacerolas y mascullar: «No hay derecho, la gente no sabe cuál es el lugar que le corresponde». Y mamá tampoco ayudaba. Se distraía con facilidad y siempre dejaba los trastes sucios para que los lavara otra.

—¿Tú?

—Oh, no. Yo no he lavado un traste en mi vida. Hasta que he tenido que limpiar mi plato aquí. No, mi misión consistía en escuchar las historias de mamá, lamer el cuenco de la masa y luego comerme lo que hubiera preparado.

—Mi abuela, cuando estaba ideando un vestido, se tumbaba en la bañera y se quedaba así hasta que el agua se enfriaba. El inodoro estaba en el mismo baño, así que, cuando ella se sentía realmente inspirada, el abuelo y yo casi explotábamos de ganas de hacer pis. —Suspiré—. ¿Te imaginas lo que sería volver a tener una bañera?

—Oh, sí —respondió Rose rápidamente—. Una bañera enorme tan llena de espuma que rebosara por los bordes. Además de un buen libro y de un montón de toallas mullidas.

—¿Tú lees en la bañera?

—¿Tú no?

—¿Te gusta más leer que coser?

Rose vaciló.

—¿Tengo que escoger?

—Debes hacerlo si vas a venir a trabajar a mi tienda de ropa cuando se acabe la Guerra.

—Ah, ¿es una invitación para estar a tu lado en ese establecimiento prodigioso?

—¡Sí! —Casi di un salto de alegría al pensarlo—. ¿No sería fantástico? Mi propia tienda. Ya sé que aún tengo mucho que aprender. Quizá algunas de las chicas del taller querrían sumarse también. Shona es muy buena. Y Erizo...

—¿Quién?

—Ya sabes, esa chica que se eriza fácilmente y nunca sonríe, pero que sabe coser un dobladillo invisible.

—Ah, ¿te refieres a Brigid? No puede sonreír.

—¿Por qué?

—Lo de siempre. Le prometió a la Reina de los Gigantes de la Escarcha que no sonreiría durante un año y un día.

—¿Qué?

Rose suspiró.

—La avergüenzan sus dientes estropeados. Un Guardián le dio una patada en la boca.

—Ah. Bueno, hemos de averiguar si quiere un trabajo cuando salgamos de aquí.

—¿Alguna idea sobre dónde estará esa tienda legendaria? —preguntó Rose.

—Quiero que sea en una zona elegante. En una calle bonita: ni muy tranquila ni muy ajetreada. Con unos grandes ventanales con muestras increíblemente suntuosas y una puerta con una campanilla que resuene cuando lleguen las clientas...

—¿Con gruesas alfombras, jarrones de flores alegres por todas partes y cortinas con festones en los cubículos de los probadores?

—¡Exacto!

—No suena mal, supongo —comentó Rose burlona.

Yo dejé lo que estaba haciendo, que era aplastar los piojos que vivían en las costuras de nuestros vestidos.

—¿Cómo que no suena mal? ¡Será la cosa más maravillosa del mundo!

—¿Mejor que una rebanada de pan con margarina?

—¡Igual que una rebanada de pan con margarina! En serio, llevaremos trajes refinados y blusas con volantes blancos por delante. Y el pelo recogido a la última moda...

—Arreglado en la peluquería de la puerta de al lado.

—¿Es que hay una peluquería al lado?

—Sin duda.

—Yo esperaba que hubiera una tienda de sombreros.

—Y la hay —se apresuró a decir Rose—. A sólo dos puertas, junto a una librería. Y una pastelería al otro lado, regentada por una especialista en bollos glaseados y pastelillos de crema de chocolate.

—¡Oh, Dios! —exclamó alguien desde la litera de abajo—. ¿Alguien ha hablado de chocolate?

—¡Chist! —dijeron las demás—. ¿Y si lo oye Girder?

—¡Girder lo oye todo! —replicó la Jefa con su voz resonante—. Si hay chocolate en alguna parte de este barracón, tiene que llegar a mis manos en menos de tres segundos...

Rose prosiguió entre susurros.

—El sitio que estoy pensando será perfecto para nosotras. Las clientas vendrán a pie o en coche. En todo caso, las calles no están muy transitadas. Hay un parque justo enfrente, con una fuente donde los niños chapotean cuando hace calor, un quiosco de helados y un manzano mágico de cuyas ramas nievan flores en primavera.

El helado era lo que más dolía recordar. A mí me encantaba la cremosa vainilla amarilla, con esos cristales de hielo que se formaban en el borde de la cuchara..., y luego la sensación que tenías cuando se iba deshaciendo en la boca...

—¡Haces que suene tan real! —comenté—. ¡Tú y tu capacidad para fabular!

—Quizá es real —repuso Rose—. Quizá conozco un sitio así. Quizá existe de verdad.

—¿Y dónde está? ¿Cerca de aquí?

—¡Ja! Tan lejos de aquí como del sol a la luna. Está en el lugar más deslumbrante del mundo. En una ciudad rebosante de arte, de moda...

—Y de chocolate...

—De chocolate desde luego. Una ciudad iluminada por tantas lámparas que la llaman la Ciudad de la Luz. Allí estará nuestra tienda, con nuestros nombres en sinuosas letras doradas por encima del escaparate: Rose y Ella.

—Ella y Rose —la corregí con suavidad pero firmeza.

Los momentos de entusiasmo siempre van seguidos de otros de desánimo. Al día siguiente yo estaba a punto de enojarme con algo, con alguien, con cualquiera.

—¿Qué te pasa? —se interesó Rose.

—¿Es que no salta a la vista? ¡El vestido es un completo desastre! Hice la *toile* de algodón como pieza de prueba y parecía quedar bien, así que corté la tela y la hilvané. Y queda rematadamente mal. Es lo peor que he hecho en mi vida.

En costura se llama *toile* a un ensayo —un boceto de vestido, por así decirlo— en el que montas la prenda, pero no con la tela definitiva que vas a emplear. Así, puedes probar previamente si todo funciona. Como mi *toile* había salido bien, seguí adelante con el satén amarillo. Desastre total.

—Ganará Francine —gemí— y Mina me pondrá a coser cojines, con suerte.

—Pero queda mal... ¿cómo? —preguntó Rose.

—Queda mal y ya está.

—Ah. Eso lo explica todo.

—No te burles de mí.

—Entonces dime qué hay que hacer con el vestido para arreglarlo. ¿Cuál es el problema? ¿La talla?

—No, está hecho con las medidas exactas de Madame.

—¿El drapeado?

—No, eso está bien. Aunque probablemente a ella no le gustará.

—¿El color?

Estuve a punto de explotar.

—¿Cómo puedes decir eso? El color es absolutamente precioso. Mira, deja de intentar criticarlo. Dadas las circunstancias en las que he trabajado, es un milagro que haya conseguido hacerlo. Mina no me ha ayudado nada, siempre merodeando y preguntando cuándo iba a estar listo...

—O sea que... ¿está bien?

(¿Por qué me miraba con una sonrisa?)

—No lo bastante bien.

—Claro que sí. Y el próximo aún será mejor. Así funcionan las cosas. Adquieres experiencia y vas mejorando.

—¿Y por qué no puedo hacerlo mejor ahora? Esto es lo más importante del mundo para mí, Rose. Si no puedo ser modista, ¿qué soy? ¡Nada!

Ella me abrazó y me estrechó con fuerza.

—Eres una buena amiga —me susurró al oído. Luego me dio un beso en la mejilla.

Durante horas, me hormigueó el punto donde me había besado.

Rose terminó su girasol cuando yo aún estaba luchando con el vestido. La flor tenía todo un estallido de pétalos relucientes de punto de relleno y unas semillas anudadas de aspecto tan real que daban ganas de arrancarlas y comérselas.

—Ya sé que tenías pensada la flor para el hombro —me dijo—, pero yo creo que quedaría muy bien en la cadera, justo donde la seda se junta y empieza a caer.

—No, tiene que ser en el hombro... —Sujeté la flor allí. Luego la coloqué en la cadera. Para mi irritación, Rose acertaba. En el hombro resultaba cursi; en la cadera quedaba perfecta.

Ella me miró.

—¿Te parece bonita?

—¿Bonita? —Casi me ahogaba de la emoción—. No es bonita; es maravillosa. El mejor bordado que he visto jamás.

¿Cómo podía restarle importancia a su talento? En ese momento no sabía si zarandearla o...

El corazón se me aceleró, me mordí el labio.

O... besarla.

La culpa de que el vestido se retrasara no fue mía. Me saboteraron la máquina de coser.

Sucedió en un momento crucial. Yo tenía la cabeza inclinada, de pura concentración, cuando se armó un revuelo en el taller y entró... un varón, un ser del sexo opuesto, ¡un hombre!

El efecto fue electrizante. El ambiente se tensó. Vi que Brigid se pasaba la mano por la cabeza, como si aún tuviera pelo que arreglarse, y no unas cerdas de erizo. Francine se pellizcó las mejillas para darles un poco de color. Incluso Mina también pareció ponerse nerviosa, probablemente porque a sus hormonas no podía gobernarlas ni mangonearlas.

En Birchwood nos mantenían en gran parte separados a los Rayados y las Rayadas. Los únicos hombres que veíamos en ese lado de la alambrada eran los Guardianes y los Oficiales. ¡Y ahora teníamos allí a un prisionero! Alguien que nos recordaba a nuestros padres, hijos, hermanos, maridos o novios. No es que yo hubiera tenido un novio alguna vez. La abuela se habría vuelto loca ante la sola idea de que un chico viniera a verme. «Eres demasiado joven para pensar en esas cosas», habría dicho. Ella siempre me aconsejaba que me mantuviera alejada de los hombres, «sobre todo de los que hacen que se te aflojen las rodillas».

Ése era un hombre joven, quizá sólo unos años mayor que yo. Aunque en Birchwood resultaba difícil asegurarlo, porque allí todos los Rayados parecían viejos. En su caso, el habitual uniforme azul y gris de prisionero se veía limpio e impecable. Iba con una caja de herramientas y tenía unas manos ásperas a causa del trabajo manual. Si se hubiera tratado de un personaje de los cuentos de Rose, habría sido el séptimo hijo de un séptimo hijo:[2] un chico pobre pero con suerte, destinado a ganar el trofeo.

Tenía una cara agradable. Unos ojos brillantes. El pelo incipiente que le asomaba bajo la gorra era rubio, como el de un perro labrador dorado. Sonreí para mí misma. Ya había encontrado otro animal para mi «zoológico», como Rose lo llamaba. Era un perro. Uno bueno, no como esos horribles con los que patrullaban las Guardianas. El tipo de perro que te traería un palo o un calcetín de debajo de la cama, con ganas de jugar.

Pero yo no tenía tiempo para jugar.

—¿Qué hace ése aquí? —le pregunté a Rose cuando pasó por mi lado para ver cómo me iba.

—Reparaciones —respondió—. ¿No me digas que tú también te has derretido?

—Ja, ja. Yo tengo que darme prisa. Francine ya casi ha terminado de montar las mangas de su vestido de color vómito.

Estaba absorta en el satén amarillo cuando sentí una cálida presencia a mi lado.

—¿Algo roto? —preguntó Perro, dejando su caja de herramientas en el suelo. Tenía una voz agradable y profunda. A mí no se me aflojaron las rodillas. Además, estaba sentada.

—Mi máquina va bien —dije apartándome ligeramente de su calidez.

2. El «séptimo hijo de un séptimo hijo» es una figura clásica del folclore tradicional, dotada de dones y poderes especiales. *(N. del t.)*

—¿Ah, sí? Déjeme echar un vistazo...

—¡No vaya a mancharme el satén de aceite!

Retiré la tela mientras él examinaba la máquina.

Perro chasqueó los labios.

—Tiene suerte de que aún funcione.

—¿De veras?

—Tensión excesiva. Los muelles están demasiado rígidos. Las bobinas, oxidadas. Habría que engrasarla cada semana. O cada día, si se utiliza mucho..., lo cual, supongo, es el caso de todas estas máquinas.

Yo me sonrojé, muerta de miedo. ¡La máquina no se me podía estropear ahora!

—¿Usted puede arreglarla?

—Más vale que lo crea. —Él se inclinó hacia mí, con el pretexto de modificar la tensión de los muelles, y me murmuró al oído—: La puedo arreglar de manera que no vuelva a funcionar. Así, estos cerdos tendrán que pintarse sus estúpidos modelitos, o bien salir desnudos. Como si a nosotros nos importara, ¿no?

—¿Sa-sabotaje?

Él se llevó los dedos a su gorra, como si me hiciera un saludo militar en miniatura, y susurró:

—Ahora sí que ha acertado, señora. Será sólo un minuto.

Yo me volví hacia la Guardiana, que estaba apoyada contra la pared leyendo una revista.

Perro murmuró:

—Me llamo Henrik, por cierto. ¿Cuál es su nombre?

¿Mi nombre? ¿Desde cuándo andaban los chicos preguntando tu nombre sin más ni más? ¿Desde cuándo alguien te preguntaba allí tu nombre, en vez de tu número?

—Eso no importa. ¡Deje de arreglar mi máquina! Es decir, deje de estropearla. Quiero que funcione.

Henrik alzó una ceja ante mi tono.

Yo alcé las dos sin dejar de mirarlo.

—Soy costurera y tengo que terminar este vestido. Va a ser el más precioso que he confeccionado en mi vida.

Él me hizo una reverencia burlona.

—¡Discúlpeme por creer que es una esclava como el resto de nosotros, obligada a hacer elegantes vestidos para unos asesinos de masas!

—Yo no soy una esclava.

—Ah. ¿Acaso le pagan? ¿Puede irse cuando quiera?

—No.

—Entonces... es una esclava.

Meneé la cabeza.

—Son Ellos los que nos consideran esclavos. Por dentro... yo soy yo. Soy Ella. Y me dedico a coser.

La burla desapareció del rostro de Henrik.

—¡La felicito! —dijo en voz baja—. ¡En serio! Eso sí que es lenguaje de combate. Ellos nos pueden encarcelar, pero no pueden capturar nuestro espíritu, ¿cierto?

Mina lanzó una mirada en nuestra dirección, husmeando el ambiente por si detectaba algún problema. Henrik se apresuró a afanarse con los mecanismos de mi máquina, fingiendo que resolvía un fallo inexistente. Antes de marcharse, me dio un apretón en la mano.

—No desfallezca, Ella. Fuera de aquí se rumorea que la Guerra podría terminar pronto... Nosotros estamos contraatacando. Los buenos se acercan cada día que pasa.

Ahora mi corazón sí dio un brinco.

—¿Estamos ganando? ¿Cómo sabe todo eso? Si puede

133

recibir mensajes de fuera, ¿también puede enviarlos? Quiero decirle a mi abuela que me encuentro bien. —Las preguntas me salieron a borbotones.

—Mejor todavía: ¿por qué no decírselo usted misma?

—¿Tan pronto seremos liberados?

Henrik se acercó aún más.

—No exactamente. Pero digamos que tal vez haya una forma de que se libere usted misma.

—¿Escapar?

Henrik dio un golpe con su caja de herramientas y se llevó un dedo a los labios.

—¡Volveremos a vernos, Ella!

Miré cómo sorteaba las mesas para salir. Qué suerte la suya, poder vagabundear como una persona normal con el pretexto de hacer trabajitos. Supuse que debía de contar con la protección de Prominentes muy poderosos para desempeñar aquel papel. Si ellos confiaban en él, ¿yo también podía confiar? ¿O más bien quería decir que no debía hacerlo?

—Ay, ¿no me digas que tú también? —dijo Shona, propinándome un codazo en las costillas al pasar.

Yo di un respingo.

—¿Cómo?

—¿También te hace ruido el chico de los arreglos? —Me pellizcó la mejilla y siguió adelante antes de que Mina empezase a gritar.

Fue sólo entonces, al intentar volver al trabajo, cuando me di cuenta de que Henrik había hecho justo lo que le había pedido que no hiciera. Mi máquina de coser estaba estropeada.

Mina dijo que yo debía ir a entregar el vestido de Francine a Madame H., la esposa del Comandante.

—Pero ¡si el mío está terminado y listo para entregar! —objeté. Y era cierto, gracias a una frenética actividad por mi parte cosiendo a mano. Que se fueran al carajo Henrik y su sabotaje: ¡había terminado el trabajo! ¡Con qué esmero había enrollado el cerco del vestido! ¡Con qué pulcritud había recosido las costuras y terminado el cuello! Había sido una delicia olvidar para quién era el vestido mientras me hallaba absorta en su confección.

—Tú cierra el pico y llévalo —replicó Mina con un rictus desagradable en la boca: su versión de una sonrisa. Me arrebató de las manos el vestido del girasol y, al poco rato, me dio una caja grande de cartón.

Todas las demás costureras estaban celosas por el hecho de que yo fuera a salir de Birchwood. Bueno, de la parte del campo de prisioneros que nosotras conocíamos, en todo caso. A mí el corazón me palpitaba al recordar la alusión de Henrik a la posibilidad de escapar. Era imposible, desde luego. Al menos, vestida como una Rayada y escoltada por una Guardiana.

Ésta apareció puntualmente. Y era Carla, nada menos.

—Bonito día para dar un paseo —dijo con un guiño. Y luego—: Aquí, *Pippa*. A mis talones. —La perra había divisado un rebaño de Rayadas y estaba deseando correr para dispersarlas, pero se mantuvo a su lado, obediente.

Yo también troté pegada a sus talones. No iba con correa, pero bien podría haberla llevado. La carretera que salía del campo principal quedaba totalmente a la vista de las torres de vigilancia y las ametralladoras. El sol relucía en las espirales de alambre de púas. Había Guardianes por todas partes, y Jefes también. Era imposible ahorrarse la visión de las miserables cuadrillas de trabajadoras que cargaban trozos de roca a mano o cavaban zanjas a pleno sol. Ésa habría sido mi tarea si Ellos no hubieran cantado mi número para que fuera a ver a la Jefa del Estudio de Alta Costura. Cada trabajadora no era más que un esqueleto con un costal de rayas. Todas habían sido mujeres en su día.

La carretera era una larga cinta de polvo revuelto por los neumáticos de los camiones y por los pies que avanzaban arrastrándose. A mí me dolían los brazos penosamente. Tenía que sujetar la caja de cartón en posición horizontal. Me daba terror que se me cayera, por mucho que fantaseara con la idea de arrojar al suelo el desaliñado vestido de Francine para que fuese el mío el que llegara a manos de Madame H.

Era más o menos agradable estar fuera, de todas formas. El aire resultaba en cierto modo más fresco cuando no estaba confinado tras una alambrada, aunque se hallara impregnado del hedor a gasolina, humo y ceniza. Había una vista despejada de los campos segados, cubiertos de rastrojos amarillos. Divisé a lo lejos un trazo café que se acercaba rápidamente. Otro tren que llegaba. Su silbato aulló. *Pippa* se puso a ladrar.

Lo más extraño para mí era ver a tantos hombres. Estaba tan acostumbrada a vivir constantemente rodeada de mujeres que los Rayados me parecían fascinantes. Tenían un aspecto tan agotado y andrajoso como el de las trabajadoras. Por un momento me pareció haber atisbado a Henrik, el perro simpático. Enseguida me di cuenta de que no era él en modo alguno. Recordé sus palabras apresuradas sobre la posibilidad de escapar. Me imaginé que me quitaba aquellos absurdos zapatos de madera y corría hacia los campos... ¡libre!

Las balas de Carla me alcanzarían antes que la perra —bang, bang, bang—, directamente en la espalda.

—Está bien alejarse de la multitud —comentó Carla, a mí o a *Pippa*, no lo sabía con certeza—. ¡El verano ha sido un asco! Con todas esas hordas llegando a la estación, no había la menor esperanza de tomarse unas vacaciones en la playa para librarse de este calor. Diez mil unidades diarias que procesar, ¿puedes creerlo? ¿Qué se creen que somos? ¿Máquinas?

Parpadeé una y otra vez. «¿Unidades?» Las gotas de sudor se me metían en los ojos y no tenía ninguna mano libre para secármelas.

—Y *Pippa* necesita estos paseítos, ¿verdad, cariño? ¿A que sí, chuletita? ¿Quién es la mejor perra del mundo? ¿Eh? ¿Eh? ¿Quién es la mejor?

Mientras Carla mimaba a la perra, tuve que parar un momento. Al bajar la vista vi que tenía a mis pies un topo diminuto. Era la primera criatura que había visto en meses que no fuera un perro, una rata, un piojo o un chinche. Estaba muerto. Me trajo el recuerdo de las zapatillas de piel de topo de la abuela, que eran muy mullidas y estaban moteadas en las partes donde la piel se había desgastado.

Pippa se acercó a husmear el cadáver del topo. Carla tiró de la correa.

Tras una larga y polvorienta caminata, llegamos a una verja de hierro forjado con unas volutas y bucles preciosos, como salida de un cuento. Un Rayado se apresuró a abrirnos. Carla no le hizo el menor caso. Obviamente, conocía el lugar. *Pippa* se detuvo a orinar junto a un poste de la verja.

Seguí a Carla por el sendero del jardín, tropezándome con casi cada losa del pavimento, tan embelesada estaba contemplando aquel país de las maravillas. Había flores por todas partes. No flores estampadas en tela o bordadas con hilo de seda: ¡flores auténticas! Crecían en abundancia alrededor de un prado de césped de verdad. Dentro de la alambrada de Birchwood, cada brizna de hierba había sido devorada.

En el margen del prado, dos tortugas estaban dándose un festín de restos vegetales. Las observé hechizada. Había un Rayado regando el prado con una manguera, que me roció de gotas de agua. Me acordé de una tarde de verano, muchos años atrás, cuando yo estaba en el patio con mis amigas y el abuelo se asomó por la ventana de arriba y nos roció con una regadera. ¡Cómo gritamos todas! Ahora no solté ningún grito. Tuve que hacerme a un lado para dejar paso a un niño pequeño con una bicicleta que traqueteaba como un sonajero: era el mismo que había visto una vez en el probador con Madame H. Las ruedas iban dejando marcas en la hierba.

—Date prisa —gruñó Carla.

Troté tras ella, sólo deteniéndome un instante para aspirar el aroma de las rosas amarillas que crecían junto a la puerta.

Carla ordenó a *Pippa* que se sentara y esperase fuera.

Entramos en un pasillo sumido en la penumbra. Un pasillo de verdad de una casa de verdad. Capté un olor a cera para los muebles y a pescado frito; también un aroma casi desvanecido de pan recién hecho. Seguimos adelante. Había alfombras en el suelo. Alfombras de verdad, de colores alegres.

Se abrió una puerta en las profundidades de la casa y sonó un redoble de pasos. No de un perro, sino de un niño pequeño. Un niño de verdad correteando ruidosamente. Se oyó una voz llamándolo. El niño debió de seguir de puntillas, porque enseguida se hizo un completo silencio.

Se abrió otra puerta y apareció una chica, enmarcada por el brillo blanco de las paredes. Debía de tener sólo un par de años más que yo y llevaba un fresco vestido de algodón amarillo de cuadros. Tenía el pelo castaño recogido en un moño y sujetaba un libro en una mano. Noté que sus ojos iban directos a la caja de cartón.

—Mi madre está en la sala de estar —le dijo a Carla, sin reparar en absoluto en mi presencia, y luego se alejó con sus sandalias de verano de color claro.

Otra puerta más del pasillo. Carla llamó con los nudillos.

—¡Adelante! —nos indicó una mujer desde dentro. Al abrirse la puerta, vi una sala decorada en suaves colores pastel que iban del amarillo vainilla al amarillo limón. Había una librería...

—¿Una librería? —Rose ya no pudo seguir hablando en voz baja—. ¿Qué libros había?

—A ver, ¿quién está contando la historia? —repliqué. Ella fingió enfurruñarse.

—Estrictamente hablando, se trata de una descripción narrativa, no de una historia, porque es verdad. Lo es, ¿no? Digo, lo de los libros. Ah, nosotros teníamos una habitación completamente llena de libros en nuestro palacio. Las cuatro paredes enteras, con sólo el espacio libre para la puerta. Había una escalera con ruedas que podías desplazar para llegar a todas las estanterías. Aquello sí que era viajar, Ella... Desde la historia hasta la botánica, desde los cuentos de prodigios y maravillas...

—Tú y tu palacio de fantasía. Y ahora, silencio. ¿O no quieres oír el resto?

—Sí, cierra el pico por una vez —repuso Girder con una risotada. Estaba agazapada en el borde de la litera de abajo, zampando pan del mercado negro y bebiendo alcohol de contrabando—. Queremos saber cómo es la casa del Comandante.

—¡Y el niño! —gritó otra con voz ronca—. Háblanos del niño. ¿Cuántos años tiene? Mi hijo tenía tres cuando Ellos vinieron a buscarnos...

Esa audiencia se había formado unas semanas atrás, cuando Rose se había puesto a contar cuentos desde la litera superior. Las Rayadas más cercanas se habían vuelto al oír su voz, como girasoles buscando el sol. La fama de Rose se extendió rápidamente. Las Rayadas se aproximaban reptando por las literas para oír mejor. La novedad había llegado a oídos de Girder. A ella no se le escapaba nada de lo que pasaba en el barracón, y enseguida exigió una historia cada noche.

—No creo que pueda contar el tipo de historias que a ti te gustan —había dicho Rose con cautela.

Girder, que se sabía las canciones más groseras y lascivas que corrían por Birchwood, respondió:

—Tú cuéntalas como hasta ahora. Con leñadores, lobos y espadas que cortan las piedras. ¡Me gustaría tener una de ésas!

Ahora que yo me había aventurado fuera de las puertas del campo y había sobrevivido para contarlo, en el barracón me trataban como si fuera un explorador de tierras remotas. Así que me habían ordenado —Rose y también Girder— que hiciera un relato completo.

—El Comandante tiene cinco hijos, incluido un bebé —dije dirigiéndome a todas—. En la sala de estar había una cuna llena de lazos y encajes, cubierta con una mantita.

—¡Ay, la mantita de mi bebé! —se lamentó la madre afligida—. Yo me acurrucaba, hundía la nariz en ella y notaba el olor de su piel cálida y de los polvos de talco...

Tragué saliva.

—Vi los juguetes de los niños mayores en el sofá. Cochecitos, una muñeca...

—¿Pudiste sentarte? —preguntó Girder—. ¡Con lo gruesas que tengo las nalgas, extraño mucho los cojines!

Por supuesto que no me dejaron sentar. Ni siquiera me permitieron entrar en esa sala tan elegante. Carla me dejó sola en el pasillo con la pesada caja de cartón. Yo contemplé los ramilletes de flores silvestres del papel de la pared y la fotografía enmarcada del Comandante, que estaba algo torcida. Si no hubiera sabido quién era, habría dicho que parecía agradable. Un hombre responsable e incluso apuesto, con traje de civil, iluminado por el *flash* del estudio del fotógrafo, lo que le daba un aire de estrella de cine. El retrato hizo que me preguntara qué aspecto tendría mi padre. Ese hombre al que nunca había visto. Si seguía vivo, ¿cómo le estaría yendo en la Guerra? Cuando volviera a casa, quizá podría encontrarlo, y también a mi madre. Entonces volvería a tener una familia de verdad. La familia era importante.

El Comandante parecía un hombre de familia.

—¿Cómo estás, querida? —oí que decía la mujer de la sala.

Era Madame H., la esposa del Comandante. Así que ya conocía a Carla.

—¿Te sientes mejor después de nuestra pequeña charla del otro día? —murmuró Madame—. Ya sé que es duro. Extrañas la granja y a tu familia, ¿verdad? Tú sigue cumpliendo tu deber y recibirás una recompensa.

¿Acaso las Guardianas acudían a hablar con Madame como si fuese su madre? Luego se pusieron a hablar en voz tan baja que ya no podía oírlas. Al fin, Carla dijo más audiblemente:

—El vestido está aquí. Ya sabe, el que ha confeccionado la prisionera que recomendé.

Me puse rígida. ¡Así que Carla había fingido todo ese tiempo que era amiga mía, cuando en realidad estaba promocionando el trabajo de Francine!

Al llegar a ese punto de mi relato, Girder se refirió a Carla con una palabra que la abuela jamás me habría tolerado que pensara siquiera, mucho menos que la pronunciara. Era una palabra muy contundente y descriptiva.

—Ah, pero aún hay más —dije a la audiencia de mi barracón—. Esperen y verán...

Madame H. salió al pasillo. Llevaba un bonito vestido de verano de muselina de un tono amarillo maíz. A pesar de que me sentía terriblemente cansada, tuve que trotar tras ella y Carla, subir dos tramos de escaleras y recorrer un pasillo hasta una habitación de la parte trasera de la buhardilla. La habitación, con el suelo desnudo, contenía una mesa, una silla, un armario doble con puertas de espejo y una cesta de costura. La ventana estaba cerrada y el aire parecía viciado. Había una mariposa muerta en el alféizar con las blancas alas dobladas.

Las puertas del armario ropero estaban abiertas y en su interior había todo un festival de moda. Los vestidos eran de todos los colores y colgaban de perchas con acolchado de satén. Modelos cortos, largos, estrechos, holgados..., en fin, de todos los estilos. Identifiqué varios de los proyectos del Estudio de Alta Costura. Algunos podrían haber salido directamente de las casas de costura de la legendaria Ciudad de la Luz. En un lado había colgados otros conjuntos. Vestidos y trajes de verano, camisones y picardías...

Vista de cerca, la propia Madame no era la aristócrata sofisticada que yo había imaginado. Se movía de aquí para allá con un aspecto más distraído que divino. Cuando se quitó el vestido de diario, vi que llevaba una ropa interior muy apropiada y una faja de goma que se extendía sobre una panza redondeada. Un pequeño rollo de carne rebosaba por encima.

Coloqué la caja de cartón sobre la mesa y levanté la tapa.

Madame me hizo una seña para que me apartase. Separó las capas de papel de seda que envolvían el vestido. Carla permanecía junto a la puerta con los brazos cruzados. Yo esperaba ver la cara de decepción de Madame cuando apareciera a la vista el engendro de Francine. Pero sus ojos, por el contrario, se iluminaron y toda ella resplandeció de placer.

—¡Oh, es deslumbrante! —exclamó casi sin aliento.

Carla sonrió burlona. ¿Lo había sabido todo el tiempo? El vestido de la caja era mi propia creación con el girasol.

—¿Mina te engañó? —preguntó la audiencia del barracón.

—Vaya sorpresa —comentó Girder secamente.

Mina, en efecto, me había engañado. Madame sostuvo el vestido ante sí y se contoneó de un lado a otro, repentinamente fascinada con sus propios encantos.

—¡Deprisa! —ordenó con brusquedad—. ¡Ayúdame a ponérmelo!

Le sentaba maravillosamente. Sólo requería tal vez algunos retoques menores aquí y allá. Al menos, Mina me había confiado unos cuantos alfileres, así que hice los ajustes necesarios, o lo intenté, mientras Madame daba vueltas y vueltas frente al espejo. Abría la boca, la cerraba y volvía a abrirla, igual que un pececito de colores. Uno de esos gruesos pececitos que nadan en círculo en un estanque.

Me pregunté si los pececitos de colores serían comestibles. Yo estaba lo bastante hambrienta como para darle un bocado.

Madame contempló largo rato la madura belleza del girasol bordado. Yo rebosaba de orgullo por Rose.

Finalmente dijo:

—Es extraordinario. Medidas perfectas..., drapeado superlativo. Dile a la mujer que lo ha hecho que me siento complacida. Que querré más cosas de ella.

Carraspeé. Carla me miró asintiendo: «Díselo».

Yo apenas conseguí sacar la voz.

—Disculpe, Madame. Lo he hecho yo.

Ahora Madame se volvió y me miró por primera vez.

—¿Tú? Pero ¡si sólo eres una niña!

—Tengo dieciséis —me apresuré a mentir.

Madame se volvió hacia el espejo de nuevo.

—Francamente, no sabía que las de Tu Clase estuvieran tan dotadas. Vaya suerte que se me ocurriera montar el Estudio de Alta Costura para que su talento no se desperdiciara, ¿no crees? Después de la Guerra, tienen que trabajar todas en una casa de costura propiamente dicha y yo encargaré allí mis vestidos. ¿Qué te parece?

Hablaba como si no hubiera Listas ni chimeneas ni lluvia de cenizas.

—Bueno —dijo Rose en el barracón—, ¿cómo se siente una al ser la modista más increíble de la historia?

Para su sorpresa —y la de todas, incluida la mía—, rompí a llorar. Había sido todo una alegría demasiado inesperada.

—Eres una chica afortunada —afirmó Mina, arreglándoselas para que sonara como una amenaza—. Decidí que tu vestido, después de todo, era aceptable para Madame. Has aprendido mucho trabajando para mí. Es natural, yo me formé en las mejores casas de costura.

145

Al día siguiente de mi triunfo en la casa del Comandante, intenté no alardear ante las demás costureras. Lo intenté, pero no lo conseguí del todo.

Mina cruzó los brazos de tal forma que se le marcaban claramente los huesos aguzados de los codos. ¿Eran imaginaciones mías o parecía divertida por mi felicidad?

—Madame dice que puedes hacer más cosas para ella.

—Lo haré —me apresuré a responder—. No se sentirá decepcionada. Ya tengo un montón de ideas...

—Las ideas no dan de comer. Ponte a coser. Te he conseguido una máquina de repuesto del Gran Almacén, ya que estropeaste la otra...

—Gracias. Me pondré ahora mismo.

—La hormiguita laboriosa —añadió Mina con ese rictus en la boca que se aproximaba a una sonrisa.

Me senté, sintiéndome en las nubes. ¡Ay, cuando le contara todo aquello a Rose! Entonces se alegraría de haber bordado el girasol. Recibiríamos quizá hasta seis cigarros de recompensa. ¡Seríamos como millonarias con toda esa cantidad para canjear! Podríamos planear juntas los próximos conjuntos, con mis diseños y sus...

Miré la nueva máquina de coser y me quedé petrificada.

—¿Necesitas ayuda para prepararla? —musitó Shona desde el otro lado del pasillo, con un alfiler en la boca—. ¿Ella? Digo que si necesitas ayuda con la nueva máquina. —Se quitó el alfiler, lo clavó en una tela de algodón del color de la crema pastelera y luego sucumbió a un ataque de tos.

Negué con la cabeza. No era que me faltaran las palabras, pero no me habrían salido con una voz humana. «No, gracias. Sé muy bien cómo enhebrar el hilo en esta máquina. No es para menos. Lo he hecho un millón de veces. Es la de mi abuela, al fin y al cabo.»

Allí estaba, sin la tapa, toda reluciente con su precioso esmalte negro y sus sinuosos adornos dorados. Habían raspado una línea justo donde se hallaba grabado en su momento el nombre de la abuela.

Ella nunca dejaba que se posara una partícula de polvo o de pelusa en su máquina.

Levanté el pedal y vi que estaba maravillosamente limpio por debajo.

También era siempre muy ordenada con los hilos. Abrí la tapa del compartimento de la bobina y quedó a la vista toda una hilera de diminutos carretes de acero: verde, amarillo, rojo, gris, blanco y rosa.

Atisbé con cautela por un lado. Sí, tal como recordaba, había unas leves marcas en el esmalte, allí donde el anillo de boda de la abuela solía engancharse cuando hacía ajustes.

Me quedé paralizada.

Tenía que ser una especie de error. No era posible que aquella máquina estuviera allí, en Birchwood. Cualquier otra, sí, pero no *Betty*, la máquina de coser que la abuela amaba tanto como para ponerle nombre y todo. No, *Betty* estaba en casa, en su cuarto de costura. Sobre la mesa donde siempre había estado, junto a la silla con el cojín de espuma reventado, al lado de la ventana con las cortinas de margaritas estampadas.

Rose encontró una excusa para acercarse.

—¿Te encuentras bien? —susurró—. Pareces indispuesta.

Yo ni siquiera pude mirarla. Me estaba imaginando a la abuela caminando penosamente por la calle hasta la estación con sus tacones gruesos, ladeándose hacia la izquierda para compensar el peso del estuche de la máquina en su mano derecha. «Lleve comida para el viaje, ropa de abrigo y los objetos más esenciales», le habrían dicho. Y, por supuesto, la abuela pensaba que *Betty* era esencial. Era con ella como se ganaba la vida.

Qué insoportable imaginarla llegando a Birchwood..., tratada a gritos por las Guardianas..., golpeada en los vestuarios... Yo sabía de sobra todo lo que Ellos les hacían a los recién llegados al campo. Tenías que quitarte toda la ropa. «¡Doblenla bien!», gritaban, como si fueras a salir de las duchas limpia y preparada para volver a ponértela. Tenías que permanecer desnuda, temblando y llena de vergüenza, junto a centenares de desconocidas. No importaba si eras gorda o flaca, joven o vieja; ni si estabas embarazada, o con la regla, o simplemente petrificada. Aguardabas allí, desnuda, mientras unas Rayadas venían a raparte el pelo con una cuchilla sin filo. Luego cruzabas las siguientes puertas —«¡Deprisa, deprisa!», decían siempre—, y luego...

...para mí y para otras consideradas aptas para el trabajo, una ducha fría. Una sola prenda arrojada a cada una y un pañuelo para la cabeza. Un par de absurdos zapatos de madera que, por casualidad o por malicia, siempre eran del número equivocado, o unos zapatos arrojados al azar del montón que había dejado la última remesa de gente procesada. Y después —«¡Fuera, fuera, fuera!»—, al bloque de cuarentena, donde nos apiñábamos todas, llorando y esperando la oportunidad de conseguir un trabajo. De sobrevivir.

Para mí, un trabajo. Vida.

¿Para la abuela...?

—Estoy bien —le mentí a Rose. Ella me dio un apretón en la mano y volvió corriendo a su plancha.

Yo me quedé mirando la máquina. Era *Betty*... Era *Betty*. La abuela estaba allí... No. La abuela ya no estaba allí...

La voz de Mina se abrió paso entre mis pensamientos, escociéndome como un chorro de limón en una herida:

—¿Algún problema, Ella?

—No, ninguno. Ya me pongo a trabajar. Ahora mismo.

Metí una tela bajo el pie de la aguja y dejé que empezara a dar puntadas, aunque sólo fuera para oír una vez más el sonido de mi infancia. Mientras la máquina zumbaba, yo volvía a estar en el cuarto de costura de la abuela, convertida otra vez en una niña que recogía los alfileres de la alfombra.

—Usa el dorso de la mano para buscar los alfileres por el suelo —decía la abuela—. Así no te harás daño cuando los encuentres.

—¿Podría morir desangrada por el pinchazo de un alfiler? —le había preguntado yo.

—No seas boba —había respondido ella.

Tuve una visión desde abajo (mi estatura infantil) de las piernas torneadas de la abuela, de las gastadas zapatillas de piel de topo, del dobladillo de su vestido de algodón estampado. Simples recuerdos, tan insustanciales como los sueños.

Cuando terminó la jornada y nos pusimos en la cola de la sopa aguada, Rose hurgó y hurgó en mi tristeza, como una ardilla cavando en busca de una nuez enterrada. Finalmente le conté lo que pasaba en voz baja para que nadie más pudiera oírme. Ella me escuchó sin interrumpirme.

—Lo peor de todo es que ni siquiera estoy segura de que sea *Betty* o no —dije al final de mi relato, haciendo un esfuerzo para no levantar la voz—. ¡Y tendría que saberlo! Era el objeto que mi abuela más quería del mundo... ¡Incluso se me está olvidando cómo son la abuela y el abuelo, Rose!

Una Guardiana pasó por nuestro lado. Las dos nos callamos. Cuando se perdió de vista, Rose susurró:

—No olvidas nada realmente. Todos los recuerdos van a un lugar seguro, te lo prometo. Yo me he estado imaginando que recorría cada habitación del palacio y cada árbol del huerto. A veces hago como si leyera los títulos de los libros de la biblioteca, aunque hay tantos que no los recuerdo todos. Entonces oigo los pasos de papá llegando a casa. Él estaba en el ejército; era un Oficial, claro. Siempre olía a caballo, y tenía perros correteando alrededor de sus botas de montar. Perros como es debido, de los que menean la cola y quieren jugar, no los monstruos que Ellos tienen aquí. Pero no recuerdo exactamente si los ojos de mi padre eran de color castaño o castaño claro. Al menos creo que eran castaños...

Ya habíamos llegado al principio de la cola. Nos echaron la sopa aguada en los cuencos de hojalata. Yo miré fijamente el arenoso líquido gris y la única peladura de papa enroscada. Mejor eso que mirar a las Rayadas de alrededor, buscando la cara de la abuela bajo cada pañuelo y esperando no encontrarla.

—¿Te vas a comer la sopa o vas a aprendértela de memoria? —se burló Rose.

Yo revolví una y otra vez el líquido tibio con la cuchara.

—¿Y si la detuvieron... a ella y al abuelo?

—Debes mantener la esperanza de que están sanos y salvos, Ella.

—¿Y si nosotras estamos aquí, vivas, tomando la sopa, y ellos están...?

—Chist. No lo digas. Mantén la esperanza.

¿Esperanza?

Lo intenté para ver cómo era. La esperanza significaría que Rose tenía razón. Que la máquina no era *Betty* y que la abuela y el abuelo seguían bien.

«Esperanza.»

Durante el Recuento de la noche, me atreví a levantar la mirada. Entre las columnas de humo que se alzaban hacia lo alto de un cielo anaranjado, aparecían los puntitos amarillos de las estrellas. ¿Realmente ése era el mismo cielo que se extendía sobre mi antigua vida? ¿En aquel preciso momento la abuela recorría la casa para cerrar las cortinas y encender las lámparas? ¿Estaba sentada ante la mesa de la cocina, esperando a que yo irrumpiera de repente? «¡Hola, ya estoy aquí!»

¿Cuánto tiempo seguiría esperando?

Hasta que yo volviera, claro.

Rojo

El sol se puso con trazos de color púrpura. Incluso en las noches de verano debe oscurecer. Tendida en el colchón de paja de nuestra litera, me alegré de que nadie pudiera verme llorar como una niña. Rose me rodeó con sus brazos esqueléticos y besó mi cabeza rapada. Yo no llevaba puesto el pañuelo. Me sequé los ojos y la nariz con la manga como una sucia mendiga.

—Estaba soñando —le dije sin dejar de gemir y de sorberme la nariz.

—¿Estabas de vuelta en casa?

A veces tenía ese sueño de despertarme en mi cama y oír al abuelo armando ruido en la cocina, lavando platos. Era peor que las pesadillas, porque debía volver a despertar y recordar que no era cierto.

—No. He soñado que estaba otra vez en casa de Madame, en ese cuarto de costura de la buhardilla. El vestido estaba en el suelo, empapado en un charco de sangre. Sangre muy roja y pegajosa. Yo me miraba en el espejo y me veía a mí misma: un montón de huesos cubiertos de pellejo, con este horrible vestido de rayas y estos espantosos zapatos. No éramos tan repugnantes hasta que vinimos aquí, ¿sabes? Ellos nos han vuelto así y luego se burlan de nosotras. ¡Nos han convertido en ratas de alcantarilla y se asombran de que apestemos! ¿Cómo es que Ellos tienen pasteles deliciosos y cojines mullidos?

—Lo sé, lo sé —ronroneó Rose, todavía estrechándome con fuerza—. No es justo, querida.

—¿Que no es justo? —Me habría incorporado con furia si eso no hubiera implicado darme con las vigas en la cabeza—. ¿Que no es justo? Es absolutamente malvado. Eso es lo que es. ¡Odio ser una de las criaturas espantosas! ¿Por qué nosotras no podemos tener cosas bonitas y vivir en casas elegantes? Madame duerme en un confortable colchón con almohadas ribeteadas de encaje; Carla puede zampar galletas y leer revistas de moda, y nosotras... estamos aquí...

En la oscuridad, oí el crujido de la paja y los quejidos de alguien que estaba sufriendo. Noté que algo reptaba por mi cuello. Una chinche. A esos bichitos les encantaban los recovecos de nuestra piel y las costuras de nuestros vestidos. Bebían nuestra sangre hasta que se hinchaban y engrosaban. Lo aplasté de golpe, convirtiéndolo en una manchita roja.

—No tenemos por qué quedarnos aquí —manifestó Rose—. Podemos sumergirnos en una historia siempre que queramos.

—¡Ya basta de historias! —repuse estremeciéndome—. Esta noche, no. Perdona, Rose, perdóname. Te obligué a bordar ese girasol aunque tú sabías que no estaba bien. Tú siempre has sabido que estamos haciendo magia para la gente equivocada. Ellos no deberían beneficiarse de nuestro hermoso talento. No lo merecen.

—Lo bello sigue siendo bello —replicó ella.

—No en... en la mierda... ¿Qué pasa? ¿De qué te ríes?

—¡Perdona, no puedo evitarlo! —comentó ahogándose—. La imagen de Madame como una gran caca con un lujoso vestido contoneándose del brazo del Comandante... es tan asquerosa como gracioso. ¡Todavía conseguiré convertirte en una escritora!

—Me alegra que algo te parezca gracioso —señalé tristemente.

Eso desató aún más su risita. Era contagiosa, así que enseguida empecé a reírme yo también. ¿Alguna vez han tenido unas ganas tremendas de parar de reírse porque su risa está sacando de quicio a los demás y haciendo que les duelan las costillas, y porque en realidad tampoco se sienten tan alegres? Así fue exactamente. Al final, nos abrazamos las dos con fuerza hasta que la risita tonta dejó de sacudirnos.

Cuando nos quedamos quietas del todo, Rose soltó un profundo suspiro.

—Pobrecita —me susurró—. Toma, no se lo digas a nadie: te he traído un regalo.

Su mano encontró la mía en la oscuridad. Noté algo suave.

—¿Qué es? —pregunté, también susurrando.

—Una cinta. Ya la verás por la mañana. Un pedazo de belleza, sólo para ti.

—Rose, esto es seda. ¿Cómo demonios lo has pagado? Tú nunca consigues cigarros para canjear.

Su voz tenía un deje burlón.

—Te sentirás orgullosa de mí, Ella. Lo robé del Gran Almacén.

—¿Que lo robaste?

—¡Chist..., no se lo digas a nadie!

—Mmm, creo recordar a una señorita engreída diciéndome: «Oh, ¿no te enseñaron que robar está mal?».

—Eso ahora no importa —replicó Rose—. Guárdala bien, y recuerda que algún día saldremos de aquí y llevaremos todas las cintas que queramos. Entonces iremos a la Ciudad de la Luz y ataremos esta cinta a la rama de un árbol que yo sé: para nosotras significa esperanza.

Esperanza. Vaya palabra.

En Birchwood, nunca podías decir que habías dormido apaciblemente durante toda una noche. Allí, los únicos apacibles eran los muertos. Pero al menos dormí unas horas sin soñar. Al despertarme, tanteé en la oscuridad buscando la cinta.

La bombilla del centro del barracón parpadeó cobrando vida y Girder tocó su silbato.

—¡Fuera, fuera, yeguas perezosas! —gritó—. ¡Arriba los corazones para otro día en el paraíso!

Bajo la cruda luz de la bombilla, vi que la cinta era roja. Me la guardé en el bolsillito secreto que me había hecho bajo el vestido y bajé de la litera. Me detuve un momento. Saqué la cinta. La miré. Volví a guardarla.

Corrimos hacia el barracón de los lavabos para disputarnos los servicios. De ahí corrimos al Recuento. ¿Cuántas veces me había levantado de la cama en casa y me había lavado con agua caliente para vestirme a continuación con ropa limpia y desayunar con la abuela y el abuelo antes de irme al colegio? Ahora sólo era otro animal despavorido, sin el mínimo lujo de una toalla para secarme la cara.

Salimos a tumbos a la mañana y formamos en filas de a cinco para el Recuento. Miles y miles de nosotras, todas rayadas, andrajosas, anónimas. No podía soportarlo. Sabía que era una idiotez, pero saqué con todo cuidado la cinta roja del bolsillito y me la até con un lazo alrededor del cuello. Ahora, por primera vez desde que había llegado a Birchwood, me sentí real. Era yo, no una más de la multitud.

Porque era sólo idiota, pero no estaba loca, me subí la parte superior del vestido para tapar la cinta.

Miré a Rose y le hice un guiño. Ella me lo devolvió, aunque no había visto lo que yo había hecho. Más allá de los tejados y de las vallas de alambre de púas, un amanecer precioso estaba impregnándolo todo con un suave resplandor rojo. Iluminaba un cielo lleno de nubes que prometía un día más fresco. ¿Cabía incluso la esperanza de una lluvia refrescante?

Casi no me importaba que el Recuento se prolongara interminablemente. Como de costumbre, eran las Jefas las que se encargaban en gran parte de llevar la cuenta, lo cual dejaba libres a las Guardianas para pasar el rato quejándose del desvelo y de lo espantosamente aburridas que estaban. Entonces, una Guardiana se apartó del grupo de uniformes oscuros y empezó a inspeccionar las filas al azar. Como todas las demás, mantuve la barbilla alzada y los ojos bajos. Los perros merodeaban, hambrientos y nerviosos.

Capté un olor dulce por encima del hedor habitual del campo. Una especie de perfume. El tipo de fragancia que llevaría una dama en un *nightclub* a medianoche, no una Guardiana de Birchwood a las cinco de la mañana en el Recuento.

Carla se detuvo frente a mí. Fruncí la nariz. Mantuve los ojos fijos en los botones de su chamarra.

Entonces me acordé de la cinta. Se me encogió el corazón. Me la había atado lo bastante baja, ¿no? Ella no podría verla. Además, era Carla. Seguramente se había acercado para felicitarme por mi éxito con Madame. O tal vez iba a encargarme un nuevo vestido. Quizá algo pensando ya en el otoño. Con su pelo rubio, podía lucir un vestido de tono rojizo.

Yo no paraba de cotorrear en mi cabeza.

Oí el crujido de su guante de cuero cuando alzó la mano y tiró del cuello de mi vestido hacia abajo.

—¿Qué es eso? —preguntó con aparente dulzura—. Responde. ¿Qué es?

—Una cinta.

—Una cinta. Sí, ya lo veo. Lo que realmente quiero saber es por qué la llevas.

Parpadeé. Era momento de disculparse. De humillarse. De arrancarme la cinta y bajar la cabeza derrotada.

Pero la cinta me daba una tremenda confianza.

—Quería estar guapa.

—¿Cómo has dicho? —Carla se acercó tanto que pensé que iba a asfixiarme con su perfume—. No he oído bien lo que has dicho.

¿Se había quedado el mundo entero en completo silencio? ¿Estaba todo el universo de la prisión esperando oír mi respuesta?

Alcé la barbilla.

—He dicho que quería estar guapa.

¡Zas!

Al recibir el primer golpe me quedé tan sorprendida que ni siquiera entendí lo que había ocurrido. Fue un poco como aquella vez en la que el autobús atropelló a una paloma mientras yo estaba sentada en los asientos de delante. En esta ocasión pareció como si la mano de Carla hubiera chocado accidentalmente con mi cabeza. Sin plumas ni sangre, al menos.

Los oídos me silbaron y me tambaleé de lado. *Pippa* soltó un ladrido, adelantando una garra.

—¿Guapa? —se burló Carla—. ¿Como una mona con rímel? ¿Como una rata con pintalabios?

¡Zas! El segundo golpe. Mi cerebro pareció chapotear de lado a lado. Ahora sí sangraba. Me llevé la mano al labio roto y vi que se me teñían los dedos de rojo. Todos mis instintos decían «¡PELEA!». Lo único que pude hacer fue quedarme firme.

¡Zas! El tercer golpe. Y ahora *Pippa* gruñía.

Empezaron a caer gotas de lluvia.

—¡No siga, por favor! ¡He sido yo! ¡Yo se la he dado! ¡La cinta es mía, yo tengo la culpa!

«Cierra el pico, Rose. Baja la cabeza y quédate al margen.»

¡Zas! Carla se volvió y la golpeó con tal fuerza que Rose se derrumbó sobre la siguiente mujer, y ésta a su vez sobre la siguiente, de manera que pensé que toda la hilera de Rayadas caería como un reguero de fichas de dominó. Rose aterrizó en el polvo, con el vestido moteado de manchas oscuras de lluvia. Estando allí Carla, nadie se atrevió a ayudarla. Yo me moví para hacerlo. Rose meneó la cabeza.

—¡Qué conmovedor! —Carla casi escupió las palabras—. Dispuesta a mentir por una amiga. —Echó una de sus botas negras hacia atrás para propinar una patada. Aquello ya fue demasiado para mí.

—¡Déjela en paz! ¡Ella no ha hecho nada! ¡Soy yo la que lleva la cinta!

Carla me miró a la cara y le asestó a Rose una patada en el estómago. Luego tomó su fusta con lazo. Yo me encogí sin poder evitarlo. Con todas las prisioneras que nos rodeaban no había espacio para chasquearla, así que Carla me golpeó con el mango, luego con los puños y, cuando ya me tuvo en el suelo, con las botas. Cada vez que Rose trataba de intervenir recibía también una patada.

Pegué las rodillas al pecho y me tapé la cabeza con los brazos, tratando de volverme lo más pequeña posible. «Soy yo —quería gritar—. ¡Yo! ¡Ella! La chica con la que llevas semanas charlando. La chica a la que le diste pastel. La que hace tus deslumbrantes vestidos...»

La lluvia cayó con más fuerza, mezclándose con la sangre. El polvo se convirtió en lodo.

Hubo una pausa. El ruido de una respiración jadeante.

Cuando me atreví a mirar, vi que la cara de Carla estaba tan retorcida como un trozo de papel estrujado en una pira, listo para arder. Sus ojos parecían haberse reducido hasta convertirse en dos diminutas cuentas de cristal. La lluvia corría por sus mejillas en un remedo paródico de lágrimas.

—¡Cerda sucia y repulsiva! —gritó arrojando gotas de saliva por la boca—. ¡Alimaña, escoria! ¡Inmundicia pestilente!

Mareada por el dolor, intenté arrastrarme hacia donde yacía Rose entre el bosque de piernas huesudas y faldas de rayas. Ella extendió una mano hacia mí. Yo extendí la mía.

Carla siguió gritando.

—¿De veras creías que podías ser tan guapa como yo? ¿Que iba a rebajarme a elogiarte? Yo puedo conseguir aquí toda la ropa que quiera. No te necesito a ti, ni tampoco necesito tus estúpidos patrones para estar guapa. ¡Tú no eres nada! ¡Nadie! ¡Un ser infrahumano! ¡Me traes completamente sin cuidado! ¡Por mí, podrías estar muerta!

Tras esa explosión de rabia, alzó la bota y la descargó con todas sus fuerzas sobre mi mano extendida.

—¿Ella? ¿Ella? ¡Levántate, Ella!

La abuela me estaba sacudiendo. ¡Llegaba tarde al colegio! ¡Tarde para un examen! El examen más importante del bachillerato y yo no me sabía las preguntas ni había dedicado un minuto a repasar; ni siquiera era capaz de encontrar el aula del examen porque tenía los ojos cerrados por la hinchazón...

—¡Ella!

Alguien quería que me levantara. Me estaban poniendo de pie: dos extrañas, pensé. Entreabrí los ojos. Vi rayas. Noté un olor a sangre.

La misma voz otra vez:

—¡Mantente derecha, Ella! ¿Estás bien?

Lo estaría si el mundo dejara de dar vueltas.

—Estoy bien —dije con la boca llena de sangre—. ¿Y tú?

—Bien —susurró Rose. Entonces, supongo que porque era tan ridículamente falso que estuviéramos «bien», salió de ella una risa ronca que enseguida sofocó. Yo también me reí a medias, lo que hizo que me salieran burbujas de sangre por la nariz.

Cuando el Recuento concluyó por fin, nos dirigimos hacia el taller, avanzando tambaleantes bajo la lluvia de verano junto con el resto del rebaño. Rose tenía que guiarme, porque yo estaba medio ciega y doblada sobre mí misma. Me habían pegado otras veces en Birchwood, pero nunca me habían golpeado y pateado de ese modo, ¡jamás en toda mi vida! El sentimiento de ultraje era casi más torturante que el dolor físico.

Cuando llegamos al taller, nos fuimos directas al fregadero. La Guardiana se acercó un poco para ver por qué el alboroto y retrocedió asqueada al ver mis heridas. Por suerte, Mina no había llegado aún.

—No vayas a manchar las telas —dijo Rose, sólo bromeando a medias. Detrás de mí había todo un reguero de manchas rojas en el suelo.

Las demás se agolparon alrededor.

—¿Qué ha pasado?

—¿Quién te ha hecho eso?

—¿Estás bien?

Yo escupí sangre en el agua del fregadero.

—Estoy bien. Rose también. Estás bien, ¿verdad, Rose?

—No te preocupes por mí. Vamos a limpiarte.

Brigid, la Erizo, nos pasó un trapo húmedo y Rose me limpió la cara con cuidado. Yo empecé a temblar. Sólo cuando traté de apartarla fue consciente del intenso y palpitante dolor que tenía en la mano. La mano que Carla me había pisoteado.

—Miren —dijo Francine sobrecogida—. Está rota.

—No seas idiota —le soltó Rose—. Estará magullada. Tendrá una torcedura. Nada serio.

Yo me llevé la mano al pecho y gemí como un animal herido.

—Lo siento, Ella. Hemos de lavarla y vendarla —indicó Rose.

Lo hizo rápidamente. Demostró tal valor que yo no me atreví a llorar. No teníamos ninguna venda, así que me desaté la cinta roja con la mano buena y se la pasé. Ni una sola vez me reprochó que me hubiera atrevido a ponérmela. Ni una sola vez me dijo que la culpa de la paliza que habíamos recibido fuese mía, aunque yo sabía perfectamente que era así. Utilizó la cinta para ponerme los dedos rectos entre dos trozos de cartón robados. Me tambaleé del dolor.

Luego tapamos el vendaje de la cinta con un recuadro de algodón gastado. Difícilmente era la mejor cura del mundo, pero sí la mejor que podría conseguir en Birchwood. Pese al espantoso dolor que sentía en los dedos, me gustaba notar el tacto de la cinta roja: la esperanza, aunque oculta, seguía allí.

—Mina volverá en cualquier momento. No podemos dejar que la vea tan malherida —nos advirtió Shona—. ¿Se acuerdan de Rhoda?

Todas asintieron. Todas la recordaban.

—¿Era la mujer que trabajaba aquí antes de mí? —pregunté.

—Era una cortadora increíble. Daba la impresión de que la tela se fundiera entre sus tijeras. No había ninguna como ella.

—¿Y qué ocurrió?

—Un estúpido error. Se cortó un dedo y la herida se le infectó. Acabó enfermando de septicemia. Mina quizá podría haberle conseguido una medicina, pero dijo que no valía la pena. Rhoda fue al Hospital...

Hubo un murmullo de temor y repulsión en el taller. El Hospital era el último recurso.

—¿Y Mina ya no la dejó volver? —pregunté.

Francine se encogió de hombros.

—El puesto de Rhoda fue ocupado.

—Por mí.

—Sí, por ti. El Hospital se llenó y lo despejaron para hacer sitio a nuevos pacientes. Ése fue el fin de Rhoda. —Francine hizo como si espolvorease cenizas con los dedos—. O sea que, como dice Shona, procura que Mina no te vea esa mano.

Justo en aquel momento Mina, el Tiburón, emergió del probador y se deslizó entre las mesas de trabajo, dispersando a los pececitos.

—¿Qué pasa aquí? ¿Por qué no estás trabajando, Ella? ¿Te crees que puedes tomarte unas vacaciones porque a Madame le ha gustado un vestido? ¡Ah! Madre mía. ¿Cómo voy a enviarte al probador con la cara así? A ver, ¿qué tienes ahí?

—Nada.

—Me estás ocultando algo.

—Sólo es la mano.

—¿Qué te pasa en la mano?

—No me pasa nada.

—Enséñamela. Ahora mismo. ¡Por Dios! Serás idiota. ¿Cómo has dejado que te pase una cosa así?

—No tengo nada roto. Sólo está magullada.

—¡Magullada o rota, ahora apenas me sirves! —exclamó Mina—. Vamos, ¿no estarás pensando en serio que puedes coser con una mano?

Se me puso la cara todavía más roja que antes.

—No. Durante un par de días quizá.

—¿Un par de días? Tendrás mucha suerte si puedes volver a tomar una aguja...

—Sólo hay que dejar que se le cure —la interrumpió Rose—. Pero aún puede supervisar y hacer diseños con la otra mano.

Mina ni siquiera fingió que lo pensaba.

—Esto es un taller de costura, no una casa de reposo ni un refugio de artistas. Así que ella se va. Es más, se van las dos.

Yo no daba crédito a mis oídos.

—Rose hizo el girasol del vestido de Madame. Es la mejor bordadora que hay aquí.

Mina se encogió de hombros.

—Hay cientos de mujeres en Birchwood que saben coser flores. Del mismo modo que hay cientos de cortadoras y de modistas. Además, cada día llegan prisioneras nuevas. También puedo escoger entre ellas.

—Ninguna tan buena como yo.

—Ya ves lo buena que eres para mí con esa mano.

—Vamos, Mina —dijo Francine—. A las clientas les gusta cómo trabaja Ella. Madame estaba como loca con el vestido del girasol, ¿no lo recuerdas?

Me juré a mí misma en aquel momento que adoraría a Francine por siempre jamás. Y que quizá le pasaría unos cigarros y un poco de pan extra también. Y un rollo de papel higiénico.

—Ella es la mejor —declaró Shona entre toses roncas.

Brigid asintió, sin decir palabra, como siempre.

—Además —añadió Francine—, ¿no somos todas una familia aquí? Debemos mantenernos unidas.

Mina no quiso saber nada.

—Nuestras familias están muertas, y yo no me he convertido en una Prominente a base de ser blanda, créanme. Ahora salgan de aquí ustedes dos..., ¿o tengo que pedirle a la Guardiana que las saque a golpes de fusta?

Hablaba en serio. ¡Iba a deshacerse de nosotras de verdad!

Intenté menear la cabeza ante semejante injusticia, pero me dolía demasiado.

—Después de todo lo que he hecho por ti... —farfullé.

—Exacto. De todo lo que has hecho por mí. Porque para eso están aquí desde el principio: para hacer lo que yo quiero que hagan. Y ahora, fuera. Las acompaño a la puerta...

Ni un atisbo de emoción coloreó su rostro. Ni un destello de piedad iluminó sus ojos. Igual que Coneja muchos meses atrás, Rose y yo fuimos arrojadas a los lobos. Fuera del santuario del taller, seríamos tan vulnerables como las demás Rayadas del rebaño principal, quedaríamos a merced de las Guardianas, de las inclemencias del tiempo y de las extenuantes jornadas en las cuadrillas de trabajo. Ya era bastante duro coser todo el día con las miserables raciones que nos daban. Hacer trabajos forzados nos mataría lentamente..., suponiendo que las Guardianas no nos mataran primero.

«¿Qué haría Mina?»

No hacía falta especular: ella ya lo había hecho.

Estábamos expulsadas.

Magulladas y doloridas, nos quedamos las dos en el escalón del taller. Me estremecí cuando la puerta se cerró violentamente a nuestra espalda. El aire estaba húmedo e impregnado de polvo. Una cuadrilla de Rayadas pasó a toda prisa cargando a hombros unas planchas de madera. Luego venían las Rayadas que arrastraban las carretillas de cemento a paso ligero. Todas iban cabizbajas, con los ojos fijos en el suelo. Las Guardianas les gritaban: «Más rápido, más rápido».

—¿Qué vamos a hacer? —susurró Rose—. Si no trabajamos, seremos..., bueno, ya sabes. —Lanzó una mirada rápida a las sombrías chimeneas que se elevaban sobre el campo. Por las noches, durante ese ajetreado verano, salían de las chimeneas llamas rojas que lamían las estrellas.

Intenté erguirme un poco. Ya sólo ese simple movimiento me enloquecía de dolor.

—¡Quizá deberíamos llevarte al Hospital! —exclamó Rose.

—¡No! ¿Es que no has oído lo que ha contado Shona? Allí no curan a la gente, es sólo una sala de espera... para el fin.

Yo desde luego no miraba las chimeneas. También procuraba no pararme a pensar que, si Rhoda no hubiese ido al Hospital, no habría habido en el taller una vacante para mí.

Inspiré profundamente, notando un regusto a hierro cuando la sangre me bajaba por la garganta. La mano me dolía tanto que parecía como si estuviera ardiendo en llamas. Aun así, sentía el contacto de la cinta roja.

—¿Sabes qué, Rose? Mi abuela siempre dice: «Si no brilla el sol, sácale partido a la lluvia».

—Está lloviendo, eso seguro —dijo ella, limpiándose las gotas de la cara.

—Es como en tus cuentos, cuando hacia la mitad los personajes lo están pasando muy mal y parece imposible que vayan a salir bien parados. Y, sin embargo, al final lo consiguen.

—Si estuviéramos en un cuento, yo llamaría con un silbido a un águila para que nos llevara a las dos volando directamente a la Ciudad de la Luz. Caeríamos sobre una fuente para lavarnos y luego saldríamos a toda velocidad en un automóvil de lujo hacia la primera pastelería.

Oí unos ladridos.

—Tu águila se retrasa. Yo diría que volvamos corriendo al barracón y nos escondamos en la litera hasta el Recuento. Luego sobornaremos a Girder para que nos encuentre otro trabajo cuanto antes.

—Uno donde no haya la posibilidad de volver a toparse con Carla —sugirió Rose.

—A menos que tengamos una gran sartén a mano —respondí lúgubremente.

Me estaba acordando de la noche en que la abuela se levantó de la cama, convencida de que habían entrado unos ladrones, y agarró una sartén con una mano y un viejo palo de hockey con la otra. Algo terrorífico. Casi se llevó una decepción al descubrir que era sólo un gato callejero que se había colado por una ventana entreabierta.

Rose sonrió.

—¿Sabes qué, Ella? Yo nunca te he dicho a qué animal me recuerdas.

—Vamos, dime —contesté con recelo.

—Muy sencillo. A un zorro.

—¿Un zorro?

—¿Por qué no? El zorro es leal a una reducida familia; es un astuto superviviente y se adapta a su entorno. Los zorros tienen dientes aguzados para atacar y defenderse, pero son suaves y cálidos al tacto. Los granjeros los odian, pero, bueno, no se puede tener todo.

Supongo que no estaba tan mal. Tomé la mano de Rose con mi mano buena, de tal forma que parecíamos un caballero y una dama anticuados.

—¿Vamos, querida...?

Ella asintió.

—Vamos, cariño.

Y así, tomadas de la mano, bajamos al lodo y nos pusimos en marcha para sobrevivir juntas.

Gris

Rose y yo estábamos frente a un monstruoso instrumento de tortura. Una máquina con manivelas, engranajes metálicos y cilindros de madera. La miramos atónitas. El ambiente estaba cargado de vapor. Nuestra nueva Jefa soltó un gruñido a nuestra espalda y se alzó amenazadora como un gran oso pardo sobre sus patas traseras, sin saber si debía derribarnos de un zarpazo y devorarnos o si era mejor alejarse pesadamente y dejarnos vivas por el momento. Sacudió la cabeza en dirección a la máquina.

—¡Trabajen!

Era la primera palabra que le oíamos pronunciar. Tenía unos ojos muy pequeños, como piedrecitas sin brillo y sin el menor atisbo de inteligencia.

Rose se subió las mangas, dejando a la vista unos bíceps del grosor de un palillo. Sujetó la gran manivela que había en un lado de la máquina. La Osa gruñó. Yo, arreglándomelas como podía con sólo una mano decente, tomé una sábana doblada y empecé a introducirla entre los cilindros. Rose empujó la manivela con todas sus fuerzas. Los cilindros apenas se movieron. Luego, inesperadamente, la manivela cedió con una sacudida y entonces Rose se fue hacia delante y la máquina engulló la sábana, arrastrándome a mí. Solté rápidamente la sábana antes de acabar entre los cilindros. La máquina era un rodillo para alisar la ropa, pero tan enorme que parecía una trituradora. Ya tenía suficiente con una mano lastimada, muchas gracias.

La Osa rugió. La sábana se había atascado a medio camino, más arrugada de lo que estaba antes.

—¡Podemos hacerlo! —dije secándome el sudor de la frente—. Sólo nos hace falta un poco de práctica. Nunca habíamos manejado un rodillo como éste.

—¡Nunca habían visto un rodillo! —graznó una Rayada que seguía a Osa como si fuese su sombra. No paraba de agitarse y de reírse como una hiena, lo cual me estaba sacando de quicio—. ¡No saben manejarlo! Ahora ya no son tan refinadas y elegantes, ¿eh? Ni tan delicadas y orgullosas, ja, ja, ja.

Rose se volvió y alzó una ceja. La risa de Hiena se extinguió.

Osa miró el rodillo y luego a mí y a Rose. Meneó la cabeza.

—¡Fuera! —ordenó.

—No, de verdad —me apresuré a añadir—. Aprendemos deprisa. Enséñanos cómo hay que hacerlo.

—¡Fuera!

Hiena soltó su risita.

Nuestro primer día en la lavandería de Birchwood y ya éramos un fracaso.

—Mi abuela siempre decía que, si querías librarte de una tarea, lo mejor era fingir que la hacías mal —le dije a Rose bajito. Ella estaba pálida y abatida—. Por eso el abuelo nunca nos pedía que le ayudáramos cuando los desagües se atascaban o los canales del tejado se llenaban de hojas. Después de que le hubiéramos ayudado tan mal la primera vez, ya no se molestaba en pedírnoslo.

Rose sonrió.

—¡No hace falta fingir que eres mala en este trabajo!

Lo llamaban el Lavadero. No era para las Rayadas, claro, sólo para la ropa sucia de las Guardianas y los Oficiales. Estaba en un achaparrado complejo gris con suelos de piedra y desagües siempre inundados, construido alrededor de un patio de adoquines. No había lavadoras propiamente dichas. ¿Para qué malgastar electricidad cuando tenías Rayadas de sobra para hacer todo el trabajo a mano?

Unas treinta mujeres golpeaban camisas grises sobre las tablas de lavar, removían pantalones de color gris verdoso en los barreños y enjuagaban calzones grises bajo los grifos.

—¡Restrieguen los forros! ¡Restrieguen los forros! —gritaba Hiena.

Osa nos empujó hacia una puerta. Hiena trotó detrás.

Yo hice un nuevo intento para que nos dieran alguna tarea dentro y no tener que trabajar al aire libre.

—Oye, sabemos que hay un Cuarto de Remiendos y que necesitan cubrir un turno de noche y otro de día. Las dos somos costureras profesionales. Podríamos hacerlo de maravilla. Yo confeccionaba ropa para Madame H. en persona.

Osa se detuvo junto a una gigantesca cesta de mimbre, sacó una prenda y me la arrojó. Unos calzones mojados se me estamparon en toda la cara. Hiena soltó una risotada. Yo me las despegué asqueada y las sujeté con fuerza. Me faltó muy poco para lanzárselas a Osa con la misma rabia.

—¿Quieres que tendamos la ropa fuera? —se apresuró a decir Rose—. Fantástico. Hace un día perfecto para eso, ¿verdad? Sólo necesitamos pinzas... y si tienes la amabilidad de enseñarnos dónde están las cuerdas de tender... De maravilla.

El acento refinado y los modales de Rose dejaron desconcertada a nuestra nueva Jefa. Tras un instante, le dio una patada a la cesta de mimbre y le gruñó algo a Hiena, que dijo:

—Yo les enseñaré dónde está el tendedero para secar la ropa. Aunque más bien se moja cuando llueve, ja, ja, ja. Y aquí están las pinzas. Montones de ellas. Pónganlas así, miren —añadió Hiena, colocándose un par en los lóbulos de las orejas y otra en la nariz y riéndose de nuevo.

Yo no sabía si reír o llorar. ¿Tan demencial era estar loca en un sitio como Birchwood?

El trabajo no parecía tan duro al principio. Las grandes cestas de la lavandería tenían ruedas. Nosotras debíamos empujarlas hasta el tendedero, colgar la ropa con las pinzas y esperar, muertas de aburrimiento, a que se secara. Yo estaba muy torpe. No podía utilizar los dedos de la mano lastimada, así que Rose tenía que ayudarme, y ella, por su parte, no era lo bastante alta y apenas alcanzaba las cuerdas. Más de una prenda acabó en el polvo. Nosotras las sacudíamos lo mejor que podíamos y continuábamos.

Nos dolían los brazos y aún nos resentíamos de las magulladuras. Pero no importaba. Gracias al soborno exorbitante que le habíamos pagado a Girder, nos habían asignado un puesto sólo un día después de que Mina nos hubiera echado. Trabajar en el Lavadero se consideraba una ganga según los baremos de Birchwood, aunque no tanto como hacerlo en el Gran Almacén, en las cocinas o en el Estudio de Alta Costura.

En definitiva, estábamos vivas y el sol brillaba en el cielo.

Entre las sábanas que ondeaban al viento podíamos mirar más allá de la alambrada hacia donde los granjeros se reunían para la cosecha como hombres libres. El verano ya casi terminaba. Más allá de los campos segados, divisé un reguero de nubecillas de humo.

—Veo un tren. Hoy están llegando muchos, ¿no?

Rose escrutaba las nubes dispersas.

—Yo veo un dragón, un hada, una copa..., y si entornas un poco los ojos, esa nubecilla parece una corona.

—O un pastel de carne.

—Ay, un pastel... —suspiró Rose.

Desde el tendedero incluso divisábamos tejados de casas y tiendas. ¡El mundo exterior existía! Era reconfortante imaginar que a muchos kilómetros de distancia el abuelo y la abuela quizá estaban contemplando el paisaje y pensando en mí.

En vez de preguntarme por qué *Betty*, la máquina de coser, había sido trasplantada al Estudio de Alta Costura, me gustaba imaginarme a la abuela y el abuelo sentados en la mesa de la cocina para comer. Las bancas de ésta tenían unos cojines que resoplaban con unos groseros silbidos cuando nos sentábamos. Cada vez que sucedía tal cosa, el abuelo no dejaba de lanzarme una mirada como diciendo: «¡Yo no fui!».

A la hora de cenar, había gruesas rebanadas de pan con miel, huevos cocidos y pequeñas salchichas saladas de cordero. Y luego, pastel. Ahora no acababa nunca de decidir qué tipo de pastel me comería primero cuando terminase la Guerra y volviera a casa. Desde luego confiaba en que hubiera una pastelería al lado de mi tienda de ropa en la Ciudad de la Luz. Rose decía que sí la habría. Ella vaticinaba confiadamente una serie interminable de bollos glaseados. Aunque yo sabía que se lo inventaba todo, sonaba muy convincente. Sólo esperaba que esos pasteles imaginarios saciaran tanto como los reales.

La vista desde el tendedero —y los pensamientos sobre comida— estimulaba mis ansias de libertad. Para Rose no era así. Ella me decía que siempre era libre en aquel extraño país de fantasía que tenía en la cabeza. Se pasaba horas contándome cuentos chinos de su vida de condesa en un palacio, donde su madre escribía libros o bailaba con duques y su padre se batía en duelo al amanecer y combatía contra los tanques a la hora del té. Resultaba todo bastante convincente, aunque yo sabía muy bien que era pura invención.

Pero la historia más asombrosa que oí en los últimos días de ese verano versaba sobre Mina. E, increíblemente, era cierta.

A las mujeres del Lavadero no les interesaban los cuentos de Rose. Antes de ir a Birchwood, ellas realizaban duros trabajos en lavanderías industriales, fábricas y astilleros: el mismo mundo del que procedía Girder. Esas mujeres conocían grozerías que yo no sabía deletrear siquiera, y menos aún engarzar en frases tan ingeniosas y descriptivas desde el punto de vista anatómico.

—Son una fuente inapreciable para un escritor —decía Rose—. Ojalá tuviera lápiz y papel para anotar sus conversaciones.

Los utensilios para escribir estaban prohibidos en Birchwood, y ser sorprendido con ellos implicaba la pena de muerte sin excepciones.

A las mujeres del Lavadero les traían sin cuidado los cuentos de ogros, heroínas, magia y tesoros. A ellas lo que les gustaba era el chismorreo, y cuanto más chocante y escandaloso resultara, mejor. Nosotras nos acostumbramos a oír chismes sobre quién estaba enamorada de quién; quiénes eran amigas íntimas y quiénes enemigas mortales; qué Guardianas buscaban un ascenso, cuáles estaban embarazadas. A mí todo me parecía horrible. Y un día salió a relucir el nombre de Mina.

Lo cual despertó mi interés, claro.

—¿Estás hablando de la Mina del Estudio de Alta Costura? —pregunté—. ¿Esa con una nariz tan afilada que podrías usarla para limarte las uñas?

La chismosa principal, una chica ajada y reseca que yo llamaba Arpía para mis adentros, me miró con furia por meterme. Yo le devolví la mirada. Había ido perfeccionando una impecable Mirada Fulminante desde que trabajaba en el Lavadero (inspirada, de hecho, por la propia Mina). Arpía era pérfida y taimada, toda una especialista en difundir maldades, y se merecía un par de bofetadas, pero también era escurridiza como una serpiente y, si lo intentaba, la mano me resbalaría.

—Podría ser —respondió—. ¿Por qué quieres saberlo?

—Porque trabajé para ella. Yo era la modista con más talento de su equipo.

—No tienes mucha pinta de modista.

—Qué extraño, ¿no?, teniendo en cuenta que llevo mis mejores ropas, que me he arreglado el pelo en un salón de belleza y que me sirven tres comidas completas al día.

A pesar de que no tenía un aspecto distinto del mío, Arpía miró con aire burlón mi ropa de rayas y mi cabeza rapada.

—Sí, ya me han dicho que hacías vestidos para Madame H. Y que luego te dieron una paliza...

—Mina nos echó a Rose y a mí sin motivo, y por eso terminamos aquí.

—Ella sí que lo ha hecho bien. Ha llegado a ser Jefa del taller de costura —dijo Arpía sorbiéndose la nariz.

—¿Que lo ha hecho bien? —farfullé—. Mina utiliza a las demás para salir adelante y se atribuye el mérito de su trabajo. Sólo se preocupa por sí misma.

—¿Sí? Eso cuéntaselo a su hermana.

—¿Qué hermana?

Arpía se retorció de placer ante la ocasión de chismear.

—Su hermana Lila. Un par de años mayor que Mina. Maestra. Casada. Con dos niños pequeños y un bebé en camino. Resulta que corrió la voz de que Lila estaba en una Lista para un campo de trabajo. Y todas sabemos lo que eso significa.

—Trabajos forzados hasta que te caes muerta o te

dan un billete de ida a este lugar... ¡Ja, ja, ja! —intervino Hiena.

—Exacto —dijo Arpía—. Así que Mina le dijo a Lila: «Tú no puedes dejar a los niños; yo iré en tu lugar». Y dejó su empleo en una tienda de ropa elegante, según me han dicho. Terminó aquí, trabajó duro y consiguió convertirse en una Prominente... ¿Quién puede reprocharle que quiera salir adelante? Me contó toda la historia una prima mía que conoce a una chica que trabaja para la señora Smith en el Gran Almacén, o sea que es casi como si fuera de sus propios labios. La pura verdad.

¿Mina se había ofrecido voluntaria en lugar de su hermana? ¿Había sacrificado su carrera y su libertad para ir a Birchwood? Aquello le daba un giro inesperado a la pregunta que tantas veces me había hecho: «¿Qué haría Mina?».

Reflexioné mucho sobre esa historia. Las personas no eran tan simples ni tenían una sola característica, como la seda o la lana puras. No: estaban tejidas con hilos de todo tipo en complejos patrones, unos de cuadros, otros abstractos. A mí simplemente no me cabía en la cabeza que un tiburón como Mina pudiera ser, de hecho, tan altruista. O que Carla hubiera pasado de la amistad a la brutalidad más absoluta tan fácilmente.

—Aún no comprendo por qué Carla me hizo esto —me quejé más tarde ante Rose, sacando la cinta roja de mi bolsillo secreto y deslizándola sobre mis dedos rígidos.

Ella contestó:

—Está bajo un hechizo. Un hechizo que le lanzó un poderoso encantador desde su guarida en un nido de águilas a muchas leguas de aquí...

Y así comenzaba otra historia.

Hablando en serio, yo pensaba que había montones de posibles respuestas: porque estaba aburrida, porque era una bruta, porque se sentía celosa, porque podía hacerlo... Pero ninguna de ellas (ni todas a la vez) tenía sentido.

Lo más demencial de todo fue que una semana después de que llegáramos al Lavadero apareció Carla. Yo me oculté tras una hilera de camisas tendidas y observé cómo se detenía al abrigo de un muro para encender un cigarrillo. A mí me aterrorizaba que me viera y viniese a añadir más magulladuras a la colección que ya tenía. Pero ella no miró en ningún momento en mi dirección.

Tenía ganas de salir corriendo y esconderme, como un zorro que se mete en su madriguera, pero no podía moverme.

Carla dio un par de caladas a su cigarrillo, lo aplastó contra el muro, lo tiró al suelo y se alejó. Esperé hasta que se perdió de vista; entonces me agaché para pasar por debajo de la ropa y corrí a recoger la colilla. ¡Valía una fortuna!

Al día siguiente apareció de nuevo. Esta vez con una amiga: dos Guardianas fumando y charlando como cualquier par de amigas o de colegas durante una pausa en su trabajo. Una vez más, Carla arrojó las colillas al suelo. Y, una vez más, apenas se habían consumido. ¿A qué estaba jugando? No podía ser casualidad que dejara unos desperdicios tan valiosos precisamente en el sitio donde yo trabajaba ahora. ¿Era su forma de intentar compensarme por haberme destrozado la mano y haberme impedido que siguiera haciéndole preciosos vestidos? ¿Quería reparar lo que ella consideraba una amistad? ¿O esperaba que mi mano se curase y que yo volviera al taller para confeccionarle otra vez modelos deslumbrantes?

Tras varios días así, acumulé un buen alijo de tabaco. Escondí los cigarros en mi bolsillo secreto, bajo el vestido, a la espera de que los necesitara.

Yo quería contárselo todo a Rose.

—Adivina lo que ha pasado hace un rato —empecé, la primera vez que vi a Carla fumando.

—Chist —me dijo ella—. Estoy casi al final del capítulo...

Estábamos bajo una cuerda de ropa tendida, sin ningún libro a la vista. Aguardé. Al fin, Rose dio un leve suspiro y parpadeó.

—Ha sido difícil al principio recordarlo todo —afirmó.

—Recordar ¿qué?

—Un libro de cuentos que mamá me leía al acostarme cuando era pequeña.

—Qué suerte —comenté con envidia. De niña, mi entretenimiento al meterme en la cama consistía en escuchar cómo se reían la abuela y el abuelo en la habitación de al lado mientras escuchaban algún programa de radio.

Rose entrelazó su brazo con el mío.

—Tuve suerte, es verdad. En ese momento no te das cuenta de todo lo que das por sentado. Cuando Ellos vinieron a detener a mis padres, mamá me dijo que ella me encontraría después de la Guerra. Me encontrará, ¿verdad?

Me desconcertó que no estuviera del todo segura.

185

—Claro que sí. Hay que mantener la esperanza, ¿recuerdas? Es lo que significa la cinta roja. —Aunque, a decir verdad, no sonaba ni la mitad de convincente cuando lo decía yo.

—Ojalá la hubieras seguido usando como venda —comentó.

Yo fruncí el ceño.

—He de conseguir que me vuelva a funcionar bien la mano. Estar tumbada con el brazo en cabestrillo mientras me ponen uvas dulces en la boca no parece factible aquí.

—Es mejor dejar que se cure lentamente. Así recuperarás su uso completo y podrás volver a coser.

Yo tenía mis dudas al respecto. Viendo lo hinchados y rígidos que tenía los dedos todavía, mucho me temía que mis días cosiendo hubieran llegado a su fin.

Rose hizo una nueva amistad. En cierto modo, era algo tan insólito como el hecho de que yo estuviera recibiendo regalos de una Guardiana.

Se trataba de un jardinero. Ya la idea misma de un jardín en el campo era del todo fantasiosa, propia de un cuento. Si Rose hubiera venido y me hubiera contado que se había hecho amiga de un dragón, no me habría sorprendido más. Y, sin embargo, era cierto: no lejos del tendedero había un trecho de tierra cultivada que recibía el nombre de *jardín*.

El que se encargaba de regarlo y limpiarlo de malas hierbas era un Rayado tan viejo que por lo menos debía de tener cincuenta años. A mí me pareció una tortuga: lento, insulso y arrugado. Tenía las piernas tan torcidas que le habría cabido la cesta de la ropa entre ambas, y la espalda tan encorvada que podría habérsela puesto encima en equilibrio.

Ese vejestorio canoso le tomó simpatía a Rose cuando ella se acercó a admirar los valerosos vegetales que, desafiando todos los pronósticos, se atrevían a crecer en el aire cargado de cenizas de Birchwood. Al parecer, a los Guardianes les gustaban las frutas y las verduras frescas. Supongo que necesitaban algo para compensar todos los pasteles y el vino que se metían entre pecho y espalda.

El orgullo y la alegría de Tortuga era un rosal raquítico. Rose tuvo el honor de que le permitiera aproximarse lo suficiente para aspirar el perfume de los diminutos capullos de color rojo carmín. Apenas hablaban, más allá de los cumplidos de Rose y los resuellos del hombre. Él se llevaba los dedos a la gorra cuando la veía acercarse, como si realmente fuese una condesa y él un simple miembro de la servidumbre.

Rose se ponía a rememorar:

—Nuestro jardinero jefe solía competir con otras fincas para ver quién cosechaba los primeros chícharos del año. Deberías haber visto la factura del combustible para calentar los invernaderos del jardín amurallado.

Yo no hacía caso de sus cuentos chinos y miraba los vegetales, muerta de ganas de devorarlo todo.

El verano dio su último estertor con la aparición de algunas hojas secas de abedul volando entre los barracones. Allí no se veían los preciosos colores del otoño. Pasábamos de los cielos despejados a un gris frío e interminable. Cielos grises, humor gris, ropa gris. Después llegó la lluvia: una auténtica inundación gris, día tras día. La primera vez que estábamos trabajando y empezó a llover, corrimos a las cuerdas para meter la ropa dentro. Una Guardiana que pasaba nos vio y empezó a agitar los brazos, gritando:

—¡Dejen que se seque, zorras estúpidas!

—Pero... ¿y la lluvia?

—¿Creen que va a cambiar el tiempo sólo porque quieren darse la buena vida y tomar el sol todo el día? —vociferó.

—No es lógico dejarla secar bajo la lluvia —le musité a Rose.

—Ojalá tuviéramos unos ratoncitos con paraguas que se colocaran a lo largo de la cuerda —dijo con tristeza.

A mí no me gustaba enfrentarme con la lógica fantasiosa de Rose, pero tampoco me atrevía a discutir con la Guardiana, así que volvimos a colgar toda la ropa fuera y miramos cómo se empapaba. Ahora que el tiempo era más frío, la ropa interior de las Guardianas que teníamos que colgar era de lana gruesa y pesaba mucho más cuando estaba mojada. Había camisetas, leotardos espantosos y *shorts* de lana, y todo se volvía gris al lavarlo. ¡Ay, ojalá hubiéramos tenido nosotras el lujo de llevar nuestra propia ropa interior, en lugar de soportar la indignidad cotidiana de arreglárnoslas sin ella! Yo ansiaba llevar ropas de verdad casi con la misma intensidad con la que ansiaba llenarme el estómago.

Intentamos colocarnos cerca de un muro para cobijarnos un poco. Otra Guardiana nos gritó que dejáramos de holgazanear. Volvimos al tendedero y permanecimos bajo la lluvia, chupándonos los dedos para mantenerlos calientes.

—Al menos nos estamos lavando —comentó Rose mientras le castañeteaban los dientes. Se la veía tan gris como la ropa, con unas rosadas manchitas febriles en las mejillas.

Cuando salió Hiena a decirnos que entráramos, la ropa estaba más mojada que nunca y nosotras tiritábamos. Yo intenté hacer entrar en calor a Rose envolviéndola con mis brazos y estrechándola contra mi propio cuerpo.

Ella se acurrucó.

—Oigo cómo te late el corazón —me dijo.

Rose tenía un truco para quitarme el mal humor. Me hacía soñar con vestidos.

Una mañana, después de recuperarse de un repentino acceso de tos, me soltó como si fuera una orden:

—Dime qué vestido encajaría con este lugar.

—¿Qué quieres decir? ¿Un vestido para llevar mientras vigilamos la ropa?

—No, no. Un vestido inspirado por el paisaje, o por la emoción que sientas ahora.

Parecía una extraña idea. El tipo de disparate novelesco que Rose solía inventarse. Aun así, consiguió hacerme pensar. Saqué la cinta roja de mi bolsillo secreto y me la enrollé alrededor de los dedos de la mano buena. Apareció un vestido en mi mente. Empecé a esbozarlo con palabras.

—Debería ser..., veamos..., de una suave mezcla de seda y lana de color gris, con un cuello vuelto hasta la altura de la garganta y una falda que llegue a los pies. Mangas largas, con puntas desde la muñeca casi hasta el suelo. Lastre en el dobladillo para mantener la caída de la falda. Sobre el corpiño, una leve capa de encaje bordado con gotas de plata. Y en los hombros, una nube de plumas de marabú.

Rose estaba maravillada.

—Ay, Ella, basta que lo digas para que lo vea. Harás ese vestido cuando tengamos nuestra tienda. El día que lancemos la colección de otoño-invierno, las clientas se desmayarán en sus asientos al verla. Tendremos tantos encargos que habremos de rechazar algunos... «Lo lamento, *milady*. Mis excusas, alteza. ¡Hoy ya no quedan más vestidos a la venta!»

Hizo una grácil reverencia con su ropa de rayas y sus zapatos desparejados. No tuve más remedio que reírme.

Luego miré cómo caía la lluvia más allá de la alambrada, sobre la tierra libre.

—¿Crees que la Guerra se acabará algún día?, ¿que llegaremos a tener una tienda?

Rose dio un leve beso a mi cinta roja.

—Ten un poco de esperanza, Ella. Nunca se sabe cuándo va a pasar algo bueno...

Apenas una media hora, nada más, fue lo que tardó en llegar ese «algo bueno» que Rose había predicho.

Yo tenía la cesta de la ropa apoyada en mi huesuda cadera y la llevaba otra vez a la habitación del rodillo, caminando bajo las sombras del muro del Lavadero, cuando —¡paf!— una salchicha gigante cayó repentinamente del cielo y aterrizó sobre el montón de camisas mojadas.

Miré alrededor. No había nadie. Oí el clic de una ventana al cerrarse y alcé la vista. ¿Era una silueta lo que había en una de las ventanas más altas del Lavadero? ¿Se le había caído a alguien una salchicha sin querer?, ¿o me la había tirado a mí expresamente? En todo caso, iba a quedármela. La tapé a toda prisa con las ropas y me apresuré a darle alcance a Rose, que se me había adelantado.

Ella se echó a reír cuando le conté lo ocurrido.

—¿Estás diciendo que ha caído del cielo una salchicha en la cesta de la ropa? ¡Tú no serías capaz de inventarte algo así!

—Tú sí —repuse—. Y si se trata en realidad de uno de tus cuentos, ¿podrías imaginar, por favor, unas papas fritas y unos chícharos para acompañarla?

La cantidad de sopa y de café —por así llamarlos— que nos daban en Birchwood siempre había sido muy escasa, pero con la llegada del otoño aún se había reducido más. En vez del agua coloreada con trocitos de piel de papa, ahora sólo nos tocaba un agua turbia con una especie de arenilla, pero sin ingredientes propiamente dichos. Era una dieta para matarnos de hambre literalmente. Además de recibir menos comida, veíamos a las Guardianas más nerviosas. ¿Era señal de que la Guerra estaba yendo mal para Ellos?

Nos comimos la salchicha inmediatamente. Aún mejor: conseguimos algo increíble para acompañarla, por cortesía de Tortuga, el jardinero. Yo no podía creerlo cuando el hombre se acercó renqueando al tendedero, tomó a Rose de la manga y abrió sus manos retorcidas para mostrarle tres champiñones descoloridos.

Rose se inclinó y aspiró su aroma.

—¡Champiñones! Hasta se me había olvidado que existían.

Tortuga profirió un gruñido y se los puso en las manos.

—¿Para mí? —A causa de la costumbre, Rose miró en derredor por si había algún testigo. Ni Guardianas ni Jefas a la vista—. ¿En serio?

Tortuga le guiñó un ojo, sonrió mostrando una boca desdentada y se alejó arrastrando los pies.

Las dos nos quedamos un minuto mirando los champiñones fijamente. Luego ya no pude aguantar más.

—Bueno, ¿nos los comemos o qué?

—¿Y cómo desearía que se los sirviera, querida? —bromeó Rose, acunando los champiñones sobre su pecho como si fueran una camada de cachorrillos diminutos—. ¿Con bechamel? ¿En una tostada con mantequilla? ¿En un estofado de venado salvaje con bolas de masa sazonadas?

—Crudos estarán bien. Sé de sobra lo que pasará si volvemos al barracón para cocerlos en la estufa: los partirás en trocitos para compartirlos con todo el mundo.

—No hay suficientes para todas, pero ¿tú crees que debemos compartirlos?

—¡No!

Nos los comimos crudos, saboreando cada mordisquito. Nos sentimos como reinas en un banquete.

Dos días después, estaba recorriendo las cuerdas del tendedero y sacando la ropa todavía húmeda cuando me encontré, entre una hilera de calcetines grises, un paquete de papel colgado con pinzas. Como un mago, lo hice desaparecer de inmediato para abrirlo más tarde, en secreto. Que Dios se apiadase de mí si me registraban y me atrapaban. Cuando vi lo que había dentro tuve que usar algunos de las groserías menos gruesas de las mujeres del Lavadero para manifestar mi sorpresa.

¡Chocolate!

Un chocolate café grisáceo de los tiempos de guerra, para ser justos, pero aun así..., chocolate. Los dedos me temblaban mientras partía una onza y me la ponía en la lengua.

Sólo cuando llevas mucho tiempo privada de algo llegas a apreciar de verdad lo maravilloso que es. Esa onza de chocolate se fundió en mi boca como un manjar de los dioses. Birchwood también se fundió y, de repente, estaba otra vez en casa..., o por lo menos de camino a casa desde el colegio.

Nos habíamos parado con un grupito de compañeras en un quiosco. Todas se lanzaron directas a los caramelos. Yo reconté mis monedas y traté de decidirme entre una revista de moda y una barra de chocolate. Sólo tenía dinero para una de las dos cosas. Recuerdo que miré el chocolate y pensé en lo fácil que sería escondérmelo en la manga. La mujer de la caja, nerviosa como un hámster, no se daría cuenta de nada.

¿Era robar tomar el chocolate del tendedero? ¿Acaso me importaba?

«¿Qué haría Rose?»

Preguntarme quién podría haberlo dejado allí y luego partirlo en trozos iguales y compartirlo con todas las demás. Eso era lo que Rose haría.

Usamos el envoltorio del chocolate para forrarle a Rose los zapatos, porque, con el frío, los pies se le estaban poniendo de un color gris azulado. Le di a Girder una parte del chocolate a cambio de que la dejara sentar cerca de la estufa por la noche. Quizá así pararía de temblar todo el tiempo. El resto nos lo repartimos entre las dos y nos lo comimos, porción a porción.

Rose decía que en los cuentos las cosas sucedían de tres en tres. Por ejemplo, la heroína debía llevar a cabo tres tareas en su búsqueda, o bien había tres hermanos que emprendían una aventura. Cosas así. En mi caso, hubo tres regalos antes de que la identidad del misterioso benefactor fuese revelada. El tercer regalo no era comestible. Era una tarjeta.

Había visto otras parecidas en las tiendas de mi ciudad: preciosos recuadros de seda bordada deseando un feliz cumpleaños o expresando un amor sincero. Esta tarjeta estaba metida en unos clazones grises del tendedero y venía en un sobre donde ponía: ELLA. Tenía una ilustración con dos pájaros sujetando un corazón con el pico. En el dorso, un mensaje escrito a lápiz decía: «Búscame por la mañana».

Estuvimos toda la noche hablando de la tarjeta. Era una de las cosas más emocionantes que me habían pasado en mucho tiempo. ¡Tenía un amigo! (¿Un admirador?)

—Un hada madrina —dijo Rose, decidida a convertir aquello en un cuento.

Llegó la mañana. Un día gris con llovizna. Rose me despertó con un tremendo acceso de estornudos, seguido de una sesión igualmente enérgica de tos. El Recuento fue rápido: sólo duró dos horas, porque nadie había arruinado la cuenta muriéndose a la mitad del proceso. Corrimos al tendedero.

No había nadie.

Decepcionada, hundí las manos en la montaña de ropa mojada y empecé a colgarla. Estaba forcejeando con un pijama especialmente rebelde cuando noté una presencia a mi espalda. Una mano me tapó la boca. Una voz susurró: «Chist».

Al volverme, mi misterioso visitante se había agazapado detrás de la ropa. Aun así, lo reconocí en el acto. Era el perro fiel: Henrik.

—¡Al final te he encontrado! —exclamó Henrik, lanzándome calcetines y leotardos desde el otro lado de la cuerda. Era más alto y más fornido de lo que recordaba, e igual de irritante en su desbordante simpatía.

—¿Qué haces aquí? —pregunté—. ¡Me estropeaste mi máquina de coser!

—¿Así me vas a dar las gracias?

—Estaba haciendo un vestido. Tuve que acabarlo a mano por tu intromisión, idiota.

Henrik se echó a reír.

—Debería haber recordado lo apasionada que eres con las cosas de la costura. ¿No te alegras de verme? ¿Te gustaron los regalos?

—¿Fuiste tú?

—¿Quién creías que era?

—No lo sé.

«¿Carla? ¿El jardinero? ¿Un hada madrina invisible?»

—De nada... —dijo sarcástico.

—¿Cómo?... Ah, sí, gracias. Muchas gracias.

—Oye, ¿qué te ha pasado en la mano? ¿Por eso ya no te dedicas a coser?

—Más o menos.

Yo no sabía muy bien cómo comportarme con Henrik. Él no se parecía en nada a los chicos ñoños del colegio, o a los pandilleros más duros con los que me tropezaba al volver a casa.

—¿Quién eres?

—¡Henrik! Ya te lo dije.

—Sólo sé tu nombre, nada más.

—Ah, ¿quieres que vaya a tu casa y le pida permiso a tu padre para hablar contigo? A ver..., ¿qué podría contarle?

—No mucho. Ni siquiera sé quién era mi padre.

Henrik dejó de hacerse el payaso por un momento.

—Perdona, Ella. No pretendía...

—Cuéntamelo a mí. —Me situé tras una gran camiseta de lana para protegerme.

—Vale, una versión abreviada. Dejé el colegio el año pasado. Encontré un empleo en un taller mecánico, pero no me sirvió de mucho. Luego llegó la Guerra. Obviamente, gracias a mi religión —dio unos golpecitos a la estrella amarilla cosida en su chamarra de rayas—, enseguida me metieron en una Lista para venir aquí. Pero las cosas me van bien. En realidad, muy bien. Estoy haciendo algo importante, lo cual es fantástico. Como chico de los arreglos, tengo acceso a todo tipo de edificios en los campos y puedo transmitir mensajes y noticias...

—Y agenciarte salchichas para desconocidas...

—Hay muchas más en el lugar de donde salió aquélla. Y tú no eres una desconocida. Somos amigos, ¿no?

Yo pensé en el corazón bordado de la tarjeta y no supe qué decir.

Habíamos llegado al final de la cuerda y teníamos delante los campos que se extendían libremente más allá de la alambrada.

Noté que Henrik se situaba a mi espalda, protegiéndome en parte del viento frío.

—Incluso en un día tan desapacible —murmuró—, la libertad sigue siendo una vista magnífica, ¿verdad?

—Sí, si pudieras olvidarte de las garitas de los centinelas, de las minas terrestres, de los perros y de las tres hileras de vallas y alambre de púas.

—Cierto —convino él en voz baja. Y añadió bajándola aún más—: ¿Y si pudieras?

—Si pudiera..., ¿qué?

—Olvidarte de las vallas. De las barreras. ¿Y si pudieras liberarte?

—¿Quieres decir...?

—Escapar, querida costurera. ¡Escapar!

Henrik no dijo mucho más en aquel primer encuentro, sólo lo justo para tentarme. Señaló un tren que iba tomando velocidad lentamente al dejar Birchwood para regresar al mundo exterior.

—Llegan llenos, pero no vuelven vacíos —dijo.

—¿Hay gente que consigue salir de aquí?

—Gente, no..., oficialmente. Pero sí todas las cosas robadas a los recién llegados. Cargan en los vagones miles de cajas y fardos con esos bienes.

—¿Cosas del Gran Almacén? —Yo tenía en la cabeza la imagen de centenares de lentes, zapatos y maletas, apilados como un tesoro en enormes montañas.

—Exacto. Tengo amigos en el llamado Escuadrón de Trabajo de los Gorras Blancas: los presos que fumigan y embalan todos los bultos para su transporte. Quizá sería posible organizar una fuga así...

«¡Una fuga! ¡La libertad! ¡Volver a casa!»

Esa noche, en el barracón, me tapé bajo la manta de la litera con Rose. Rebosaba excitación mientras le hablaba de Henrik sin mencionar sus palabras sobre la fuga. No sé por qué soslayé esa parte. Tal vez era una idea demasiado preciosa para contársela a nadie. Tal vez era demasiado peligrosa. Cuantas menos personas la conocieran, mejor, ¿no? Si la Arpía llegaba a hincarle los dientes, la idea se propagaría como una infección contagiosa. Sí, era mejor no decirle nada a Rose sobre la fuga, pensé.

Ella dijo que Henrik era un chico amable por darnos comida. Luego estornudó por enésima vez esa noche —tenía un resfriado permanente— y buscó en su manga un trozo de algodón que hacía las veces de pañuelo.

—Me sé una historia de un pañuelo mágico que convertía el moco en peces —dijo. Tenía la garganta tan irritada que le salía una voz tremendamente rasposa.

—Sería mejor que lo convirtiera en oro. Entonces podríamos comprar una tienda de ropa cuando acabe la Guerra.

—Bueno, supongo que podrían ser peces de oro... Oye, Ella, ¿quieres saber lo que pasó durante una epidemia de gripe invernal, cuando todos los estanques de peces se congelaron?

Y se embarcó sin más en el mundo de la fantasía: su propia forma de escapar.

Entre tantos mocos, estornudos y resuellos, no hacía falta ser una experta en medicina para deducir que Rose padecía un buen catarro, lo cual ya era bastante malo. Todo el mundo se siente abatido cuando tiene un catarro. Lo peor era su tos, y su forma de tiritar todo el tiempo, incluso cuando notabas que le ardía la frente. Estábamos todas tan desnutridas que el menor problema de salud podía volverse letal rápidamente. No es que hubiera ningún médico al que pudiéramos acudir para curarnos. Los médicos de Birchwood no se especializaban en la vida precisamente, sino en todo lo contrario.

Fui a hablar con Osa y le pedí que nos buscara un trabajo dentro del Lavadero, y no a la intemperie. Tal como iba la cosa, sin cobijo no sobreviviríamos todo un invierno.

Los ojillos de Osa se volvieron aún más pequeños. Yo supuse que eso quería decir que estaba pensando.

—Se están mojando un poquito ahí fuera, ¿no? —se burló su secuaz, la Hiena. Ella veía perfectamente que el agua de mi pañuelo empapado me resbalaba por la cara.

—¿Te has preguntado alguna vez lo que debe de ser ahogarse? —le pregunté con dulzura.

Hiena se ocultó detrás de su Jefa.

La Osa unas veces estaba adormilada y otras de mal humor, pero siempre era muy lenta. Al fin, estableció una conexión entre el puñado de colillas que yo le ofrecía y la idea de que Rose y yo trabajásemos dentro. Tomó los cigarros y gruñó: «De acuerdo». Misión cumplida.

Luego fui a ver a Tortuga. El viejo estaba cavando a cámara lenta en su trecho de jardín. Le pregunté si le sobraba alguna verdura para Rose. Eso estaba totalmente prohibido y seguramente me pegarían un tiro si alguien se enteraba; a mí y también al jardinero. No importaba. Rose necesitaba vitaminas para combatir el catarro. Tortuga se alejó tambaleante y me cortó unas hojas de col. No la col entera: los Guardianes lo habrían notado. Le di las gracias. Él asintió; luego se aclaró la garganta. Después de tantas semanas de silencio, parecía que iba a hablar por fin. Tenía una voz casi fantasmal.

—Si vienen..., eh..., cuando vengan a buscarme, cuida de mi rosa, ¿de acuerdo?

Miré el raquítico rosal que resaltaba en el jardín con más espinas que flores. Cuando hacía buen tiempo, él le quitaba los pulgones a mano. Ahora que había escarcha por la mañana, envolvía los tallos con paja para mantenerlos calentitos.

A mí no me interesaba mucho la jardinería. Francamente, me parecía que las flores quedaban mejor en una tela que en un jarrón. Aun así, había algo conmovedor en la forma que tenía Tortuga de amar aquel pedazo de tierra, a pesar de todas las cenizas grises que llovían sobre Birchwood. Supongo que así cultivaba su propia pizca de esperanza. Pensé de repente en el abuelo, en lo mucho que detestaría tener que dejar atrás todo lo que conocía y amaba.

Mi abuelo nunca podría convertirse en un simple número con un uniforme de rayas. Nunca se resignaría a volverse tan anónimo. Él tenía sus pequeños hábitos personales, como hacer barquitos de papel con los envoltorios del tabaco, o tararear unas notas de advertencia antes de entrar por la puerta, o balancear su bastón a cada segundo paso que daba por la acera. A él no podían ponerlo en una Lista, ¿no? ¿Qué mal le había hecho jamás a nadie, aparte de aburrirlos mortalmente sobre los resultados de las carreras de caballos?

Miré a Tortuga y asentí.

—Lo haré. Se lo prometo.

Había lágrimas en sus ojos mientras se alejaba arrastrando los pies.

Dos días más tarde, el jardinero fue apartado de la fila durante el Recuento. Su número figuraba en la peor Lista de todas: la de la gente que sobraba. Nosotras no estábamos allí: el Recuento de los hombres tenía lugar en otra parte del campo totalmente distinta. Así pues, yo no lo presencié; sólo me enteré gracias a la Arpía y a su red de chismes. Aun así, me lo imaginé arrastrando los pies como una tortuga mientras los Guardianes lo empujaban con la culata de sus rifles.

Cuando le conté a Rose que el jardinero había muerto, ella salió corriendo del Lavadero y se fue directa al pequeño jardín. Rápidamente, arrancó cada uno de los capullos del rosal y esparció los pétalos al viento cargado de cenizas.

—¡Los odio! ¡Los odio! ¡Los odio! Ellos no merecen poseer ninguna belleza —gritó ferozmente. A mí me asustó verla tan exaltada. Si no la hubiera paralizado un repentino ataque de tos, tal vez habría arrancado el rosal de raíz.

Me la llevé antes de que apareciera alguna Guardiana. Sólo más tarde, cuando estábamos sobre el colchón de paja de la litera, caí en la cuenta de que Tortuga no se refería a las flores cuando me había dicho «Cuida de mi rosa». La Rose humana estaba muy quieta a mi lado. Demasiado quieta. Le puse la mano en el pecho para buscar el latido de su corazón..., y sólo encontré costillas. Aterrada, me incliné y me acerqué más. Entonces me vi recompensada con un hilo de aliento en mi mejilla. Una rosa dormida en un mundo de espinas.

Suspiré ante una imagen tan romántica. Las fantasías de cuento de hadas de Rose eran contagiosas.

El interior del Lavadero estaba más caldeado, lo cual ya era algo. Pero en otros sentidos resultaba peor. El trabajo era sofocante, claustrofóbico y duro hasta la extenuación.

«¿Cuándo podremos escapar?» era mi único pensamiento mientras hundía los brazos desnudos en el agua hirviendo de un barreño. «¿Cuándo podremos escapar?», me decía mientras restregaba calcetines apestosos y camisas sudadas en la tabla de lavar. «¿Cuándo podremos escapar?», me preguntaba cuando me enjuagaba el urticante jabón con agua helada.

Las demás trabajadoras del Lavadero eran abusonas, simples y desabridas. Chocaban los carritos de la lavandería contra nuestras piernas desnudas. Nos robaban nuestras pastillas de jabón, o se dedicaban a lanzarlas por el suelo de piedra húmeda como si fueran un disco de hockey sobre hielo. Yo casi siempre conservaba la calma, aunque hirviera por dentro. Un día, una de ellas, una mujer tan ancha de hombros como un toro, me empujó «accidentalmente» mientras yo llevaba mi cuenco de sopa, haciendo que se derramara en parte. Ella era una veterana en Birchwood, una de las presas con un número bajo que llevaban años en el campo. Era tan descarada que se fumaba ella misma los cigarros que conseguía, en lugar de guardárselos para canjearlos por otras cosas.

Aquélla no era la primera vez que se metía conmigo. Noté que el líquido caliente me salpicaba el vestido y me bajaba por la pierna.

—¡Mira por dónde vas! —le solté.

—Y tú no te cruces en mi camino —mugió Toro.

—Ja, ja, ja —se rio Hiena. La Osa observaba en silencio.

—Yo no me he cruzado en tu camino —le grité a Toro—. Tú me has empujado.

—Ha sido sin querer —dijo Rose—. Toma, de la mía.

—¡Ha sido expresamente! —repliqué—. Es ella la que debería darme su sopa.

Toro arrugó la nariz. Sacudió la cabeza de un modo cómico y pateó el suelo; luego extendió el brazo y le arrancó a Rose el cuenco de un manotazo.

—Ja, ja, ja —explotó Hiena.

—¿Ahora qué sopa vas a tomar? —se mofó Toro.

Unos segundos después, la muy bruta estaba gimiendo en el suelo. Yo estaba tan furiosa que le había estampado mi cuenco en la cara y luego le había dado un cabezazo en el estómago. Cuando se derrumbó, le arreé una patada de propina. Supongo que me salí con la mía porque ella no se esperaba el ataque... y porque ninguna Guardiana lo vio. Miré alrededor, con los puños apretados, por si alguien quería probar suerte.

Todas se apartaron. Hiena dejó de reírse. Recogí el cuenco de Toro y fui a llenármelo yo misma.

Rose estaba horrorizada, así que le dije que lo sentía. Pero no lo sentía. Ni una pizca. Había sido maravilloso defenderme. Luego, mientras machacaba, restregaba y apretaba, me imaginé que tenía entre mis manos a Hiena en vez de la ropa.

Ya no volvieron a meterse con nosotras.

—Debemos hacer lo que podamos para sobrevivir —le dije a Rose, tratando de justificar mi explosión—. No podemos permitir que nos consideren débiles.

Ella suspiró.

—Ya lo sé. A mí me gusta tan poco como a ti que me traten a empujones. Pero... ¿hasta qué punto te vas a endurecer antes de empezar a ser como Ellos?

—¿Me estás comparando con las Guardianas? ¡Yo no me parezco a ésas en nada! ¡Ellas se alistaron para hacer este trabajo! ¡A mí me detuvieron en la calle y me llevaron a rastras cuando volvía del colegio a casa! Ellas tienen cama y comida decente, y caprichos del Gran Almacén... ¡Yo salto de alegría si hay unas hojas de zanahoria flotando en mi sopa! Ellas tienen fustas y perros y pistolas y cámaras de gas y...

—No quería decir que seas igual —me interrumpió Rose—. Pero esto me recuerda una historia, ¿sabes? Sobre un ratón que consiguió unas pistolas y aprendió a usarlas contra los gatos...

—¡Pistolas! —exclamó Henrik la siguiente vez que lo vi—. Si pudiéramos agenciarnos más pistolas, tendríamos más posibilidades contra los Guardianes.

Estábamos fuera, los dos muy cerca para protegernos del gélido viento invernal. Yo miraba las cintas rojas de fuego que iluminaban el cielo por encima de las chimeneas. Ya había dejado de fingir que esas chimeneas no existían. Cuando las Guardianas te amenazaban con «enviarte a la cámara de gas» por la menor infracción, era absurdo simular que no te encontrabas en un mundo donde asfixiaban y quemaban a miles de personas. A decenas de miles. A centenares de miles quizá.

Henrik percibió mi estado de ánimo. Rodeó con el brazo mis hombros huesudos. Yo le dije que tenía la esperanza de que la Guerra terminase pronto.

—¡Esperanza! —replicó escupiendo la palabra—. No es esperanza lo que necesitamos, Ella, no seas blandengue. Lo que necesitamos es acción: ¡demostrar que no somos víctimas, que no aceptaremos nuestro destino en silencio, que no desfilaremos como ovejas hacia el matadero! Hay algo planeado para muy pronto..., ya lo verás. ¡Una revuelta! ¡Nosotros contra Ellos! ¡Gloria y libertad!

Se lo conté a Rose.

—¡Gloria y libertad, Rose! ¡Una revuelta!

Ella se sorbió la nariz. ¿Tenía mocos o era una muestra de desagrado?

—El heroísmo está muy bien hasta que empieza a correr la sangre. ¿De qué sirven las banderas y las palabras altisonantes cuando te conviertes en un precioso cadáver?

—Henrik no tiene miedo. Es valiente.

—¿Basta con el valor y la desesperación frente a las ametralladoras?

—Es mejor hacer algo que quedarse de brazos cruzados —le solté—. Mejor que inventar historias sobre lo que haremos después de la Guerra..., ¡unas historias que nunca se harán realidad si no salimos vivas de aquí!

Ella se estremeció.

—Tienes razón —dijo en voz baja, demasiado agotada, me pareció, para discutir.

Cuando empezó la revuelta estábamos las dos con los brazos hundidos hasta los codos en la espuma de los barreños llenos de ropas grasientas. Un gran ¡BUM! sacudió Birchwood. Nos sujetamos del borde de los barreños, consternadas.

—¿Qué ha sido eso? —preguntamos todas, pero nadie sabía nada.

Toro salió a averiguar. Después oímos fuego de ametralladoras y disparos de pistolas. Los perros estaban enloquecidos. A mí el corazón me latía como un tren a punto de descarrilar. ¿Era ésa la hora de gloria y libertad sobre la que Henrik me había hablado tanto? Esperaba que él irrumpiera en el Lavadero con una bandera ondeando detrás y una banda de música tocando una marcha triunfal. Así habría sido en una película.

Pero en la realidad...

Hubo una revuelta protagonizada por las cuadrillas de trabajo de las cámaras de gas —eso era cierto—, pero fue un fracaso. La Arpía nos transmitió los rumores. Se hablaba de explosivos metidos de contrabando en Birchwood para volar las cámaras de gas. De Rayados que habían atacado a los Guardianes. De Guardianes que habían abatido a tiros a los Rayados. Al caer la noche, la rebelión estaba aplastada. Muerta. Poco después, todas las chimeneas de Birchwood, salvo una, estaban echando humo de nuevo y el viento nos cubría de cenizas.

A mí se me encogía el estómago pensando que Henrik quizá se había visto atrapado en la refriega. ¿Habría sido profético el comentario de Rose sobre cadáveres preciosos?

Después, el alivio. Recibí una nota de contrabando en el Lavadero:

Nuestra hora llegará pronto. Sigue lavando y espera. X

Pero no sería lo bastante pronto para Rose. Con el rabillo del ojo vi que forcejeaba para sacar la ropa mojada de su barreño. Tenía tomada una camisa con las gigantescas pinzas de madera..., pero no podía levantarla. Tomó un calcetín. Apenas pesaba, pero tampoco podía con él. Y luego el vapor, el esfuerzo, o todo en conjunto, resultaron demasiado. Antes de que pudiera llegar a su lado, estaba derrumbada en el suelo, tan flácida como el calcetín mojado que había caído junto a ella.

—Eh, Rose... Rose, soy yo, Ella.

Me incliné sobre la cama y alisé los cortos mechones de pelo de su frente.

—Chist, no intentes hablar aún —murmuré.

Le salió una voz rasposa.

—Ella. —Eso fue lo único que pudo decir. Sus ojos se volvieron a uno y otro lado y luego se abrieron aún más con horror.

—Lo siento mucho, Rose, tuve que traerte aquí. ¿Ya no lo recuerdas? Estuviste inconsciente durante horas, luego con fiebre y delirios. Te escondí en el barracón durante dos días. Pero Girder dijo que podías ser contagiosa. No había otro remedio. Estás en el Hospital.

Un grito sofocado se convirtió en un ataque de tos. Todo su cuerpo se sacudió violentamente. La estreché con fuerza: un precioso costal de huesos. Era espantoso sentirse tan impotente. Y todavía más disimular el horror que el Hospital me inspiraba. ¿Cómo iba a vivir nadie en ese lugar, y no digamos a recuperarse de una enfermedad o una herida? Aquello era la parodia más repulsiva de la atención médica que cabría imaginar, incluso para alguien con una imaginación como la de Rose.

De hecho, había cadáveres entre los pacientes vivos: aquello era más una morgue que un hospital. Estaban todos apretujados en literas miserables como en una apestosa lata de sardinas. Sin lavabos. Sin orinales. Unas Rayadas con brazalete de enfermera comprobaban quién respiraba aún y quién podía ser trasladado fuera para hacer sitio a los recién llegados. Esas enfermeras daban la impresión de no haber dormido en cien años.

No quise bajar la vista al suelo para mirar qué habían pisado mis zapatos. Respiraba sólo por la boca para no identificar los repugnantes olores.

«Ay, Rose..., no hay jardín para ti.»

—Toma, te he traído desayuno.

No había visto ni rastro de comida en el bloque del Hospital. La mayoría de los supuestos pacientes estaban demasiado enfermos para alimentarse por sí mismos, aun suponiendo que hubiera habido personal suficiente para repartir la comida... o suficiente comida para mantenerlos vivos. La única enfermera que se había acercado era una mujer que andaba como un pato y llevaba un delantal sobre el vestido de rayas. Su tarea parecía consistir en anotar los números de los pacientes en una Lista. Hasta ahora, el número de Rose no figuraba en ella.

Yo ya le había suplicado a la enfermera Pato que le tratara la fiebre a Rose. Ella se había limitado a mirarme como diciendo: «¿Con qué?».

—Este sitio es sólo para un día o dos —le aseguré a Rose para tranquilizarla—. Sólo hasta que te encuentres mejor, hasta que Girder diga que puedes volver al barracón y Osa te deje trabajar otra vez en el Lavadero. Toma, ¿puedes comer un poquito? Hay pan, margarina... ¡y esto!

Con un floreo, saqué una manzana marchita: un obsequio principesco de Henrik.

Rose la miró como si hubiera olvidado lo que era una manzana. Luego esbozó una débil sonrisa.

—¿Te he contado lo que pasó una vez...?

—¡Déjate de historias, idiota! Ahorra energía.

Rose tomó la manaza y aspiró su aroma.

—Me trae el recuerdo de un árbol —dijo—. En la Ciudad de la Luz..., en el parque..., un manzano. Sólo uno, con grandes ramas que derraman flores por todas partes en primavera.

Extendió los dedos y yo casi vi cómo caían los pétalos.

—Si pasa algo... —prosiguió.

—¡No va a pasar nada!

—Si pasa algo, nos encontraremos allí, en el parque, debajo del manzano, en la misma fecha en la que nos conocimos en el taller de costura.

Yo no comprendía lo que estaba diciendo.

—Iremos juntas, Rose. Tú y yo.

Ella asintió, pero ese pequeño movimiento desató otro acceso espasmódico de tos. Cuando recobró al fin el aliento, tenía la cara brillante de sudor.

No entendía cómo podía saber Rose la fecha en la que nos habíamos conocido, cuando nos enviaron al Estudio de Alta Costura. La única fecha que recordaba por mi parte era la de aquel último día, cuando volvía del colegio a casa... Aun así, ella insistió en hacerme repetir la fecha en la que nos encontraríamos en ese parque, bajo el manzano.

—¿No lo olvidarás? —jadeó—. ¿Irás?

—Iremos las dos.

—Claro que sí. Pero si llegamos a separarnos, ve allí y espérame junto al árbol. Recuérdalo. Ataremos la cinta roja en una rama para celebrar que volvemos a encontrarnos. Prométeme que nos veremos allí, Ella. En esa fecha. Prométemelo...

—Te lo prometo.

Rose se desplomó en mis brazos. Sus ojos se cerraron. Noté que le ardían las mejillas. ¡Qué gris parecía mi pequeña Ardilla bajo la penumbra del Hospital!

—Ya tengo que irme, Rose. Intenta comer.

—Sí —susurró—. Es que ahora no tengo mucha hambre. Mañana estaré mejor.

—Recupera fuerzas.

Ella asintió débilmente y se giró en la litera.

Yo quería aullar, tirar cosas, correr hacia la alambrada de pura rabia. Pero lo que debía hacer era arreglármelas para conseguir una medicina: una medicina en un lugar donde una aspirina era más preciosa que una pepita de oro.

—¿Tú, otra vez?

No era la cálida bienvenida que esperaba. Aunque, por otra parte, «cálida» era lo último que podía llegar a ser Mina.

Me detuve en el umbral del taller de costura. Todo me resultaba dolorosamente familiar, aunque no había el mismo ajetreo que recordaba. Francine, Shona, Brigid y algunas otras me sonrieron y me preguntaron por gestos: «¿Cómo estás, Ella? ¿Y Rose?». Procuré no mirar a *Betty*, la máquina de coser de mi abuela, pero allí estaba, en mi antigua mesa, ahora utilizada por otra Rayada. También había otra mujer en el puesto de Rose, planchando. Qué deprisa nos habían reemplazado.

Mis dedos se crisparon con ganas de volver a tocar las telas. Ahora empezaba a recuperar el movimiento de mi mano lastimada. Ya podía sujetar una cuchara llena de sopa sin derramarla. Con algo de práctica, sería capaz de manejar a *Betty*.

—Hola, Mina, escucha...

—La respuesta es no.

—¡Ni siquiera sabes lo que te voy a pedir!

—Y la respuesta sigue siendo no.

Por mucho que deseara darle de puñetazos en aquella nariz afilada hasta rompérsela, refrené mi mal genio. Desde la breve nota de Henrik —«Sigue lavando y espera»—, no había vuelto a tener contacto con él, así que Mina era el mejor recurso con el que contaba ahora y me convenía adoptar una actitud humilde. Llevaba escondida en la mano la cinta roja. La apreté para infundirme valor.

—Escucha, por favor. No es para mí; es para Rose. Está enferma.

—Entonces debería ir al Hospital.

—Está allí.

Eso hizo que se callara un momento. Decir la palabra *hospital* tenía ese efecto en Birchwood. Sólo los casos perdidos iban allí normalmente.

—Entonces no hay nada que hacer.

—Claro que sí. ¡Si tú quisieras! Tú eres una Prominente. Envías casi todos los días a Shona a comprar al Gran Almacén. Yo he visto ese lugar y estoy segura de que tendrán algo para la fiebre de Rose, o al menos unas vitaminas... y comida con más sustancia que la bazofia aguada que nos dan.

—¿Y qué, si pudiera ayudarte? ¿Por qué debería hacerlo?

La miré fijamente a los ojos.

—Porque eres un ser humano como el resto de nosotras. Sé lo de tu hermana Lila; sé que la salvaste ocupando su lugar en una Lista.

Los ojos de Mina llamearon.

—¡Cierra la boca! ¡Tú no sabes nada!

Mina me sujetó del brazo, me arrastró por la puerta del probador, que estaba vacío, y me mandó de un empujón contra la pared. El impacto hizo que temblaran las borlas de la lámpara. A ella se le cayó del bolsillo la caja de hojalata de los alfileres y todos se esparcieron por el suelo. Ninguna de las dos se movió para recogerlos.

—No vuelvas a nombrar a mi hermana. ¿Lo has entendido?

—Pero si fue algo bueno lo que hiciste...

—¿Bueno? Acabé aquí. ¿Qué tiene eso de bueno? ¿Qué más te han contado de mí?

—Nada. Sólo el sacrificio que hiciste para salvarla.

Mina me sujetó con más fuerza.

—Entonces no sabrás que fui a la casa de moda donde trabajaba, que era una de las mejores, para pedir un anticipo de mi salario: sólo lo justo para mantener escondida a mi familia. Esa gente, que me conocía desde hacía cinco años, que me había visto dejarme la piel durante seis o siete días a la semana, quedándome hasta tarde, sin cobrar horas extra, porque sólo era una aprendiz de trece años..., esa gente me miró por encima del hombro y me dijo: «Imposible, no podemos hacer eso». Ya sé lo que estaban pensando: que yo estaba «contaminada» si mi familia corría el riesgo de ser deportada.

—Es...

—¡Cierra la boca!

Mina me soltó y empezó a deambular de aquí para allá por el probador, como un tiburón que no puede dejar de nadar.

213

—Al día siguiente —prosiguió en voz baja y furiosa—, justo al día siguiente recibí una nota formal comunicándome que había sido despedida. Simplemente porque en un momento remoto de la historia de mi familia había habido alguien de ascendencia inapropiada. De modo que, sí, dije que iría en lugar de mi hermana a un «campo de trabajo». Yo estaba más fuerte. Era apta para el trabajo. A las autoridades les pareció bien. Y la siguiente parada fue Birchwood. Dos semanas después, Ellos pusieron a mi hermana en una Lista igualmente. Y no sólo a Lila. A sus niños, a su bebé aún no nacido, a su marido, a nuestros padres, a nuestras tías y tíos, a nuestros primos y parientes políticos... Todos acabaron convertidos en humo y cenizas. Ya ves de qué sirvió mi noble sacrificio. De todos ellos, yo soy ahora la única que sigue viva. Así que no me vengas con que hice algo «bueno». Si sabes lo que es «bueno» para ti, seguirás mi ejemplo y olvidarás todo lo que tenga que ver con tu familia o tus amigos. Lo único que importa es sobrevivir.

—Todas queremos sobrevivir.

—No basta con quererlo. Tienes que conseguirlo. Y te voy a decir una cosa, colegiala: ¡yo saldré de aquí por mi propio pie, no por una de esas chimeneas!

Mina dejó al fin de deambular. Respiraba agitadamente. ¿Era la ocasión para estamparle la lámpara en la cabeza?

Me restregué el brazo dolorido.

—Es horrible cómo te trataron.

—Y que lo digas.

—Entonces ¿por qué tratar a los demás del mismo modo?

—¿Aún no lo has deducido? Así es como funciona el mundo. No hay nada más inhumano que un ser humano..., ¡ja!

214

—No tiene por qué ser así...

—Es así. No sólo para los gobernantes y los políticos..., también para todas las personas egoístas y malvadas con las que te tropiezas a diario. ¿Acaso no lo demuestra sobradamente este lugar? —dijo abriendo los brazos para abarcar el universo entero de Birchwood.

«¿Qué diría Rose?» Algo bonito.

—Tú puedes elegir, Mina. Podrías ser diferente. Incluso los pequeños gestos de bondad cuentan.

—¿Bondad? No me hagas reír. Ya no existe nada parecido. O matas o te matan, así funcionan las cosas por aquí.

No era fácil discutírselo. Pero tenía que intentarlo por Rose.

—Ayudar también está en la naturaleza humana, Mina. Incluso sacrificarse.

—¿Ah, sí? Pues yo no voy a sacrificar más mi precioso tiempo ayudándote. Fuera de aquí.

Nos miramos a los ojos durante mucho tiempo, odiándonos mutuamente. Luego me encogí de hombros.

—¿Sabes qué, Mina? Te compadezco.

—¿Cómo?

—Ya lo has oído.

—¿Que me compadeces a mí? ¡Yo soy una persona importante aquí! Tú estás..., ¿qué?, ¿trabajando en el Lavadero? ¿Cómo te atreves a compadecerte de mí?

Di media vuelta, asqueada.

Mina no había terminado.

—¡Ven aquí cuando te estoy hablando! ¡Ven aquí!

Abandoné el probador. Quizá derribé la lámpara al salir. El estrépito que hizo al romperse en pedazos me proporcionó una salvaje satisfacción. Pero incluso mientras la lámpara se rompía y yo daba un gran portazo, no pude por menos que volver toda aquella rabia hacia mí: ¿cómo podían mis nobles principios persuadir a Mina si ni siquiera yo misma me los creía?

Esperar que Mina me ayudase había sido una locura, pero al menos valía la pena intentarlo. Mi siguiente plan era directamente suicida. Puesto que no había conseguido nada de Mina y no sabía cómo contactar con Henrik, sólo se me ocurría una persona más a la que acudir.

Caminé con la cabeza gacha sorteando los barracones: una Rayada cualquiera correteando como una rata. Llegué a la entrada y abrí de un empujón. Me deslicé por el pasillo hasta la puerta. Llamé con los nudillos casi inaudiblemente, como si una mosca se posara sobre la superficie de madera. No hubo respuesta. Llamé con más fuerza. La puerta se abrió.

Carla había estado leyendo cartas sobre la cama. Eso deduje por las hojas manuscritas esparcidas sobre la colcha de retazos. Había una taza de chocolate caliente humeando en la mesilla y un paquete de galletas a medias sobre la cómoda, al lado de la foto en la que aparecía ella en un prado con *Rudi*, el perro de la granja. Por suerte, ni rastro de Grazyna, la Quebrantahuesos, su compañera de habitación.

Carla olía a champú y a perfume Blue Evening. Tenía los ojos enrojecidos. Al principio pensé que me estamparía la puerta en las narices. Que gritaría dando la alarma. Que, si las demás Guardianas se enteraban de que estaba allí, me despedazarían como una jauría a un zorro acorralado.

Pero ella se restregó los ojos y bajó la mirada.

—Será mejor que entres.

Ver de nuevo su colección de fotos familiares me provocó un agudo dolor en el pecho y un nudo en la garganta. Ojalá yo tuviera fotos de la abuela y el abuelo, o cualquier imagen de mi antigua vida. Cada vez me costaba más imaginarme a mí misma de nuevo en el cuarto de coser de la abuela, observando cómo subía y bajaba su pie sobre el pedal de *Betty*, la máquina de coser..., mirando cómo sus dedos llenos de anillos guiaban la tela bajo la aguja..., oyendo cómo crujía la banqueta cuando se inclinaba para cortar el hilo...

Tenía que volver a casa: cuanto antes, mejor.

Carla musitó:

—Las cosas ya no van bien. ¿Te has enterado? Unos prisioneros asesinaron a varios Guardianes y volaron... edificios importantes. Es terrorífico. Ya no sé cuánto tiempo seguiremos...

Yo estaba frente a ella, con el vestido manchado de mugre, con las manos en carne viva de tanto restregar leotardos, con los huesos abultando bajo la piel de tan poco comer..., y sólo se le ocurría hablarme de lo aterrorizada que ella se sentía. Me lanzó una mirada rápida a la cara y luego bajó la vista a mi mano. La que me había aplastado con su bota.

—Es... es una pena que ya no puedas coser —comentó—. Realmente tú eras la mejor modista de ese taller. Deberías abrir una tienda después de la Guerra, como dijo Madame. Yo seré una de tus clientas. Y pagaré, ¡por supuesto! —añadió riendo.

Su optimismo sonaba forzado.

—Necesito medicinas y vitaminas —anuncié.

La risa se interrumpió.

—¿Te encuentras bien? ¿Estás enferma?

—No son para mí. Son para una amiga.

Carla entornó sus ojitos porcinos.

—¿Para ella? —Sabía a quién me refería. Y lo dijo como una acusación.

Se volvió bruscamente y empezó a recolocar sus fotografías. Yo aguardé. Para recibir ayuda u otra paliza, no lo sabía.

—No vale la pena —dijo al fin.

—¿Qué?

—No vale la pena malgastar medicinas con los enfermos. Tú tienes que cuidar de ti misma. Ya no será por mucho tiempo. Dentro de medio año, o tal vez antes, la Guerra habrá terminado. Tú hablarás en mi favor, ¿verdad? —Me atisbó entre sus largas pestañas—. Les dirás a todos que nunca he sido cruel como las otras, ¿no? Yo odio este lugar tanto como tú, ¿sabes? Después de la Guerra, olvidaremos todo esto como si nunca hubiera existido. Podremos volver a casa. Lo primero que haré es llevar a *Pippa* al prado de la granja. Recogeré flores en primavera, saldré de compras...

Carla se recostó en la cama y empezó a pasar las páginas de *Hogar y Moda*, que tenía abierta sobre la almohada.

Yo apenas podía hablar. Me ardía en la garganta un grueso nudo de rabia. ¿De veras había olvidado aquella chica sin cerebro la brutalidad con la que me había tratado a mí y a muchas otras? Apreté los puños. Las palmas me dolieron de tanto clavarme las uñas. Aun así, me tragué mi orgullo.

—Tiene que ayudarme —supliqué—. Después de todas las cosas bonitas que he hecho por usted...

La amabilidad de Carla explotó en un acceso de furia.

—Yo no tengo que hacer nada. Soy una Guardiana, y tú... ni siquiera eres una persona. No deberías estar en la misma habitación que yo, ni respirar el mismo aire. Mírate..., eres un bicho que se arrastra propagando enfermedades. Deberías ser aplastada. ¡Eres repulsiva! ¡Sal de aquí! ¡He dicho que salgas!

El aire estaba impregnado de cenizas grises mientras corría de vuelta al Lavadero. Frente a los edificios de oficinas, las Guardianas vaciaban archivadores y quemaban papeles. Estaban destruyendo las pruebas de toda la burocracia de Birchwood. ¿Qué significaría eso para las Rayadas que seguíamos vivas?

Resultaba difícil encontrar tiempo para ir al Hospital. El Lavadero estaba más atiborrado de ropa sucia que nunca. Los desagües también estaban sobrecargados. Por una vez, mis zapatos de madera no parecían tan absurdos: sus gruesas suelas me mantenían por encima del agua que inundaba el suelo. Yo sólo me los quitaba por la noche, cuando los utilizaba como almohada. Ah, también me los quité una vez cuando sorprendí a Arpía tratando de robarme mi ración de pan. La amenaza de aporrearla con un zapato de madera la puso en fuga.

Cuando al fin pude ver a Rose, tenía muchísimo mejor aspecto. Bueno, al menos estaba despierta e incorporada.

—Eh..., ya tienes algo de color —dije—. Debe de haber sido la manzana mágica.

Rose se acercó y me dio un beso.

—Estaba deliciosa. Absolutamente deliciosa.

—Rose...

—¿Qué?

Solté un suspiro.

—No te la comiste, ¿verdad?

—No exactamente... Había una chica aquí con las dos piernas aplastadas por un accidente en la cantera. Se la di a ella. Había sido maniquí de moda antes de la Guerra..., ¿puedes creerlo? ¡En la Ciudad de la Luz! ¡Deberías haberla oído hablar de todos esos vestidos glamurosos y de unos tacones tan altos como rascacielos! Decía que las maniquís vivían de champán y cigarros para mantenerse delgadas.

—Aquí no nos hace falta esa dieta —rezongué. Rose se estaba quedando tan flaca que se le marcaban todos los huesos bajo la piel. Me incliné un poco más cerca—. ¿Sabes qué? ¡Te he traído un regalo!

Su rostro se iluminó un momento.

—¿Qué es? ¿Un elefante?

—¿Un elefante? ¿Para qué demonios iba a traerte un elefante?

—¡Para que saliéramos a montarlo! O sea, que no es un elefante... —Fingió que pensaba—. Ya sé, un poni.

—No.

—Lástima. Una bicicleta.

—¡No!

—¿Un globo? ¿Una jaula de pájaro? ¿Un... libro? ¿Es un libro? ¿Uno de verdad que pueda tocar y leer?

—Mejor aún —dije sacando un paquete de mi bolsillito secreto—. ¡Mira!

Rose se apoyó en un codo. Tocó con cuidado todas las golosinas que le había llevado envueltas en una hoja de un número de *Hogar y Moda*. Había varias pastillas de vitaminas, un pequeño y precioso alijo de tabletas de aspirina y dos terrones de azúcar. Y medio paquete de galletas.

Por su expresión decepcionada, deduje que un libro le habría hecho más ilusión.

—¿De dónde has sacado todo esto? —preguntó.

—Un hada madrina —respondí sarcástica.

—¿De veras?

—¡Pues claro que no! He estado pidiendo por ahí. Lo he conseguido todo como un favor.

—Son como las joyas en el cofre del tesoro. —Dobló el papel y empujó el paquete hacia mí—. Deberías quedártelo. Tú estás trabajando, mientras que yo estoy aquí tumbada. No tiene sentido atiborrarme.

Bruscamente enfurecida, susurré esforzándome por no levantar la voz:

—Escucha, si te traigo cosas no es por diversión, ¿vale? Esto no es un juego ni un cuento. Estamos haciendo todo lo posible para mantenerte viva. ¿O es que no quieres seguir viviendo?

Mi enfado la sorprendió. Antes de poder responder, le sobrevino un acceso de tos cargada. Cuando dejó de estremecerse por fin, me tomó la mano y graznó:

—¡Claro que quiero vivir, Ella! No soporto la idea de que en un segundo todos los pensamientos que hay en mi cabeza salgan volando hacia ninguna parte. Incluso en este lugar, quiero seguir viviendo y soñando. No se me ha olvidado nuestro plan. Abriremos nuestra tienda cuando termine la Guerra.

—¡Más te vale creerlo! —exclamé tragándome la rabia en mi estómago vacío—. Vestidos y libros y pasteles en la Ciudad de la Luz, y la cinta roja en el manzano: eso es lo que va a pasar. Ni alambre de púas, ni Recuentos, ni Listas, ni Guardianas, ni chimeneas... ¿Te lo imaginas?

—¿Ahora quieres que me ponga a imaginar?

—No te hagas la sarcástica... Así que hagamos que la imaginación se vuelva realidad. Prométeme que te pondrás bien.

La estreché con fuerza. Ella temblaba en mis brazos.

—Te lo prometo —musitó débilmente.

—Tú me dijiste que mantuviera la esperanza. Toma, tú la necesitas más ahora. —Me saqué la cinta roja del bolsillo secreto y se la puse en la mano.

—¡Qué caliente está! —murmuró—. Pero es tuya. Tú la necesitas. Llévatela...

—Tonterías. Ahora es tuya. Átala tú en el árbol de la Ciudad de la Luz cuando vayamos allí.

La enfermera Pato apareció anadeando entre las literas, dispuesta a picotearme por quedarme tanto rato.

Besé a Rose rápidamente y susurré:

—Lo siento, debo volver al Lavadero... Ya sabes cómo es.

Ella sonrió, aunque ya estaba quedándose dormida.

—Buenas noches, Ella.

—Buenas noches, Rose.

El paquete milagroso procedía de Carla, mi extraña amiga-enemiga. Se lo había entregado a Girder una Rayada, con el mensaje de que yo debía recibirlo íntegro, sin robos, lo cual irritó a Girder. Aunque ella se irritaba casi por cualquier cosa, no había que preocuparse. Lo importante era que ahora podía ayudar a Rose, dándole todas aquellas medicinas y el azúcar. Bueno, yo me comí uno de los terrones. Estaba muerta de hambre, y el azúcar quizá le estropeara los dientes a Rose si se lo zampaba todo. Lo que no le había dado —ni tampoco mencionado— cuando la vi en el Hospital fue el anillo.

No un anillo viejo. Ni una sencilla alianza de oro como la que estrangulaba el dedo rollizo de mi abuela. Ni tampoco un anillo barato ganado en una feria, con una «joya» hecha con un trozo de espejo. Era una piedra reluciente engarzada en un círculo de oro. Cuando nadie miraba, me lo deslizaba en el dedo y lo hacía girar lentamente a uno y otro lado.

El mundo no resultaba tan gris cuando lo iluminaba un diamante. Vale, sí, era sólo un vidrio de fantasía que centelleaba como un diamante. Eso no importaba. En lugar de la cinta roja, ahora tenía un anillo que esparcía luz en la oscuridad y simbolizaba la esperanza. Si algún día salía de allí, si la Guerra terminaba y yo iba a la Ciudad de la Luz, podría vender ese anillo para empezar a pagar la tienda de mis sueños.

¿Por qué Carla, nada menos que Carla, había sido tan generosa conmigo? Ella era una Guardiana. Una de Ellos. Y, sin embargo, me había enviado el anillo y las medicinas, mientras que Mina, una prisionera como yo, me había dado la espalda por completo. No tenía ninguna lógica.

Fuera del campo, en el mundo real, siempre había resultado más obvio quién era tu amigo y quién tu enemigo.

Aunque ni siquiera en el mundo real la gente mostraba siempre su verdadero yo. La gente podía reír, bromear y charlar con sus amigos, pero nadie tenía que demostrar cómo era de verdad. Hasta que la mandaban a Birchwood y le ponían un traje de rayas.

Sin ropas normales, no había nada con lo que ocultarse. En aquella uniformidad general donde todo quedaba confundido, cada uno tenía que ser como realmente era, incluida yo misma. Sin las ropas adecuadas, no podíamos adoptar un papel. No podíamos ponernos un vestido glamuroso y decir: «Soy rica y bella, querida». No podíamos abotonarnos un cuello alto y presentarnos como maestros. No había insignias, ni sombreros, ni uniformes. No había máscaras. Teníamos que ser nosotros mismos. Pero, aun sin el atrezo de la vida real en el mundo real, sin nuestras ropas, debíamos..., no sé..., aferrarnos de algún modo a lo que significaba ser una persona y no un animal.

¿Cómo hacer tal cosa, sin embargo, cuando estabas rodeada de tiburones, toros y serpientes? Los ratones y las mariposas ya habían subido por las chimeneas hacía mucho. Hasta mi querida Ardilla estaba aguantando a duras penas. Y yo, ¿qué era? ¿Buena o mala? ¿Un zorro que alimentaba a su familia o uno que mataba las gallinas del granjero?

Esa pregunta me atormentaba tanto como el hambre o las chinches. Si hubiese sido una buena persona, le habría dado a Rose todos los terrones de azúcar. Si hubiera sido una auténtica malvada, me los habría quedado todos para mí.

¿Y qué importaba en realidad cómo fuese por dentro, si por fuera era una Rayada a la que se podía matar de hambre, de una paliza o de un tiro?

Me estremecí. Era demasiado fácil enredarse en pensamientos como ésos. Escondí el anillo en mi bolsillo secreto y procuré concentrarme en los calcetines que restregaba.

Aún estaba trabajando en el turno de noche en la tabla de lavar cuando Henrik me encontró. Se me acercó dando saltos como un perro que acaba de ver un palo con el que jugar.

—¡Ella! Gracias a Dios. ¡Creía que no iba a encontrarte!

—Henrik, no deberías estar aquí.

—Chist. No hay mucho tiempo. Escucha..., ¡ya está en marcha!

—¿Qué? ¿Ahora? ¿Esta noche?

—Mañana por la mañana, justo después del Recuento. Ha sido un caos después del fracaso de la revuelta, pero ahora está todo listo: los contactos, el plan, las ropas de civiles...

—¡Es increíble, Henrik! ¡No me lo puedo creer! Verás cuando se lo diga a Rose...

Él me sujetó del brazo con cierta brutalidad. A mí me habría gustado que la gente dejara de hacer aquello.

—No puedes decírselo a nadie, boba. No podemos arriesgarnos a una filtración.

—Rose no es una espía. Ella viene con nosotros.

Me soltó el brazo de golpe.

—Ni hablar, Ella. El plan es muy claro. Sólo hay sitio para nosotros dos. Sólo nosotros dos, ¿entiendes?

—Rose es muy flaca, no ocupará más espacio. Y apenas la extrañarn ahora que está en el Hospital.

—¿En el Hospital? ¿Qué le pasa?

—Nada que no pueda curarse saliendo de aquí. Tiene una seria infección en el pecho.

—¿O sea que tose?

—Bueno, un poquito, pero...

—Es demasiado peligroso, Ella. Vamos a tener que escondernos durante horas en completo silencio. Una sola tos puede hacer saltar por los aires nuestra tapadera. E incluso si Rose puede mantenerse callada, tendrá que hacerse pasar por una civil normal una vez que estemos en público. ¡No podemos permitir que nadie sospeche que estamos pálidos y delgados porque acabamos de escapar de esta fábrica de muerte!

—Con ropa adecuada, un sombrero y un poco de maquillaje...

Henrik negó con la cabeza.

—Lo siento, Ella. De veras que lo siento. Ojalá pudiera ayudar a escapar a todo el mundo. Eso era lo que debería haberse logrado con la revuelta. Se suponía que las explosiones desatarían una insurrección general. Pero los Guardianes tenían demasiadas ametralladoras. En fin. Ahora debemos concentrarnos en escapar nosotros. En cuanto seamos libres, acudiremos a uno de los ejércitos de liberación. ¡Volveremos aquí al frente de una columna de tanques, con bombarderos cubriendo nuestro avance! ¡Entonces seremos nosotros los que veremos a los Guardianes encogerse de miedo y correr para salvar sus vidas!

Allí, en medio del Lavadero lleno de vapor, Henrik hizo un silencioso barrido con una ametralladora imaginaria.

Era una imagen deliciosa. Yo los habría acribillado a todos con gusto y habría bombardeado Birchwood hasta hacerlo trizas: ¡Bum!, ¡pam!, ¡crac!

—Es tu ocasión de escapar, Ella —dijo Henrik—. Si no la aprovechas...

No hacía falta que me lo explicara.

—De acuerdo —convine a regañadientes—. Está bien.

Mi corazón empezó a volar automáticamente. Mi mente cantaba: «¡Voy a salir de aquí! ¡Me voy a casa!».

Henrik me tomó la mano y la besó.

—Sabía que no me fallarías. Te enviaré un mensaje para decirte dónde y cuándo encontrarnos. Tú y yo formaremos parte de la revolución. ¡Te necesito a mi lado, pequeña fierecilla! Recuerda: «¡La vida es nuestro grito de guerra!».

Parecía tan noble y tan vivo allí plantado, bajo la pálida luz de las lámparas del Lavadero... Tan dispuesto a la acción y a la aventura. Henrik era mi oportunidad para salir de allí, para volver a vivir.

—Pero ¿me juras que volveremos a buscar a Rose?, ¿que ella sólo tendrá que esperar hasta que los liberemos a todos?

Henrik me miró fijamente a los ojos.

—Te lo juro, y, si no, que me caiga muerto.

Apenas dormí aquella noche. Me imaginaba cómo sería caminar libremente por un campo. Estar bajo las estrellas sin encogerse de miedo. Volver a llevar ropa normal. Ser una persona, no una Rayada.

Beberíamos agua corriente. Comeríamos pan de verdad. Incluso dormiríamos en camas quizá. ¡Era tan emo-

cionante! Le contaríamos al mundo lo que estaba sucediendo. Todos se alzarían y se apresurarían a liberar el
campo: Henrik en su tanque y yo ondeando una bandera,
o algo heroico por el estilo. Rose saldría corriendo a nuestro encuentro, también ondeando una bandera, o más
bien la cinta roja.

«Rose está demasiado débil para correr», dijo una vocecita fastidiosa en mi cabeza.

Pero, en mi fantasía, Rose subía de un salto al tanque y
las dos avanzábamos a través de los campos hacia donde
resplandecía como un diamante la Ciudad de la Luz. Por el
camino, nos vestíamos no sé cómo con unas ropas increíbles. Y al final saltábamos de nuestro tanque y atábamos la
cinta roja en el manzano del parque...

«Rose no aguantará tanto tiempo sin ti», me advertía la
vocecita.

«No tardaremos mucho —replicaba yo—. Sólo unas semanas como máximo antes de que lleguen los liberadores.»

Di vueltas y más vueltas en el jergón de paja, con lo que
me gané un par de patadas de mis compañeras de litera.
¿Hacía bien dejando allí a Rose? Claro que sí. Era una idiotez que nos dejáramos arrastrar las dos hasta el fondo. Tarde o temprano, yo recibiría quizá otra paliza de Carla, o
acabaría en una Lista, o caería enferma, o un montón de
cosas similares. El plan de fuga de Henrik era sin duda la
mejor opción. Había llegado la hora de actuar. Rose era
tan altruista que sería la primera en decirme que aprove-
chara la oportunidad y me largara, estaba segura. Completamente segura.

Pero la vocecita seguía dándome lata. Y, pensándolo
bien, tenía razón. Rose necesitaría algo más que esperanza

para sobrevivir hasta que volviéramos por ella. Vale, le dije a la vocecita, le daré algo más que esperanza. Rose no era la única persona altruista. Le brindaría una oportunidad para luchar.

Cuando sonaron los silbatos y las Jefas empezaron a dar gritos a las cuatro y media de la mañana, yo estaba preparada. Alerta, resuelta, decidida. En el alboroto general del Recuento, corrí entre los barracones hasta el Hospital. Aún tenía tiempo para despedirme de Rose. Para explicarle por qué me iba.

Sólo que la puerta estaba cerrada.

Los silbatos sonaban más estridentes. No me quedada mucho margen.

Llamé a la ventana que había junto a la puerta. Apareció una cara. La enfermera Pato. Le señalé la puerta. Ella me miró sin comprender. Le indiqué por gestos que necesitaba entrar. Su expresión permaneció inalterable.

Saqué de mi pañuelo dos cigarros apachurrados.

—Son tuyos si me dejas ver a Rose —susurré.

La cara de Pato desapareció y volvió a aparecer en otra ventana. Empujando un poco, se abrió una rendija. Me acerqué más. Mi aliento se convertía en una nube gélida.

Pato meneó la cabeza.

—La puerta está cerrada.

—¡Ya lo sé! Ábrela.

—No puedo.

Miré alrededor. ¡No tenía tiempo para discutir! La ventana era demasiado pequeña; no podría entrar por ahí.

—Entonces dile que venga aquí, ¿vale?

Pato meneó la cabeza con más energía.

—Ni hablar.

—¿Quieres darle un mensaje, por lo menos? Dile...

—¿Decirle qué? ¿Qué podía decir después de tantos meses juntas?, ¿que me iba, que tenía un plan de fuga? No podía correr el riesgo de que una prisionera como Pato, nada menos, se enterase de nada—. Dile que he venido a verla —agregué débilmente—. Dile que he venido... Ay, mierda. Toma...

Mirando alrededor, me metí la mano dentro del vestido, donde llevaba cosido mi bolsillo secreto. Saqué con cuidado un envoltorio de papel, otra hoja de *Hogar y Moda*. En un lado había un anuncio de perfume Blue Evening, en el otro una ilustración de un abrigo azul de lana. Pato me miró desenvolver la hoja. El oro y el vidrio centellearon. Mi anillo. Mi sueño de una tienda de ropa. Mi esperanza.

—Toma. Es lo único que me queda. Consíguele medicinas a Rose; compra vitaminas, comida, mantas, lo que puedas. Pero cuida de ella hasta que yo vuelva, ¿vale? Prométeme que la cuidarás...

Una mano pálida se asomó, tomó mi tesoro y volvió a desaparecer. Luego la ventana se cerró de un golpe.

El Recuento siempre parecía interminable, pero esa vez la espera se eternizó como nunca. ¿Sería posible? ¿Podría escapar? Al menos, Rose tenía el anillo. Ella estaría bien, me dije una y otra vez. Estaría perfectamente. Henrik me había prometido que volveríamos con fusiles y tanques, y —BUUUM...— Birchwood ardería y yo bailaría sobre sus cenizas.

En cuanto sonaron los silbatos y la gente se dispersó para ir al trabajo, eché a correr también... hacia el punto de encuentro. Henrik se situó a mi lado: mi entusiasta perro particular.

—Sígueme unos pasos por detrás —me susurró—. Mantén la mirada baja.

Al verme vacilar, se detuvo un momento y me puso las manos en los hombros.

—Mírame, Ella. ¡Mírame! Estás haciendo lo correcto, ¿sabes? Los dos juntos podemos conseguirlo.

—Juntos —repetí.

Él dio media vuelta y siguió corriendo.

Resultaba muy angustioso cruzar el campo detrás de Henrik como si no pasara nada fuera de lo normal. A cada momento temía que se me echaran encima los perros, o las Guardianas, o ambos.

No dejaba de pensar en Rose y en toda la comida y las medicinas que podían conseguirse con ese anillo. Lo suficiente para mantenerla en buen estado hasta que yo volviera con un ejército como una gloriosa liberadora. Entonces me asaltó una idea terrible. ¿Y si Pato se quedaba el anillo y no hacía nada? ¡Qué idiota había sido al entregarle mi tesoro! ¡Claro que se lo quedaría! Habría de estar loca para no hacerlo. Mina se doblaría de risa si se enteraba. Ella siempre decía que ser blanda era una estupidez, y tenía razón. «Idiota, idiota, idiota.»

Llegamos a un oscuro cobertizo, donde Henrik había escondido un montón de ropas de civil.

—Toma. Cámbiate, deprisa —dijo—. Hemos de estar preparados para la siguiente etapa. —Sonrió—. No te apures, no miraré.

Yo me sonrojé en la oscuridad. Nunca había estado sola con un hombre. De hecho, raramente había estado sola desde que había llegado a Birchwood. Allí siempre había gente por todas partes: mujeres en el trabajo y en el Recuento, Guardianas, Jefas... y Rose. Siempre Rose.

Henrik se colocó de espalda y empezó a ponerse una chamarra gris de punto sobre la camisa. Yo me apresuré a quitarme mi vestido de rayas y tanteé en la oscuridad las ropas de civil. Eran de mala calidad. Una delgada falda de lana, una blusa de algodón y un jersey roto. Los zapatos me quedaban pequeños y tenían un tacón bajo y cuadrado. Hasta la abuela los habría considerado anticuados. Pero estaban bien. Mejor que bien.

—Ahora me vuelvo a sentir como una persona real —murmuré.

Henrik me sonrió.

—Tú siempre has sido real, desde el primer día, cuando me dijiste: «Soy Ella. Y me dedico a coser». Tienes un aspecto fantástico. Justo el tipo de chica que necesito a mi lado...

Se me acercó aún más cuando sonaron unos pasos desfilando junto al cobertizo. Sentí su aliento en la cara. Oí a lo lejos el silbato de un tren. Mi pasaporte hacia la libertad.

Más minutos angustiosos y luego una señal desde el exterior. Ya era la hora de irse. De dejar de pensar y empezar a actuar. Adiós, Birchwood. Adiós, Rose..., por ahora.

¡Volvía al mundo de nuevo! ¡Volvía a la vida!

Así pues, salimos a escondidas de Birchwood, evitando a los Guardianes, los perros, las ametralladoras, el alambre de púas y las minas terrestres. Nos ocultamos entre las cajas y los fardos de ropa procedentes del Gran Almacén y luego nos bajamos en una estación, compramos unos billetes con el dinero que Henrik llevaba y nos instalamos en los asientos de un tren de pasajeros de verdad, como personas reales. Cada kilómetro por las vías nos llevaba hacia libertad, nos acercaba al fin de la Guerra. Nos unimos a los ejércitos de liberación. Cantamos canciones victoriosas, recibimos medallas patrióticas y fuimos considerados héroes. Luego volvimos. Encontramos a Rose. Todos rebosábamos felicidad.

Así habría sido si estuviera contando una historia...

En la vida real, lo eché todo a perder. Completamente.

No se me olvidará mientras viva la cara de Henrik cuando le dije que debía quedarme. Una cara de completa incredulidad. De sentirse traicionado.

—¿En serio? —dijo con voz ronca—. ¿Vas a darte por vencida así? ¡Pues sí que han durado la gloria y el heroísmo!

Me sentí fatal al decírselo, claro. Casi más que cualquier otra cosa, yo deseaba desprenderme del hedor y de la ropa de rayas de Birchwood; quería respirar aire puro, correr libremente.

Henrik me tomó de los hombros y me sacudió.

—Aquí te pudrirás, Ella, por mucho que te dediques a coser, ¿entiendes? Tú crees que haces vestidos, pero este lugar es una fábrica que sólo produce miseria y muerte. Piénsalo bien, por favor. No sabes lo que ha significado para mí tenerte como amiga en este agujero apestoso. Tienes que venir conmigo. Toda mi familia... ha muerto. No hay nadie esperándome fuera. Nadie que me importe como tú.

Se puso a llorar, a llorar de verdad, y yo también. Lo abracé. Incluso dejé que me besara. Pero no me fui con él. No podía.

Me gustaría pensar que se salió con la suya. Que no lo arrastraron a la horca, a la hora del Recuento, para ejecutarlo como a otros Rayados a los que habían sorprendido cuando trataban de escapar. No volvieron a traer al campo ninguna chamarra de punto gris con sangre y orificios de bala para reciclarla en el Cobertizo de los Harapos. Eso me consta. Fui a preguntarlo.

Me quedé por Rose.

Las manos me temblaron durante todo el día en el Lavadero. Oí el silbato de un tren y confié en que significara que la fuga había salido bien. También oí ladridos y gritos. Pero sobre todo oía mi propio corazón, cantando. Me inundaba una especie de loca alegría. ¡Me había quedado! Sí, volvía a ser una Rayada. Sí, seguía encerrada entre alambre de púas, pero eso en cierto modo no importaba.

Nadie sabía que había planeado marcharme, así que debían de pensar que estaba tan atolondrada sin motivo. En absoluto. Yo ya veía mentalmente cómo se iluminaría la cara de Rose cuando llegara esa noche, después del Recuento. Sólo debía esperar y seguir trabajando doce horas más.

Mientras se enjuagaban los leotardos en el barreño..., yo alfombraba nuestra tienda de ropa. Mientras las camisetas giraban entre la espuma..., yo colgaba cortinas, sacaba brillo a las lámparas y enhebraba la aguja de mi máquina de coser imaginaria. Mientras el sol se hundía en una niebla gris..., yo estaba encargando bollos de crema de la pastelería de al lado, recogiendo ramitas de flores del manzano del parque de enfrente, ahuyentando a las últimas clientas de la tienda...

Luego, el Recuento. Más largo que nunca. Gritos. Ladridos. Contando. Volviendo a contar.

Sonó el silbato. ¡Ya podía ir a ver a Rose! Eché a correr, rodeada de otras Rayadas que también corrían en todas direcciones bajo la gélida claridad del anochecer.

Corrí y corrí, y de repente dejé de correr.

Aquello era el Hospital, sin duda. Pero entonces ¿por qué estaba abierta la puerta, y también las ventanas?

Entré con cautela. Todas las camas estaban vacías; algunas incluso volcadas. Había mugre y basura por todas partes. El agua chapoteaba en el suelo mientras dos Rayadas esqueléticas se dedicaban a fregarlo, o más bien a mojarlo y esparcir su suciedad por los rincones.

Yo casi no podía hablar.

—¿Qué... ha pasado aquí?

La que estaba más cerca levantó la vista de la cubeta y volvió a bajarla. Luego me respondió con voz opaca:

—¿A ti qué te parece? Todos los que estaban aquí figuraban en una Lista.

—¿Una Lista? ¡Nadie dijo nada de eso! ¿A cuántos se han llevado?

Chop, hizo el trapeador en el agua gris.

—¿No me has oído? Todo el mundo estaba en esa Lista. Pacientes, enfermeras... Esto está vacío. Se han ido todos.

¡No podía ser!

Avancé entre el agua y la mugre hasta la litera de Rose. Su manta rota había sido arrancada del jergón y arrojada al suelo. Su pañuelo de cabeza, hecho una bola, era lo único que quedaba sobre la cama.

—¿Que se han ido? —grazné—. ¿Adónde?

Chap, hizo el trapeador sobre el suelo mojado. Los ojos de la Rayada miraron de soslayo hacia una ventana desde donde se veía el crepúsculo antinatural que creaban las llamas de las chimeneas. ¿Qué me había dicho Henrik? Birchwood era una fábrica de miseria y de muerte. Miseria para mí, muerte para...

Las piernas me fallaron de repente. No podía ser cierto. No era cierto. Ellos no pondrían a cada uno de los enfermos y de las enfermeras del Hospital en una Lista. Eso sería... sería... absolutamente normal en un sitio como Birchwood. Y aun así no podía creerlo. «Esperanza.» ¡Esperanza! Rose siempre decía que había que mantener la esperanza.

Sólo que al bajar la vista descubrí que la propia Rose había abandonado toda esperanza. Allí estaba, en el suelo, empapada de agua sucia. La cinta roja, ahora flácida y caída.

Blanco

El viento, las nubes y la tierra persistieron. No había pájaros cantando. Todas las hojas cayeron. Las ramas de los abedules de Birchwood estaban desnudas y heladas, como yo misma bajo mi vestido rayado.

A la mañana siguiente, salí con dificultad de un sueño en el que Rose estaba muerta.

Una voz gritaba desde muy lejos:

—¡Despierta, despierta! ¡El Recuento!

Aquello no encajaba. ¿Cómo podía haber Recuento? ¿Cómo podía seguir girando el mundo?

—Déjame —gruñí cuando alguien me sacudió.

—¡Girder te matará si no te levantas!

—Pues que me mate.

—Bah, déjala —dijo otra—. Anoche estaba de un humor de perros.

«Sí, dejenme», pensé.

Me dejaron en paz, y permanecí hecha boliita como un erizo. Debí de dormir otra poco, porque esa vez soñé que Rose estaba viva. Tenía la mano sobre la mía. «Levántate, perezosa», me murmuró al oído.

—Déjame dormir... —murmuré a mi vez.

«Duerme más tarde. Ahora levántate. Vamos, te ayudo. Las piernas por el lado de la litera..., eso es. Ahora baja de un salto. No olvides los zapatos.»

—Todavía está oscuro, Rose. ¿No podemos quedarnos en la cama?

«Más tarde, tonta. Ahora corre. Tómame de la mano, eso es... Y date prisa, ya están sonando los silbatos.»

—Rose, te extrañaba. Creía que te habías ido...

«Estoy aquí, a tu lado. Siempre lo estaré.»

—Al final, no te abandoné. No podía irme sin ti.

«Lo sé, querida, lo sé. Sigue corriendo.»

Ella me empujó a través del aire helado de la mañana. Parecía que estuviéramos rodeadas de rebaños enteros de cebras atontadas. Todas llegamos al Recuento.

—Las chimeneas echan humo —susurré.

«No las mires —me aconsejó Rose—. Tú piensa en ti misma. Estás viva. Respiras. Piensas. Sientes.»

Después de las tres primeras horas ya no sentía el frío. Sólo notaba su mano en la mía. Me volví para explicarle que había soñado que ella estaba muerta y yo me encontraba sola. Pero no había nadie a mi lado. Mi mano estaba vacía. No, vacía no: entre mis dedos helados tenía la cinta roja.

«¡No te vayas, no te vayas, no te vayas!», grité por dentro.

Demasiado tarde. Rose ya se había ido. Su último aliento flotaba en el aire gélido. Si inspiraba, ¿percibiría su olor?

Sonó un silbato y, de repente, me encontré sola, bajo la tenue claridad del amanecer. Las escamas de ceniza gris nevaban lentamente con una increíble suavidad. De todos los horrores de Birchwood, de todas las muertes y miserias, descubrí que la soledad era la peor.

Al final tuve que contárselo a las demás. Tuve que poner la muerte de Rose en palabras, explicar por qué ya no necesitaba un lugar en la litera, por qué no se presentaba en el trabajo.

—Ha sido una suerte para ella morir deprisa —dijo Girder—. A diferencia de nosotras, que aún seguimos aquí partiéndonos la espalda. No vayas a darte por vencida —se apresuró a añadir—. Quizá ya sólo habremos de aguantar un invierno más.

Para ella resultaba fácil decirlo. Era tan dura que habría sobrevivido a una era glacial.

En el Lavadero, la única reacción que provocó la noticia fue una risa nerviosa de Hiena.

Yo apreté los dedos para darle un puñetazo.

«No le pegues», dijo Rose.

«¿Ni siquiera un poquito?»

«Tú ya sabes que la respuesta no es la violencia.»

Di un suspiro. Hiena conservó su nariz intacta.

Durante un tiempo me limité a trabajar. ¿Qué otra cosa podía hacer? Osa volvió a mandarme al tendedero. A mí me daba igual. Sacaba la ropa cada mañana en medio de un frío polar. Las cuerdas estaban cubiertas de escarcha. Parecían una gigantesca red de telarañas. Por la noche llevaba la ropa adentro. La sacudía para quitarle la rigidez y la dejaba en el cuarto de planchar.

Rose intentaba hacerme cosquillas a veces, pero yo no sentía nada. ¿Estaba viva siquiera? En una ocasión, habría jurado incluso que sus labios rozaban mi mejilla, pero era sólo un calcetín colgado con pinzas.

Muchas veces veía pasar a Carla junto a las hileras de ropa helada. *Pippa* soltaba un gruñido y ella daba un tirón a la correa. No es que no me viera. Estoy segura de que me veía, pero no decía nada. No hacía nada.

Por las noches me quedaba con los ojos abiertos en la litera. Sin lágrimas. Sin tristeza. Sin rabia. Estaba entumecida, insensible. Muerta por dentro.

Entonces una mañana se puso a nevar. Había hielo en el interior de las ventanas y fuera estaba todo blanco. El único atisbo de color era el de mi pequeña cinta roja. Acaricié la seda suavemente. Y de pronto supe lo que debía hacer. Tenía los hombros bien erguidos cuando salí del Lavadero arrastrando la cesta con ruedas de la ropa.

—Fíjense —dijo Hiena con una risita—. Tiene esa mirada...

—¿Crees que va a correr a la alambrada? —graznó Arpía.

—Algo va a hacer, eso seguro.

La alambrada estaba electrificada. Era mortal. Con frecuencia, había Rayadas que decidían abrazarse a ella para acabar con sus vidas de un modo abrasador e instantáneo.

Yo no hollé la nieve virgen de las inmediaciones de la alambrada. No estaba pensando en acabar con mi vida. Más bien estaba haciendo planes para volver a empezarla.

—Necesito tela —anuncié aquella noche en el barracón—. Como máximo dos metros. Voy a hacer un vestido.

—Ya tienes un vestido —repuso Girder.

—No un vestido de presa. Éste será distinto. Será un Vestido de Liberación.

Era imposible, por supuesto. ¿Dónde demonios podía conseguir un simple trocito de tela, no digamos ya uno lo bastante largo para hacer un vestido? Eso sin contar una serie de utensilios tan raros y preciosos como aguja e hilo, alfileres, grapas, tijeras... Una heroína de cuento necesitaría años de búsqueda para reunir todos aquellos tesoros.

Tenía tiempo hasta que Birchwood se quedara vacío.

Sí, vacío. Ahora que sonaba un eco de cañonazos en el horizonte, el campo sería desmantelado. No ese día, ni al siguiente, pero pronto. Había señales por todas partes. Las Guardianas corrían agobiadas. Las chimeneas echaban humo día y noche. Salían en tren más fardos y bultos que nunca del Gran Almacén.

También salían cargamentos de prisioneros. Se rumoreaba que se los llevaban a otros campos más alejados de los ejércitos de liberación. Después de tantos años alardeando de que Ellos podían acabar con cualquiera, ahora cundía el pánico. Parecía que querían ocultar desesperadamente las pruebas de que habían existido lugares como Birchwood. A medida que los liberadores se acercaban, los esqueletos vestidos de rayas eran transportados a otros lugares. Eso me recordó a una compañera de colegio —en mi otra vida— que había perdido en un juego de mesa y barrió todas las fichas al suelo de un manotazo, diciendo: «¡Ahora nadie sabe quién ha perdido!».

Cuando me llegara a mí el momento de salir de Birchwood, fueran cuales fuesen las condiciones, estaba decidida a salir como un ser humano de verdad, con ropas adecuadas. De ahí la idea del Vestido de Liberación. No sería un vestido comprado ni uno robado; sería un vestido confeccionado por mí misma: un vestido mío hasta la última puntada.

Lo primero era lo primero. La tela.

Yo aún tenía las ropas miserables que Henrik se había agenciado para nuestro intento de fuga. Había resultado arriesgado mantenerlas escondidas bajo mi vestido de rayas. Las Guardianas eran brutales con cualquiera que mostrara la menor iniciativa práctica, como forrarse de capas para sobrevivir al frío. Así que intercambié el delgado suéter por medio paquete de cigarros. No es broma. ¡Medio paquete de cigarros era una fortuna! La falda y la blusa no valían tanto. Algunos cigarros más y un poco de pan; todo muy bienvenido. Con esas riquezas en mis manos ya podía comprar algo del Gran Almacén.

Girder conocía a una chica que conocía a otra chica que conocía a alguien que trabajaba allí. Tomando a cambio su tajada de mi precioso alijo de cigarros, Girder lo arregló todo para que me llegara de contrabando la tela que necesitaba. Era una operación de alto riesgo, tanto para la chica que sisaba la tela como para las que se encargaban de pasarla de unas manos a otras. Yo me sentía mal por involucrar a tanta gente. Ellas no: un pago era un pago, a fin de cuentas.

Fueron necesarios varios días de tensa espera para que me llegara el paquete. Girder me dejó abrirlo en su cubículo particular, que estaba en una esquina del barracón. ¡Me sentía tan entusiasmada! El alma se me cayó a los pies —a las suelas de mis absurdos zapatos de madera— en cuanto abrí el paquete.

Era la tela más espantosa del mundo.

Girder estalló en carcajadas.

—¡Alguien ha vomitado encima! —exclamó—. ¡Mira, esos cuadros anaranjados podrían ser trocitos de zanahoria!

Me sentí como si yo también fuese a vomitar. Quizá en una mujer madura, bajo una luz tenue, aquel disparatado estampado multicolor podría funcionar. Pero no en una chica delgada como un palillo como yo.

—No importa —declaré valerosamente—. Es una tela de buena calidad y hay suficiente. Quedará bien.

—¡Me muero de ganas de vértelo puesto! —dijo Girder riendo.

Las tijeras requerirían cautela. Que yo supiera, había dos pares en uso en el Cuarto de Remiendos del Lavadero, pero nunca salían de allí ni quedaban sin vigilancia. Le di vueltas al asunto un tiempo hasta que una circunstancia inesperada vino en mi ayuda. Osa se puso enferma y Hiena asumió el puesto de Jefa del Lavadero provisionalmente. Fui a hablar con ella y le dije que iba a intercambiar mi turno con una costurera del Cuarto de Remiendos. Como era de esperar, Hiena se dobló de risa.

—Ja, ja. No ha colado. Imposible. Ni hablar. Olvídalo.

Yo no me amedrenté.

—Déjame explicarte. Verás, necesito tomar prestadas las tijeras del Cuarto de Remiendos. Y para eso he de trabajar allí. Tú debes darme la autorización. Si no, encontraré el modo de robar las tijeras y te las clavaré en el corazón mientras duermes.

Hiena abrió la boca para reírse..., luego lo pensó mejor
Conseguí mi turno en el Cuarto de Remiendos.

El Cuarto de Remiendos no podía compararse ni mucho menos con el Estudio de Alta Costura. Durante el día, había unas treinta mujeres zurciendo y remendando bajo la vigilancia de una Guardiana. De noche había otras treinta mujeres, pero sin Guardiana. Conseguí una visita durante el turno de noche, cuando la disciplina era más relajada. Había oído que las costureras eran bastante aceptables. Robaban un montón de lana y de hilo para sí mismas, o para hacer trueques, y remendaban las prendas grises de las Guardianas con los colores equivocados. Pequeños actos de rebeldía... Parecían constituir un buen presagio para mis planes.

Encontré un hueco donde extender mi tela.

—¿Qué estás haciendo? —me preguntó una mujer gruesa como una babosa, medio oculta detrás de un montón de calcetines agujereados. Debía de haber sido una gorda monumental antes de venir a Birchwood. Ahora le sobraban pliegues flácidos por todas partes, lo cual, en cierto modo, resultaba aún más penoso que la delgadez esquelética de las Rayadas que veía todos los días.

—Sólo necesito un poco de sitio en el suelo —dije con energía—. Si haces el favor de apartar los pies...

Lentamente, Babosa replegó sus zapatos de madera. Yo extendí mi tela sobre las tablas del suelo y tomé las tijeras.

—¿Qué vas a hacer? —me preguntó.

—Un vestido.

—Ah.

—¿No vas a usar un patrón? —me planteó con vocecita chillona una mujer semejante a una ratita que se encorvaba sobre una mesa remendando una camisa desgarrada.

—No tengo papel —repuse mirando la tela y preguntándome cuál sería la mejor manera de sacar un vestido de allí. Abrí las tijeras.

—¿Qué tipo de vestido? —dijo Ratita.

—Un Vestido de Liberación. Para ponérmelo cuando salga de aquí.

—¿De veras te lo vas a poner?

Tanto Babosa como Ratita me miraron fijamente.

Yo puse las tijeras sobre la tela.

—¿He de suponer que van a denunciarme?

Ratita miró a Babosa. Babosa miró a Ratita.

—Toma, necesitarás la cinta métrica —dijo Ratita con timidez, pasándomela.

—Date prisa —me advirtió Babosa, que no parecía haber hecho nada deprisa en toda su vida—. Yo puedo ocuparme de tu remesa de calcetines remendados mientras tú trabajas...

Parpadeé.

—Vale. Qué bien. Gracias. —¿Quién habría dicho que todavía quedaban sorpresas agradables en el mundo, después de todo? Volví a tomar las tijeras.

Los alfileres no constituyeron ningún problema. Había muchos por el suelo del Cuarto de Remiendos, como fui descubriendo al pincharme las manos y las rodillas con ellos. A Mina le habría dado un ataque. Ya la oía en mi cabeza gritando: «¡Alfileres!». El hilo también resultó fácil. Simplemente saqué una buena cantidad del borde cortado de la tela. Ahora ya sólo me faltaba una aguja. Babosa le dio un golpe a Ratita con su zapato de madera. Ratita se removió.

—¡Dale una aguja! —ordenó Babosa.

Ratita me pasó una, sin dejar de mirarme boquiabierta, como si yo fuese a iniciar una gran revolución y ella quisiera poner su granito de arena.

—¿De veras vas a coserte tu propio vestido? —preguntó tímidamente.

Asentí.

—Las Guardianas te pegarán un tiro si se enteran —afirmó Babosa.

Volví a asentir.

—Lo sé.

Los alfileres, el hilo y la aguja me los guardé en mi bolsillito secreto. En cuanto a las piezas cortadas de la tela, las coloqué bien alisadas bajo el colchón de la litera, confiando en que mi magro peso sirviera más o menos para plancharlas. Pensaba coser un trocito del vestido cada día antes de que apagaran las luces.

La abuela, en casa, tenía un recorte de una revista clavado junto a su mesa de costura, con varios consejos sobre cómo arreglarse para coser. Cuando lo había leído por primera vez, casi se había muerto de risa. Me acordé de aquellos consejos al empezar a trabajar en mi Vestido de Liberación: «Cuando cosas, procura estar lo más atractiva posible y ponte un vestido limpio».

¿Un vestido limpio? Ya me habría gustado a mí. En el Lavadero, limpiaba mi costal de rayas con una esponja tan a menudo como podía. En cuanto a lo de estar «atractiva», eso era sencillamente imposible en Birchwood.

El hecho de estar rapada también excluía la posibilidad de seguir el siguiente consejo: «Lleva el pelo arreglado y ponte polvos y pintalabios». Si me admitían como «polvos» la descamación de la piel por falta de vitaminas, eso estaba a mi alcance. En cuanto al «pintalabios»... El pintalabios costaba dos paquetes de cigarros en Birchwood. Cualquiera habría dicho que las Rayadas no malgastarían tiempo ni dinero para conseguirlo, y sin embargo yo había oído de un tubo de carmín que circuló por todo un barracón y del que cada una de las mujeres se aplicó un poquito en los labios. Debían de tener un aspecto espantoso, como esqueletos pintados. Pero no importaba. En el Recuento, se frotaban las mejillas con un poco de carmín para parecer sanas y aptas para el trabajo. Además, desde su punto de vista, llevar pintalabios significaba volver a ser mujeres normales.

Por eso precisamente necesitaba yo un Vestido.

El último comentario del recorte de revista explicaba el motivo de todo ese esfuerzo para acicalarse antes de ponerse a coser: al parecer, si no lo hacíamos, nos pondríamos nerviosas temiendo que se presentara alguien de repente; incluso nuestro mismísimo «marido podía llegar a casa de forma inesperada» y vernos cuando no estábamos presentables. Lo que a mí me inquietaba no era la repentina aparición de un marido, claro está, sino la de otros visitantes más siniestros.

—¿Quieres pedirle a alguien que vigile por si viene una Guardiana? —le dije a Girder la primera noche que empecé a coser.

Ella se sorbió la nariz con engreimiento.

—¿No deberías preocuparte más bien por mí, puesto que yo soy la ley en este barracón?

Me quedé paralizada, bruscamente más parecida a un tímido ratoncito que a un astuto zorro.

—Estaba bromeando. ¡Ja, ja, ja! —Girder me dio una palmada en la espalda, sacudiéndome todos los huesos—. Tremenda cara has puesto... Ilarante. Pero, escucha, pequeña costurera. No sólo debes cuidarte de esas cretinas de las Guardianas. Aquí hay chismosas capaces de hacer que corra la voz sobre lo que estás tramando, por rencor o por unos cigarros. Que lo sepas: si te atrapan, yo no te protegeré. —Hizo como si se pasara por el cuello el lazo de la horca.

Volver a tomar una aguja por primera vez desde que Carla me había aplastado la mano fue bastante angustioso, y no sólo por el temor a ser descubierta. ¿Qué pasaría si no era capaz? Primero estiré y moví los dedos repetidamente. Incluso estuve a un tris de abandonar todo el proyecto por temor a fracasar. Un dicho olvidado de la abuela vino en mi socorro: «Una puntada empezada ya casi está terminada». Su consejo resultó mucho más provechoso que todas las bobadas de la revista sobre la necesidad de acicalarse.

Temblaba ligeramente cuando enhebré la aguja. Me dolían los dedos. Empecé por la costura de un lado de la falda. Metí la aguja. Empujé. La pasé a través de la tela. A una primera puntada siguió una segunda, una tercera, y luego muchísimas más. Era capaz de coser. Volvía a recuperar el ritmo. Era casi como una sensación de felicidad.

Cuando me puse a trabajar en las largas costuras laterales, estaba recogida en la litera superior con los hombros encorvados para cubrirme. Algunas Rayadas, aun así, empezaron a encaramarse para echar un vistazo. Se colgaban a mi alrededor como monos hambrientos. A medida que el vestido tomaba forma, más y más Rayadas vinieron a mirar. Resultaba reconfortante tenerlas allí conmigo, aunque también inquietante. Supongo que se sentían atraídas por la normalidad doméstica de la escena: una chica sentada cosiendo.

Yo sentía que debía hacer algo para que no se impacientaran (y para distraerlas de la tentación de tocar la tela). Así que inspiré hondo y, con el auténtico estilo Rose, empecé:

—¿Les he contado alguna vez la historia de la pobre costurera que se hizo un vestido mágico capaz de llevarla hasta la Ciudad de la Luz...?

No fue la mejor historia del mundo. Ni siquiera una buena historia. Rose la habría contado mucho mejor.

Todo era mejor cuando Rose estaba viva. La extrañaba mucho.

Muchas noches después, Girder me gritó desde abajo:

—¿Ya has terminado?

—Aún no.

Y a la noche siguiente:

—¿Ya?

—Casi.

Y finalmente:

—¿Cuánto va a tardar ese jodido vestido en estar terminado?

Yo respondí:

—Ya está. No esperes nada muy elegante. No es alta costura precisamente.

—Con esa tela, imposible —dijo Girder con un bufido—. Bueno, vamos, ¡haznos un desfile!

Sacudí unos trocitos de paja del colchón, me quité el costal de rayas, me pasé el vestido por la cabeza y luego bajé lentamente de la litera superior. Con cierta torpeza a causa de mis absurdos zapatos, desfilé como una maniquí por el pasillo entre las literas y me pavoneé alrededor de la estufa situada en el centro del barracón. Las Rayadas lanzaron vítores en voz baja. Girder dio un silbido. Luego ordenó:

—Bueno, ¡apaguen las luces!

Me quité el vestido y lo extendí debajo del colchón, tanto para alisar las arrugas como para mantenerlo oculto. ¡Qué éxito!

A la noche siguiente, volví del Recuento y el Vestido de Liberación había desaparecido. Me lo habían robado.

Girder prometió que le arrancaría a la ladrona los intestinos y la estrangularía con ellos. Nadie confesó el crimen. Yo miraba el espacio que había ocupado el Vestido, como si pudiera devolverlo a la existencia, pero ni era mágico ni estábamos en un cuento. Sin el Vestido, sentí que tampoco habría Liberación. Ni Liberación, ni vuelta a casa, ni abuela, ni abuelo, ni esperanza.

—Podrías hacer otro —sugirió Girder.

Negué con la cabeza.

—Es inútil. Estoy sin dinero. No me quedan cigarros ni pan, nada que pueda canjear. —De todos modos, era una tontería tratar de ser algo más que un número o una insignia. Birchwood era Birchwood, eso no había forma de cambiarlo.

«Anímate —me susurró un eco de Rose esa noche—. Siempre está oscuro antes de amanecer.»

La Rose de mi cabeza tenía razón. Estaba oscuro a las cuatro y media de la mañana siguiente. Otro inicio deprimente de otro día deprimente. Algunos de los grandes focos del campo estaban apagados —¿un corte de corriente?—, así que tropezábamos unas con otras al correr al Recuento. El aire era helado: como respirar cristal tallado.

La abuela tenía un armario especial en la cocina para su colección de cristal tallado. Había copas de vino, copitas de jerez, un bol de helado e incluso un plato para bombones ribeteado de palomas blancas. «Sólo son para las grandes ocasiones», me decía siempre. Si alguna vez volvía a casa y esas copas y platos aún existían, los sacaría todos y montaría un banquete. No importaría si sólo había agua para las copas de vino y pan para el plato de bombones. Sería una gran ocasión sin la menor duda, porque estaríamos vivos y otra vez juntos.

Aunque, claro, tampoco me quejaría si había un banquete de verdad. La especialidad de la abuela era un pastel cubierto de glaseado blanco y espolvoreado de azúcar: igual que el azúcar que nos rociaba a nosotras en el Recuento. Abrí la boca para probar un poco. Era frío, pero no dulce: sólo nieve.

Cuando sonó el silbato y traté de moverme, no pude. Se me habían congelado los zapatos en el suelo. Rasqué el hielo y la escarcha hasta que me quedaron los dedos en carne viva, y finalmente mis zapatos se movieron. Pero entonces ya tenía los pies demasiado helados para notar el frío. ¿Tan malo sería si me quedaba quieta allí, como una escultura de hielo?

«Frótate los pies —me dijo la Rose de mi cabeza—. No se te vayan a congelar.»

«Seguramente ya es demasiado tarde», le contesté.

«Mejor que mantengas la esperanza de que no sea así.»

«¿La esperanza? Para ti es fácil decirlo. Tú ya sabes cómo termina todo en tu caso. Yo estoy varada aquí, esperando.»

¿Rose suspiró? Me imagino que sí.

«Tú no sabes cómo es la historia, Ella. Siempre hay un capítulo más.»

«Ya, ya, y siempre está oscuro antes de amanecer...»

—¿Ella?

Salí de mi ensueño con un sobresalto. Una persona real me estaba hablando.

—¿Qué?

—¿Tú eres Ella? ¿La que cose?

—Sí...

—Esto es para ti. —La mensajera me puso un paquete en las manos y desapareció.

No tuve ni un momento para abrirlo. Ni siquiera para echarle una mirada. ¿Por qué tendría que haber tanto trabajo en el Lavadero precisamente ese día? Había toneladas de ropa que procesar. ¿Para qué se molestaban aún las Guardianas en llevar camisas planchadas y calcetines limpios? Sabían que se acercaba el fin. Sabían que los cañones no estaban lejos. A nosotras nos constaba que estaban haciendo Listas: las que abandonarían Birchwood y las que habrían de quedarse.

Los rumores se propagaban como una infección.

«Es mejor salir de aquí —decían unas—. Van a quemarlo todo hasta los cimientos y después esparcirán las cenizas por los campos como fertilizante.»

«Mejor quedarse y esconderse —decían otras—. Mejor esperar a los liberadores.»

«Primero nos matarán a todas a tiros.»

«Nos matarán de todos modos...»

Al fin, cuando la última sábana estuvo doblada y los últimos calcetines emparejados, pude ver lo que había en el misterioso paquete.

- Dos metros de tela de lana de un rosa intenso.
- Un par de tijeras plateadas y relucientes.
- Una cinta métrica, una aguja y un carrete de hilo rosa de algodón.
- Un paquetito de papel cuyo contenido traqueteaba, etiquetado con un bocado de cómic que decía: ¡ALFILERES!

Y lo que me hizo llorar: cinco diminutos botones redondos cubiertos con trocitos de tela rosa. En cada uno había una letra bordada. E, R, F, S, B.

El bordado, hecho con minúsculos puntos de cadena, era casi tan impecable como los de Rose. Al principio pensé que las letras formaban una palabra. Después caí en la cuenta de que eran iniciales de nombres: de los nombres de las mujeres del taller que habían contribuido a aquel mágico regalo, además de la «R» de Rose y la «E» de Ella. O sea, «F» de Francine, «S» de Shona y «B»... ¿De quién era la «B»? Ah, sí, de Brigid, la Erizo, la que nunca sonreía a causa de sus dientes. No estaba la «M» de Mina.

Era asombroso saber que las chicas seguían vivas. Mientras sostenía los diminutos botones en la palma de la mano, sentí una satisfacción salvaje: aunque fuera tan mortífero, Birchwood no lograba aniquilar por completo el amor y la generosidad.

«Te lo dije», me susurró Rose al oído.

De algún modo, la noticia de mi Vestido de Liberación había circulado hasta llegar incluso al taller de costura. Mis amigas debían de haberse enterado del robo que había arruinado mi primer intento.

Estreché sobre mi pecho aquellos nuevos tesoros y confié en que todavía tuviera tiempo de hacer un segundo vestido antes de que llegara el fin. Ello significaba que debería confeccionarlo más deprisa que la otra vez. Birchwood estaba en un estado de agitación: era un poco más caótico y, por tanto, más peligroso. Se avecinaba un cambio.

—Demasiado rosa —comentó Girder al ver la nueva tela—. Yo no llevo nada rosa. Es un color para muñequitas con volantes.

Yo sacudí mi obra en ciernes.

—Mi abuela siempre dice: «Rosa para levantar el ánimo». Es un color alegre. Ella asegura que, cuando tiene un mal día, unos clazones de color rosa le ayudan a sentirse mejor.

—¿Unos calzones de color rosa? Eso ya me gusta más...

Me incliné sobre mi costura para disimular una risita. Girder no se habría entusiasmado tanto si hubiera visto los gigantescos calzones que colgaban en el tendedero de casa.

Lo mejor del rosa era que constituía un gran antídoto frente a la Guerra. Nunca veías a los dictadores escupiendo odio desde un podio rosa. No había banderas de color rosa sobre las ciudades conquistadas. No había Policía Secreta, ni ejércitos invasores ni sádicos Guardianes vestidos de rosa. Ellos preferían la amenaza de los tonos oscuros. De hecho, las únicas personas que llevaban uniforme rosa eran las peluqueras y las esteticistas. Y a ellas era difícil imaginárselas tramando un genocidio o la dominación del mundo.

La mañana después de terminar aquel segundo y milagroso Vestido de Liberación, me crucé con Girder mientras nos apresurábamos para llegar al Recuento.

—¡Enséñamelo esta noche! —me ordenó.

En el Lavadero, me lavé lo mejor que pude, incluido mi pelo corto. Mientras formaba en el Recuento de la noche, me imaginé que me ponía algo de maquillaje y unas gotas de perfume: algo ligero, fresco y afrutado, no Blue Evening. Luego me calcé unos invisibles tacones y me ajusté un collar de perlas invisibles.

Después me imaginé que me lavaba otra vez la cara y me quitaba todos esos adornos. La idea de ese vestido era ser yo misma, no hacerme pasar por una estrella de cine o una maniquí de moda. Así pues, cuando llegué al barracón, pensé que me pondría sin más el vestido, tal vez escondida en el cubículo de Girder. No tenía previsto que hubiera público.

Las literas estaban abarrotadas, como de costumbre. Lo que resultaba nuevo y chocante era la cantidad de mujeres que se asomaron a mirarme cuando entré en el barracón. Y la cantidad de mujeres de otros barracones agazapadas en el suelo, agolpadas junto a la puerta, apretujadas contra las paredes.

—¿Es ella? —susurró alguien cuando entré—. Creía que habías dicho que era un desfile de moda: un desfile elegante como los que salen en las películas.

Di media vuelta para escabullirme.

Girder me cerró el paso.

—Queremos ver el vestido. Vamos.

No había ningún sitio para cambiarse. Tuve que desnudarme allí mismo, en mitad del barracón. Curiosamente, tampoco fue tan embarazoso. Desde luego, no como aquel espantoso primer día en Birchwood, cuando pasamos en un abrir y cerrar de ojos de personas civilizadas a criaturas desnudas y temblorosas. Ahora, aunque estaba desnuda, me sentí completamente humana. Un cuerpo con mente y corazón.

Ese cuerpo tenía, sin embargo, un vestido que ponerse.

—¡Oh, qué preciosidad! —oí que decía alguien mientras introducía los brazos en las mangas y dejaba caer la tela sobre mis huesos y mis formas escuálidas.

Otras se sumaron a los elogios. «Bien ajustado... No demasiado ceñido... Mira cómo oscila la falda... Un cinturón elegante a juego... y qué ROSA tan intenso...»

No había ningún espejo, así que no podía ver qué aspecto tenía realmente. Pero sí sé cómo me sentía: fabulosa. Mientras recorría el barracón de punta a punta, con cuidado para no pisar a nadie, me imaginé que salía a la calle en la Ciudad de la Luz y me veía rodeada de una lluvia de flores. Llegué al final del barracón y di media vuelta. Me detuve.

Silencio.

Eso me decepcionó un poco. ¿Acaso no se daban cuenta del trabajo que había supuesto hacer ese vestido? ¿No alcanzaban a entender lo especial que era, con sus cinco botones bordados delante, justo sobre mi corazón?

Entonces vi las caras que tenía cerca. Estaban bañadas en lágrimas.

Más despacio esta vez, recorrí de nuevo el pasillo. Una multitud de brazos esqueléticos se alzaba para tocar el vestido, para rozar con los dedos aquel rosa maravilloso.

Oí que una de ellas murmuraba:

—¿Te acuerdas de los colores como éste?

Al llegar al final de mi improvisada pasarela hubo una repentina erupción de voces, porque todas hablaban, reían y lloraban, recordando vestidos de un tiempo muy lejano. El bullicio era tan tremendo que casi no advertimos el alboroto que se produjo en la puerta del barracón. ¡Alguien venía!

—¡Guardianas! ¡Silencio! ¡Deprisa! —nos advirtieron. Estaba atrapada. Mis dedos lucharon con la hebilla del cinturón y los botones mientras intentaba a la desesperada quitarme el vestido antes de que me sorprendieran. Las Rayadas se apiñaron a mi alrededor para ocultarme de los depredadores en medio de la manada.

Pero no era un león asesino quien había venido a acechar. Ni ninguna Guardiana con fusta y bastón. Entre la multitud asomaron tres caras que reconocí en el acto. Tres amigas que forcejearon para acercarse.

—¿Estás ahí, Ella? ¿Llegamos tarde?

—Francine, Shona..., ¿son ustedes?

—En carne y hueso, querida, e igual de feas —contestó Francine con una risotada.

Shona me sonrió y agitó la mano. Parecía demasiado débil para mantenerse de pie y se apoyaba en Francine.

Esta última empujó a una tercera para que se adelantara.

—¿Y te acuerdas de...?

—¡«B» de Brigid! —la interrumpí tocando el botón de la «B» de mi vestido—. Claro que me acuerdo.

Brigid, la Erizo, me lanzó una sonrisita tímida y enseguida se llevó la mano a la boca para tapársela. Sentí de repente que me habría gustado recuperar el tiempo que había pasado en el taller de costura. Pero para dedicarlo a hacerme amiga de verdad de aquellas mujeres maravillosas, no para encorvarme sobre mi máquina de coser pensando en modas y vestidos.

Sobre todo, me habría gustado recuperar el tiempo que había pasado con Rose, aunque eso implicara volver a vivir el hambre, el calor, el frío y las humillaciones. Habría valido la pena, sólo por ella.

Debería haber dado las gracias con elocuencia de mil maneras distintas. Debería haber hecho reverencias e inclinaciones y decirles lo increíblemente amables que habían sido al darme todos los elementos para mi vestido. Pero, abrumada por su bondad, no pude articular palabra. Sólo llorar.

—Nos llegó el chismorreo de que te habían robado el vestido —me explicó Francine—. Teníamos que tratar de ayudarte consiguiendo todo lo que necesitabas. Por suerte, Mina no se dio cuenta de lo que estábamos tramando.

Shona inspiró hondo. Noté que ahora incluso hablar le costaba. ¿Cómo podía estar tan enferma y consumida y conservar, sin embargo, una luz tan intensa en sus ojos? Era espantoso ver toda su elegancia echada a perder.

—¡Has hecho un vestido para ti, no para Ellos! —dijo débilmente.

Francine asintió.

—Ya era hora. No han conseguido salirse con la suya en todo.

—¡Bien dicho, maldita sea! —exclamó Girder.

—Es un vestido excelente —afirmó Francine con tono práctico—. El rosa es alegre, ¿no es cierto? Bueno, el caso es que esta mañana un pajarito nos ha contado que ya habías terminado...

—No tan pequeño ese pájaro —la corrigió Girder, flexionando los brazos en una pose de culturista.

—Bueno..., un pájaro bien fornido nos ha dicho que hoy te lo probarías y hemos venido a verlo. ¿Cómo lo llamas?, ¿un Vestido de Liberación?

Asentí en silencio.

Liberación. La palabra se propagó a lo largo del barracón como un incendio.

—¿De veras crees que vamos a salir de aquí...? —me preguntó Shona.

—¡Esperemos que sí, joder! —gritó Girder, disipando aquella nube sombría.

La idea, aun así, estaba presente. ¿Sería posible realmente salir de Birchwood?

—¡Fuera! ¡Fuera! ¡Todo el mundo fuera!

Una Guardiana abrió la puerta del Lavadero y gritó a las chicas que estaban dentro. Cuando ellas se levantaron asustadas, aún con las manos chorreando espuma, la Guardiana empezó a golpearlas con el mango de la fusta. Ellas comenzaron a moverse.

Yo lo observaba todo desde el tendedero, oculta entre las hileras de ropa interior colgada. Había llegado la hora. Durante semanas nos habían tenido especulando: ¿abandonaríamos el campo, sí o no?

Ya habían hecho desfilar a varias remesas de prisioneras a través de las puertas metálicas de Birchwood. Las habíamos visto partir en dirección contraria al retumbo cada vez más cercano de la artillería pesada. Ahora parecía que había llegado nuestro turno. Si estaban vaciando el Lavadero, quería decir que las Guardianas también se iban. No querrían quedarse a trabajar sin calcetines limpios, pobrecillas...

—¡Todas ustedes, malditas ratas, al Recuento! —vociferó la Guardiana—. ¡Ahora mismo! ¡Rápido!

Yo me escabullí entre las cuerdas del tendedero y logré

captar la mirada de una de las chicas que iban detrás. Por desgracia, era Arpía. Le hice señas: «Por aquí».

Ella corrió entre camisetas y pantalones, seguida por Hiena y otras dos.

—Debemos de ir al Recuento —dijo Arpía con voz chillona—. ¿O crees que deberíamos escondernos?

—Eso deben decidirlo ustedes, a mí me da igual —repuse—. Pero, hagan lo que hagan, necesitarán comida y ropa más abrigada que esos harapos.

—¿De dónde la vamos a sacar? —dijo Arpía en son de mofa—. ¿Acaso tienes una varita mágica?

Señalé despreocupadamente las prendas de lana blanca tirando a gris que había colgadas en las cuerdas.

No voy a decir que fuera un placer sentir sobre mi piel los leotardos que Ellas habían llevado. Pero al menos era mejor que congelarse. También tomé unos calcetines. Las otras chicas miraron cómo me forraba de capas de ropa y se apresuraron a imitarme.

Yo no iba a detenerme ahí. Ya llevaba puesto mi vestido rosa (no me había atrevido a dejarlo sin vigilancia en el barracón) y ahora pensaba tomar todavía más capas de ropa.

—¿Quién quiere ir de compras? —pregunté.

—¿Estás... loca? —respondió Hiena con una risita—. Ya has oído a la Guardiana. ¡Hay Recuento ahora mismo!

Arpía frunció el ceño.

—¿No han visto a los Guardianes que van patrullando en camión? Están disparando a las presas por pura diversión.

Eso ya lo sabía. Eran como cazadores buscando presas.

—Como quieran —repliqué—. Yo me voy al Gran Almacén con o sin ustedes. Ellos nos robaron todas nuestras pertenencias cuando llegamos. ¿Por qué no habríamos de tomar algo a cambio?

Durante meses —durante años— habían salido trenes cargados de bienes del Gran Almacén. Ahora, mientras se desmoronaba todo, seguían saqueando los objetos de más valor. No nos atropellaron por los pelos dos camiones llenos hasta los topes de cajones cerrados. Dinero y oro, probablemente. Me acordé del anillo con un «diamante» que Carla me había dado y me pregunté en qué dedo acabaría. No en el mío, seguro.

Yo estaba dispuesta a cambiar unos diamantes por unas botas decentes.

Aún había gente en el Pequeño Almacén. Me pareció oír un estrépito de cristales rotos. Había en el ambiente un olor a algo fuerte..., seguramente perfume Blue Evening.

El Gran Almacén parecía que hubiera sido arrasado por una cuadrilla de ogros furiosos. Había ropas y zapatos tirados por todas partes. Entré en un cobertizo y empecé a revolver en los montones de ropa. Otras aves carroñeras me disputaban algunas prendas y yo forcejeaba a mi vez. Un abrigo y un jersey de lana fueron mis primeros hallazgos. El abrigo era bastante elegante, con grandes hombreras, aunque no conjuntaba con el gorro de esquí y la bufanda que encontré a continuación. ¡Qué más daba! Conseguir un par de guantes fue un golpe de suerte, aunque me habría conformado con unos desparejados. Encontrar un calzado decente fue lo más difícil. Daba cierto reparo ponerse los zapatos de otra persona, pero eso no tenía remedio. Tomé unas botas ribeteadas de lana y un par de calcetines extra como relleno.

Era la expedición de compras más delirante en la que había participado nunca, como una parodia de las rebajas de enero.

—¡Deprisa, deprisa! —grité a las demás chicas del Lavadero—. ¡Huelo a humo!

Nos reunimos en la puerta del cobertizo. Hiena nos señaló y se rio de lo abultadas que estábamos: parecíamos muñecos de nieve multicolores. Era una idiotez, pero todas nos unimos a sus risas. Mi atavío no me pareció tan gracioso cuando me entraron ganas de orinar y caí en la cuenta de que ahora tenía que quitarme primero un montón de capas.

Poco después de que nos forráramos de ropa y saliéramos caminando como patos hacia el Recuento, las llamas se apoderaron del Gran Almacén. Enseguida, en cuanto los tejidos prendieron fuego, tres cobertizos enteros estaban ardiendo. Si Ellos no podían aprovechar todo el botín, se asegurarían de que nadie pudiera hacerlo. Me detuve a contemplar cómo las llamas devoraban el cielo del crepúsculo. Había llegado el momento. Realmente estaba a punto de salir de Birchwood.

—Eh..., no iras a marcharte, ¿no? —Un puño me golpeó el brazo. Me giré en redondo. Era Girder, que iba no con una, sino con dos novias colgadas del brazo.

Me quedé helada. Girder podía ser simpática cuando quería, pero no dejaba de ser una Jefa y yo iba cargada de cosas robadas.

—Eh..., mmm..., nos hemos agenciado unas ropas...

—No me digas. Yo voy a hacer lo mismo antes de que arda todo el almacén. Nosotras nos quedamos aquí. Los Guardianes están huyendo como conejos. Si conseguimos que no nos disparen o nos vuelen por los aires, es sólo cuestión de tiempo que vengan a liberarnos. A las demás —señaló con la cabeza el lugar del Recuento, donde se estaban congregando las Rayadas— se las van a llevar lo más lejos posible de las fuerzas de liberación. No será más que una marcha mortal a través de la nieve: no tiene que sobrevivir nadie para contarlo. Vuelve al barracón y escóndete con nosotras. Quédate aquí hasta que salgamos por esas puertas como personas libres.

Era tentador. Y creía lo que me decía: Ellos no querían que sobreviviéramos. Además, una parte de mí no deseaba marcharse y decirle adiós al fantasma de Rose.

Negué con la cabeza.

—Me voy. Tengo que volver a casa. Encontrar a mi abuela...

—Sí, claro. ¡Tú y tu Vestido de Liberación! Buena suerte, costurera. Iré a tu tienda de ropa; seré tu primera clienta. Tengo que mantener guapas a mis chicas, ¿verdad, queridas?

Le dio una palmadita en la mejilla a una de sus novias y se las llevó. Yo corrí hacia el Recuento.

Los copos de nieve caían como estrellas heladas. Habría sido precioso si lo hubiera estado mirando desde la ventana de una casa bonita, abrigada con un camisón acolchado y unas zapatillas mullidas, en compañía de Rose, de la abuela y del abuelo. Y con un cuenco de arroz con leche caliente, si no era pedir demasiado, mezclado con una cucharada de mermelada.

«Me voy, Rose. Me voy de verdad.»

El Recuento fue interminable. Una señal de lo agobiabas que estaban las Guardianas era que no nos mataron de un tiro allí mismo por llevar ropas no reglamentarias. Nosotras estábamos muy contentas con todas nuestras capas. En la oscuridad, percibía más que veía que las demás Rayadas temblaban y se derrumbaban: la mayoría, mujeres con sólo un delgado vestido, sin calcetines ni abrigo. En ocasiones se las podía levantar otra vez. Pero la mayor parte no volvían a moverse. Yo no soportaba mirarlo. Me volví bizca tratando de concentrarme en los copos de nieve que me caían en la nariz. A mi alrededor había perros gruñendo, motos rugiendo, Guardianas gritando.

A cada Rayada le pusieron un pequeño trozo de pan en las manos. Luego sonó el silbato. ¡Ya estaba! Primero lentamente, luego trotando cada vez más aprisa, nos pusimos en marcha.

Íbamos en filas de cinco y en grupos de quinientas. Avanzamos a tumbos por la calle principal de Birchwood. Yo tenía a Arpía a un lado y a Hiena al otro. Algunas de las chicas del Lavadero formaban detrás de mí en la fila. Enseguida llegamos a la puerta principal, con su arco metálico que proclamaba: EL TRABAJO LIBERA. Pasé corriendo por debajo. «¿De veras está sucediendo por fin?», me pregunté. Durante mucho tiempo no había existido nada más en el mundo que Birchwood.

Una vez que saliera de allí ya no quedaría nada que me atase a Rose. Nada, salvo la cinta roja. Me la había metido dentro del guante, bien protegida en la curva de la palma.

Junto a la puerta, en la parte de fuera, había un Oficial con un uniforme inmaculado mirando cómo salíamos. La nieve caía sobre su abrigo y sus medallas. Yo tropecé y estuve a punto de caerme de la sorpresa. Era el hombre que había visto el verano anterior en la fotografía de la casa de Madame: ¡el Comandante en persona!

¿Veía gente pasando frente a él, o sólo veía rayas?

Seguimos corriendo.

Seguimos corriendo como fantasmas grises por un paisaje blanco de ensueño. Corrimos a través de tierras extrañas, salpicadas de setos y algunas casas. Casas de verdad. Las ventanas estaban cerradas y las cortinas, echadas.

Seguimos corriendo. Las que no podían correr se desmoronaban en la cuneta o caían bajo los pies de la siguiente. Arpía no dejaba de lamentarse: «No puedo más, no puedo más». Yo tenía mi propio lema silencioso: «Soy capaz, lo conseguiré».

Seguimos corriendo. Salió el sol. El cielo apenas se iluminó. Aún nevaba. El frío atravesaba todas mis capas de ropa. Sólo la cinta roja que tenía en la mano me daba calor de verdad.

Seguimos corriendo. El primer signo de que Hiena se iba a desmoronar fue una risita ronca: «A la camita a dormir...». Luego cayó hacia delante, arrastrándome también a mí. Me incorporé con esfuerzo antes de que la fusta de una Guardiana se cebara con nosotras.

—Vamos, levántate. Sigue —le dije.

—Sólo un minuto —jadeó Hiena. Tenía la cara tan blanca como un bloque de hielo.

—No puedes parar. Tenemos que seguir moviéndonos. —Casi la arrastré conmigo, sujetándola por un brazo.

—No seas mandona —repuso Arpía—. Siempre te crees que sabes más que nadie. Yo también voy a tener que descansar un poquito. Ya no puedo más, ¿es que no te das cuenta?

—Tendrás que aguantar mucho más —repliqué—. Échame una mano, ¿quieres?

Las otras dos chicas del Lavadero me alcanzaron y, sin decir palabra, recogieron a Hiena y empezaron a trotar a su lado. Y seguimos todas corriendo.

Las que no llevaban zapatos eran las que más sufrían. La gente que cree que las ropas son una frivolidad nunca ha andado descalza por la nieve durante kilómetros y kilómetros. Yo estaba contentísima con mis nuevas botas. Cuando tuviera mi tienda, también diseñaría prendas cálidas, además de los modelos glamurosos. Montones y montones de prendas de lana para el invierno.

Así me mantenía en marcha: diciéndome a mí misma que cada paso que daba me acercaba a mi tienda de ropa. De hecho, parecíamos dirigirnos al oeste, hacia la Ciudad de la Luz. Sólo faltaban unos mil kilómetros. Confiaba en no tener que hacerlos todos corriendo.

Con frecuencia, cuando pasaban grandes coches con los faros encendidos, teníamos que correr por el arcén o las zanjas de la cuneta. Un coche no esperó a que termináramos de pasar. Cuando embistió a la columna de Rayadas, yo me lancé hacia un lado y las chicas del Lavadero hacia el otro. El coche pasó por en medio. En el asiento trasero había un Oficial con un sombrero elegante, una mujer envuelta en pieles y varios niños. Todos parecían aterrorizados. ¡Bien! Reconocí a la mujer. Era Madame H., nada menos. La dueña de mi precioso vestido del girasol. ¿Lo habría metido en la maleta? ¿Lo habría dejado? ¿Dónde estaba ahora el mágico bordado de Rose?

Detrás del coche de Madame pasaron dos camiones llenos de cajas y maletas. El convoy nos roció de fango helado. En medio de la confusión, perdí de vista a las chicas del Lavadero. Arpía y Hiena podían estar en cualquier parte entre las filas de hombros encorvados y cabezas salpicadas de nieve.

Seguí corriendo.

Cuando ya estaba demasiado oscuro para continuar, nos llevaron a los campos y nos dijeron que durmiéramos. Sobre la tierra congelada. Y lo mismo de nuevo tras un segundo día corriendo, corriendo, tropezando y corriendo. Nadie tenía ya un rostro definido, sólo una nube de aliento helado y unos ojos fijos en la que iba delante. Todo estaba borroso. Cuando alguna se detenía o se caía y no se levantaba a toda prisa, las Guardianas disparaban. Cuando alguna intentaba salir en estampida y correr a través del campo o refugiarse en algún edificio, las Guardianas disparaban.

En algunos pueblos, la gente tiraba pan a la carretera mientras pasábamos. En otros, la sembraban de cristales.

«Cada paso te acerca un poco más a la tienda de ropa.» Ése era mi mantra.

Yo llevaba la cinta roja enroscada en la mano. Tenía esperanza. Podía sobrevivir. Podía conseguirlo. Lo conseguiría. No tenía sentido llorar: las lágrimas se congelaban. Corría y corría sin parar y pensaba en cómo sería mi tienda. Kilómetro tras kilómetro, planeé la decoración, amueblé los probadores, las salas de exposición, las oficinas y los talleres. Compré telas y retales. Contraté costureras, especialistas en cuentas y plumas, bordadoras y recamadoras. Recibí a las clientas, esbocé diseños, vestí maniquís, gané una fortuna.

Al final, tras muchos kilómetros, ya estaba demasiado extenuada para soñar siquiera.

La segunda noche, algunas Rayadas se tumbaron y dejaron que la nieve las cubriera y las convirtiera en túmulos blancos. Mi grupo se detuvo cerca de un establo medio ruinoso. Yo me fui directa hacia allí, abriéndome paso a empujones entre dos astutadas que habían tenido la misma idea. Había hielo en el suelo desnudo y poco más. Si nos acurrucábamos juntas unas cuantas quizá podríamos aguantar toda la noche.

Me quité un guante un momento para hurgar entre mis capas y sacar un trozo de pan. Cuando volví a mirar, el guante había desaparecido. Arremetí furiosa contra la ladrona.

—¡Es mío! ¡Dámelo!

Ella se revolvió como una bestia feroz. Como un tiburón.

—¡Mina!

La ladrona retrocedió jadeando. Aún tenía mi guante.

—¿Eres tú, Ella? ¿Aún estás viva?

—No será gracias a ti.

Su risa amarga se transformó en una tos cascada.

—Ya te dije que eras una superviviente. Como yo.

—¿Dónde están las demás? ¿Francine, Shona...?

—¿Cómo voy a saberlo? Se estaban rezagando.

Aquello me enfureció de verdad.

—Eran buenas amigas. Me enviaron un regalo: tela y utensilios para hacer un vestido.

—Ja, ja. Sí, el famoso Vestido de Liberación —dijo Mina—. Se creyeron muy astutas cuando se lo agenciaron todo a mis espaldas. Yo lo sabía, claro. ¿Cómo te está yendo la liberación?

—¡Dame el guante! —ordené echando chispas.

—¡Dame un poco de pan!

—¿Cómo era lo que solías decirme? «Cuida de ti misma y piensa sólo en una persona: yo, yo y yo.» ¿No es así? Te reías de Rose cuando compartía su pan con las demás..., ¿y ahora me pides que comparta el mío contigo?

Mina pareció encogerse. De repente, ya no era un tiburón. Ni siquiera una modista que se había formado en las mejores casas de costura y que se pasaba el día gritando: «¡Alfileres!».

—Eso ahora no importa —repuso—. Me muero de hambre y tú tienes pan. ¿Qué haría tu querida Rose?

«¿Qué haría Rose?»

Rose contaría un cuento sobre unas islas desiertas de arena blanca, o sobre unos baños de vapor con piscinas termales burbujeantes. Utilizando sólo palabras, lograría conjurar unas mantas mullidas y unas bebidas calientes.

«Te extraño mucho, Rose.»

Mina devoró el trozo de pan que le di. Incluso en la oscuridad, percibí sus ojos fijos en mí, codiciando más. Ella no me había devuelto el guante. Me metí la mano desnuda en el abrigo.

—¿No puedes darme una capa de ropa? —gimió—. Tú tienes muchas, y yo sólo tengo lo que tomé en el taller.

Llevaba una delicada chamarra de punto sobre el vestido, y un abrigo sin mangas encima: un conjunto inacabado. Yo aún me resentía de las magulladuras que me había llevado al luchar por mis ropas abrigadas y no estaba muy dispuesta a desprenderme de ellas. A medida que avanzó la noche, la tos de Mina se volvió más cascada, como si tuviera los pulmones hechos jirones. Al final, me desenrollé la bufanda y se la arrojé.

A la tenue claridad de la luna, vi lo quebrantada que estaba. Tenía de color negro azulado la punta de la nariz y los pómulos. Congelación. Llevaba unos zapatos, pero sólo de fina piel calada, atados con un cordel. Sin calcetines. Sus piernas estaban lívidas y salpicadas de manchas, igual que su cara.

Ella se volvió del otro lado, avergonzada.

La mañana.

—¡Arriba! ¡Arriba! ¡Muévanse! —gritaron las Guardianas en el exterior del establo. Algunos de los túmulos blancos empezaron a moverse. Otros no volverían a moverse más.

Mina no tenía la menor posibilidad ella sola, ambas lo sabíamos.

«¿Qué haría Mina?»

«Salvarse a sí misma y a nadie más.»

«¿Qué haría Rose?»

«Nada. Está muerta.»

Y la única pregunta que contaba: «¿Qué haría Ella?».

—Vamos —rezongué—. Será mejor que nos movamos.

—Espero que nadie me vea con este atuendo espantoso —gimió Mina. Tenía mi gorro encasquetado sobre el pañuelo de la cabeza, mi jersey sobre su chamarra de punto y uno de mis guantes, que se iba pasando de una mano a otra.

Corrimos.

Al tercer día, más que correr renqueábamos. Todas teníamos los ojos vidriosos. Todas arrastrábamos los pies. Hasta las Guardianas parecían hechas polvo. La nieve se nos pegaba a las botas y los zapatos, dificultándonos aún más el movimiento. Yo seguía a duras penas, era inútil fingir otra cosa. La tienda de ropa parecía más lejana que nunca, perdida en una niebla de hambre y agotamiento. Los disparos sonaban con más frecuencia. A ese paso, las Guardianas pronto se quedarían sin balas, ¿no?

La carretera era irregular. De repente, en un gran bache oculto por la nieve, las Rayadas empezaron a tropezar y a caer. Mina también tropezó. Sonó un chasquido. Se le puso la cara lívida y cayó de bruces, arrastrándome consigo.

—Se me ha roto —sollozó—. La pierna.

—No es la pierna. Quizá sea un tendón —dije levantándola—. Vamos, no podemos parar.

—¡No puedo moverme! —gritó.

—Tampoco puedes quedarte aquí. Te pegarán un tiro —grité a mi vez.

Una Guardiana se acercaba. Atisbé entre la nieve una capa negra moteada de copos blancos.

—Puedes moverte y vas a hacerlo —siseé entre dientes. Luego la sujeté por las axilas.

Empecé a correr. Mina avanzaba con la pierna rota, llorando y maldiciéndome. Era más pesada que un costal de cemento, y aún más difícil de manejar. Para poder seguir, le hablé de la tienda de ropa, de la pastelería, la librería y la Ciudad de la Luz. Ya no era un sueño tan bonito ahora que Rose no estaría allí haciendo vestidos, comiendo pasteles o leyéndome libros. Ahora Rose era sólo un fantasma: un recuerdo. A lo largo de aquellos días corriendo a través de la nieve y del cielo blanco, parecía como si el mundo entero se hubiera desvanecido, dejando sólo una niebla de recuerdos. Yo corría sumida en un trance, perdida en una sucesión de viejos recuerdos fragmentados, como los trozos de una colcha de retazos...

...la abuela enseñándome a andar en bicicleta y yo cayéndome una y otra vez. La abuela haciéndome fregar los platos. La abuela dejándome lamer el cuenco de la masa de un pastel. El primer día de colegio. El último día de colegio...

Las filas de Rayadas nos adelantaban tambaleantes. Íbamos demasiado despacio... Estábamos a punto de pararnos.

—Mina, por favor..., sigue moviéndote. Ya sabes lo que pasará, si no.

Había una Guardiana por detrás de nosotras, no muy lejos.

—Sigue tú —resolló Mina—. Sigue..., déjame.

—¡No tienes idea de las ganas que tengo! —dije añadiendo varias groserías que tomé prestadas de Girder—. Pero eso no significa que vaya a hacerlo.

Conseguí arrastrarla unos pasos más, luego oí que sofocaba un grito. Sus ojos se abrieron más. Había advertido la presencia de la Guardiana. Gritó y retorció su cuerpo, empujándome para que siguiera. Cuando llegó la bala, le dio a ella, no a mí.

Le dio a ella, no a mí, y la derribó. Yo quedé atrapada debajo, mordiendo la nieve. Me las arreglé para darme la vuelta. Mina estaba encima de mí, boca arriba.

—Se suponía... que esto... a mí no tenía que pasarme —graznó. Su sangre, espantosamente roja y caliente, se extendió por todo su vestido—. Yo me formé en las mejores...

Sonó un segundo disparo, esta vez ensordecedor.

El cuerpo de Mina se sacudió y luego se quedó inmóvil. Sus ojos permanecieron abiertos, en blanco.

Unas botas crujieron muy cerca. Empujé y empujé el cuerpo de Mina, pero apenas podía moverlo. Era, literalmente, un peso muerto. Una sombra se alzó sobre mí. Empujé todavía con más fuerza. La cinta roja que estrechaba en la mano me daba energías. ¡No iba a morir allí! ¡Iba a VIVIR! Aún había tantas cosas que quería hacer, tantas...

—Me parecía que eras tú —dijo una voz gélida desde lo alto—. Vaya coincidencia.

Al principio no vi más que las botas. Unas gruesas botas de montaña ribeteadas de piel. Levantando la vista, distinguí unos pantalones oscuros, una capa negra y dos ojitos negros.

—¡Carla!

—Vaya, vaya..., ¿no es gracioso?

Con un gruñido, Carla se acuclilló a mi lado. Le salió una nube de vapor por la boca. Olía a algo dulce y a Blue Evening.

—¿Qué es lo que tienes ahí?... Ah. ¿Aún te aferras a ese estúpido trapo rojo, después de tanto tiempo?

Le dio un tirón a la cinta. Yo la sujeté con fuerza. Por un momento fue casi como si nos estuviéramos tomando de las manos, allí, en medio de la nieve. Ella tiró un poco más. Yo agarré la cinta como si fuera mi propia vida.

—Es mía —dije.

Carla se lamió los labios agrietados por el frío y se incorporó.

—¿No llevas mi anillo...? Sabía que lo venderías, bicho ingrato. Los de Tu Clase no saben lo que es la amistad.

Permaneció así, contemplándome desde lo alto, con una expresión semejante a la compasión en los ojos. La nieve se posaba sobre su capa negra.

—¿No ves que ya no tiene sentido seguir corriendo? Todo ha terminado. Todo. La Guerra está perdida. Y he perdido a *Pippa* también. La arrolló ayer un camión. Tuve que pegarle un tiro. Para que dejara de sufrir, pobrecita. ¿Cómo es que aún sigues viva?

Yo tenía los pulmones aplastados, pero conseguí farfullar:

—Esperanza.

Carla soltó un bufido.

—Ya no hay esperanza para ti. Vas a morir de hambre o congelada, lo que llegue primero. Pegarte un tiro será hacerte un favor.

Retrocedió un paso. Sus botas crujieron. Alzó la pistola negra y disparó.

Mi cuerpo entero se sacudió.

«Ah, qué curioso —pensé—. Me pregunto si...»

«Tranquila —dijo Rose—. Te estoy esperando.»

Rosa

Supongo que debía de haber un montón de sangre conge-
lándose alrededor de mi cuerpo helado... Pero yo no recuerdo nada de eso. Al despertar, me encontré enterrada
bajo una suave colcha con un estampado de flores rosas. El
recuadro azul de la pared resultó ser una ventana. Oí un
tintineo de porcelana.

—¿Un poco de té? —dijo una voz cálida.

Estar muerta era extraño. Más confortable de lo que esperaba.

—No te muevas. Ya te lo traigo —añadió la voz.

Mejor así, porque estaba tan débil como un gatito recién nacido. Me pusieron una taza en los labios. Sorbí el té.
Tenía leche y era asombrosamente dulce.

—Vaya, parece que lo necesitabas —comentó la voz.
Pertenecía a una mujer oronda con un delantal rosa—.
Necesitas alimentarte también. Estás en los huesos, como
mi vieja novilla cuando se enfermó. Yo la alimenté a base
de cucharadas día y noche. Y pronto la tuve otra vez de
pie, fresca como una rosa.

—¿Usted es... granjera?

—¿Qué otra cosa voy a ser, si esto es una granja?... Te
encontré en la zanja junto al campo de nabos. A ti y a otra.

Pero ella ya no tenía remedio. Creía que tú tampoco, hasta que mi perro te lamió la mano y te moviste.

En algún rincón de mi cerebro obnubilado brilló un recuerdo.

—¿Y mi cinta? ¿Tiene mi cinta? ¡He de encontrarla!

Yo ya estaba apartando la colcha, apartando a la granjera y haciendo lo posible para ponerme de pie, pero los dos palillos adosados a mis caderas apenas se movían.

—Eh, calma —replicó la mujer, sujetándome—. Si te refieres a ese trozo mugriento de seda, lo tengo guardado. Bien lavado, eso sí, como todo ese batiburrillo de ropa que llevabas puesta.

—La quiero... —dije hundiéndome otra vez en aquel inaudito confort.

Ella volvió a taparme con la colcha.

—Te la daré, no te apures. Ahora empecemos por lo más básico. ¿Cómo debo llamarte?

Por puro hábito, recité mi número de Birchwood.

—¿Y qué tal un nombre? —repuso con dulzura—. Yo me llamo Flora. Sí, ya, un nombre absurdo para una mujerona como yo. Es que nací en primavera y mi madre tenía debilidad por las flores.

Mi nombre. Quería saber mi nombre. Hacía muchísimo tiempo que nadie me lo había preguntado así, en un sencillo gesto humano de una conversación normal.

—Yo... yo me llamo Ella. Y me dedico a coser.

No pretendía volver a quedarme dormida directamente. No tenía ni idea de que fuera posible dormir tanto tiempo y tan profundamente. En un momento dado, me desperté y vi los zapatos de la granjera a unos centímetros de mi cara.

—¿Qué haces ahí abajo, muchacha? —preguntó agachándose para mirarme bajo la cama, donde me había acurrucado.

Me sentía avergonzada, y el suelo me parecía más natural. La cama era demasiado mullida para lo que yo estaba acostumbrada desde hacía tanto.

—No... no quería ensuciar sus preciosas sábanas.

—No son más que unas sábanas viejas remendadas tantas veces que ya ni me acuerdo. Pero reconozco que no te vendría mal un buen baño, y no sólo el refregón que te di con la esponja de entrada, antes de vendarte bien. Una fea herida tenías ahí. La bala debió de atravesarte de parte a parte. Tuviste suerte.

Con un respingo, recordé el disparo. La punzada de dolor en el pecho. Me llevé la mano a la bola de algodón que tenía atada alrededor de las costillas.

—Todavía estará todo magullado, pero cicatrizará —aseveró Flora—. Ahora nada de bailes, o volverá a abrirse.

¿Bailes? Uf. Debía de bromear.

—¿Por qué...? —Nada más empezar, se me saltaron las lágrimas—. ¿Por qué me está ayudando? ¿No ha visto mis rayas de prisionera, y la estrella que llevo cosida en el vestido? ¿No ha visto lo que soy?

—No pienses más en eso, muchacha. Lo que yo vi fue un ser humano. Una chica. Nada más. Ahora vuelve a meterte en la cama y cómete el caldo. Espero que sea lo bastante ligero para que te caiga bien y lo retengas, porque tu estómago debe de haber encogido hasta quedarse como un chícharo. Vamos, deprisa. Tengo que dar de comer al ganado.

Flora me preguntó una vez sobre Birchwood.

—Oímos hablar de un sitio... con prisioneros..., chimeneas..., pero yo no podía creerlo —dijo en voz baja.

—Ni yo... Pero era cierto —respondí en un susurro.

Fue una reina para mí, aquella pobre granjera. Una reina con un delantal remendado y una casa desvencijada. Cuando yo despertaba con un sobresalto cada día, a las cuatro y media de la mañana, esperando oír los silbatos y los gritos para acudir al Recuento, Flora ya estaba caminando por la nieve hacia el establo para sacar su desayuno de la única vaca lechera que le había quedado. Luego daba de comer a las demás vacas y se afanaba en otro centenar de tareas. Yo pasaba sola muchas horas mientras ella trabajaba en la granja o en la cocina que había debajo de mi habitación. Las pasaba en gran parte durmiendo, acurrucada en el borde del mullido colchón, como para hacer sitio a la otra chica que no estaba allí. Cuando estaba despierta, contaba los capullos de rosa que moteaban el papel de la pared y miraba por la ventana las nubes que se deslizaban rápidamente en lo alto del cielo. Había unas fotografías en la repisa de la chimenea.

—Mi hija —me informó Flora, siguiendo mi mirada hacia un retrato de una mujer joven y guapa—. Ha ido a cuidar a los soldados heridos. Espero que sea mejor enfermera que lechera. Siempre la sorprendía embobada con un libro cuando debía estar haciendo las tareas. Mi difunto marido era igual: vamos a leer y leer y leer. A ver..., ¿te gustan las historias?

Negué con la cabeza. Ninguna historia podía ser tan mágica o tan dolorosa como el simple hecho de sobrevivir. «Ay, Rose, mi contadora de historias preferida. Ojalá estuvieras aquí para vivir este nuevo giro del argumento.»

No hubo ningún susurro de respuesta.

—Mejor que tengas un libro junto a la cama —dijo Flora—. Para dejar de pensar. No creas que no te oigo gritar mientras duermes, con todas esas pesadillas. Es lógico. Lo has pasado muy mal. Toma, prueba con éste. A mi hija le encantaba, y lo mismo a mi marido, que en paz descanse.

Me pasó un librito con el lomo resquebrajado. Me trajo el recuerdo de... No, no: era un libro que había visto antes. Y sabía dónde y cuándo. Había sido en el Gran Almacén de Birchwood, cuando Rose se había acercado a aquel Guardián que estaba leyendo y le había dicho que ese libro lo había escrito su madre, ante lo cual él se había apresurado a arrojarlo al fuego.

La tontuela de Rose, con sus historias..., siempre contándome que era una condesa que vivía en un palacio y que su madre era una gran escritora. Cuando Flora se hubo marchado —«Las vacas no se limpian solas»—, pensé que bien podía echarle un vistazo al librito.

Abrí la tapa. No reconocí el título ni el nombre de la autora. Fue la dedicatoria lo que me hizo incorporarme de golpe en la cama, con herida de bala o sin ella.

«A mi querida hija Rose. Espero grandes cosas de ella.»

La esperanza. Todo se reducía siempre a la esperanza.

A solas en aquella habitación, acaricié la cinta roja. Había dejado atrás el campo de Birchwood, un lugar tan espantoso que ya casi no podía creer que existiera. Ahora tenía por delante... el siguiente capítulo.

Una noche decidí que ya me había cansado de estar acostada. De que me dieran de comer a cucharadas. De sufrir pesadillas. Aparté la colcha, bajé de la cama y encontré mis ropas. Estaban lavadas, planchadas y dobladas sobre una silla.

Casi no fui capaz de tocar el vestido de rayas de Birchwood. Por mí, Flora podía hacerlo jirones para convertirlo en trapos y quemar la estrella que había llevado durante tanto tiempo. Al menos tenía unos leotardos y unos calcetines abrigados y, por supuesto, el precioso Vestido de Liberación. Aparte del orificio de bala, que podía taparse con un buen zurcido, había sobrevivido estupendamente a la terrible carrera a través de la nieve. Lo que demostraba lo buena que era la tela. La abuela siempre decía: «Compra todo de la mejor calidad que puedas. Lo barato siempre sale caro».

A la abuela le gustaría el vestido, estaba segura. Me lo puse con cuidado y acaricié cada uno de los botones bordados. Ahora era libre. Libre para..., bueno, para bajar la escalera. Lo primero es lo primero. Me sujeté bien de la barandilla.

Un gato blanco y gris alzó los ojos junto a la chimenea cuando entré arrastrando los pies en la cocina. Flora estaba en el fregadero, limpiando unas patatitas arrugadas.

Llevaba ropas toscas y mal ajustadas, pero yo no la habría cambiado por todas las maniquís de moda de la Ciudad de la Luz.

—Hola.

Ella se sobresaltó al oírme a su espalda.

—¡Vaya! Mírate. De punta en blanco. Tienes un bonito vestido. Ya me lo pareció cuando lo lavé. Bien confeccionado y todo. Es de muy buena calidad, como salido de la tienda.

—¿Puedo echar una mano?

Ella se detuvo un momento. No estaba acostumbrada a que nadie se entrometiera en sus tareas.

—Puedes terminar de lavar estas papas. Estoy preparando un estofado.

Era una tarea sencilla. Avancé muy despacio para que no me sangrara la herida.

Mientras el estofado se cocía en el fogón, fregué los platos y los sequé. Flora se puso el abrigo y la bufanda para salir al patio.

—¿La ayudo? —volví a preguntar.

—¿Ahí fuera? ¡Bastaría una ráfaga de viento para que salieras volando! No te veo labrando ni cortando leña. ¿Qué más sabes hacer?

Yo sonreí de oreja a oreja.

—¿Tiene aguja e hilo?

La nieve empezaba a fundirse. Apareció un viejo en bicicleta y nos trajo la noticia de que la Guerra no había terminado aún, pero ya había pasado de largo. El final se acercaba.

—Gracias a Dios —dijo Flora—. No me gustaba nada la idea de ver huella de tanques en mis campos.

No pudimos celebrar propiamente la noticia. Una de las vacas estaba de parto y empezó a dar a luz antes de la hora del té. Me sorprendí a mí misma tirando de una cuerda con Flora para traer aquella nueva vida al mundo, con las pezuñas por delante. Cuando el ternero hubo salido, contemplé su cuerpo lustroso. Era todo él lengua y patas. La madre se inclinó para lamerlo e infundirle vida.

Flora se secó las manos en los pantalones.

—Te vas a marchar pronto, ¿verdad? —me planteó.

¿Cómo lo había adivinado?

—Me quedaré todo el tiempo que me necesite.

—Vete —dijo—. Pero no lo olvides: siempre serás bienvenida aquí, con Guerra o sin Guerra.

—Le estoy muy agradecida por todo. Sólo que... quiero... tengo que volver... a casa.

—Pues claro, muchacha. Claro que sí.

Cómo iba a pagarme el viaje de vuelta era otra cuestión. No tenía dinero, ni siquiera cigarros. Mirando el gastado atlas de la granja, había visto que estaba a cientos de kilómetros de casa. Flora me había indicado qué puntito del mapa era el pueblo más cercano y, desde ahí, tracé una línea hasta mi ciudad. Aun suponiendo que todo el territorio hubiera sido liberado, ¿cómo iba a viajar tan lejos yo sola, sin un céntimo?

Me vino a la cabeza una de las máximas de la abuela: «Ya cruzarás ese puente cuando llegues; o atravesarás el río a nado, si no tienes más remedio».

Esa noche me instalé en la mesa de la cocina y examiné el abrigo que me había traído de Birchwood. Requería unos ajustes. No es que nos atiborrásemos de comida en la granja precisamente, pero estaba ganando peso. Corté una a una todas las costuras del abrigo para ensancharlo un poco. Entonces se me ocurrió una idea. Recordé mi primera expedición al Gran Almacén. ¿Qué me había dicho aquella chica parecida a un topo? Que la gente solía esconder objetos de valor en la ropa...

Encontré el dinero —un buen fajo de billetes— embutido en las hombreras, entre los mechones de pelo de caballo. Me estremecí al pensar en el destino de la mujer anónima que había cosido y guardado sus ahorros allí. Su previsión se había convertido en un golpe de suerte inesperado para mí.

Dejé una parte del fajo bajo la almohada para que Flora la encontrara cuando me hubiera ido. No soportaba la idea de que me diera las gracias, como haría sin duda si se lo entregaba en persona. Aunque se hubiera tratado de un puñado de oro y joyas, o de uno de aquellos cofres del tesoro de las historias de Rose, no habría bastado para compensarla por lo más precioso de todo: su humanidad y su bondad.

Le escribí una nota. Sólo decía: «Para Flora. Usted me salvó la vida. Ella».

El día que me fui, Flora me dejó su cepillo para que me peinara los ricitos que cubrían ahora mi cuero cabelludo. Me puse mi Vestido de Liberación, me até los cordones de las botas y me abroché el abrigo. Flora llevaba una de las elegantes camisas que yo le había hecho y unos pantalones de trabajo también confeccionados por mí. Me dio un paquete de sándwiches y de galletas de mantequilla.

—¿Tienes tu cinta roja?

Asentí. No podía hablar.

—Todo en orden entonces. Buena suerte, Ella.

Yo me quedé allí, rígida y avergonzada. Di media vuelta para irme. Pensé: «¿Qué haría Rose?». Me volví de nuevo y le di a mi amiga un largo y cálido abrazo de agradecimiento. Y me fui.

Me despedí del gato, de las vacas y las gallinas, del perro de la granja, de Mina. Mina había sido enterrada bajo un montículo de hierba cubierto de margaritas. Una sencilla lápida de madera indicaba su nombre y la fecha de su muerte.

Eché a andar sola por el camino, con la cabeza alta. Ya era hora de volver a casa. El mundo estaba ahí, esperándome.

Primero fui al pueblo. Luego, como no había otro medio de transporte, caminé desde allí hasta la ciudad más cercana. Ahí había autobuses en funcionamiento y un gran clamor de gente enloquecida: caminando, hablando, pasando en bicicleta o en coche, haciendo compras..., como si todo aquello fuera normal. Y lo era, para ellos. Para mí era como volver a ser una niña y ver las cosas por primera vez. Mira, una tienda de comestibles. Y allí una panadería. Un reflejo en un escaparate. El mío. Una chica alta y seria con un abrigo ceñido y unas botas apropiadas. Cuando caminaba, asomaba también un destello rosa.

Costaba creer que todo aquello había existido mientras yo estaba entre el lodo, el polvo y las cenizas de Birchwood.

Desde esa ciudad tomé un autobús hasta la siguiente. Luego un tren. Y otro tren. Otra ciudad. Un tranvía. Y, al final, mis botas me llevaron por calles conocidas hasta la casa donde había vivido.

Era curioso cómo el mismo lugar ya no era el mismo, a pesar de que no hubiera cambiado. Había pasado un año desde que había salido de casa por última vez. Ahí estaba. Mi hogar. Corrí a la puerta, dispuesta a gritar: «¡Soy yo! ¡Ella! ¡Ya estoy aquí!».

La puerta estaba cerrada. Toqué el timbre. No hubo respuesta. No había nadie en las ventanas. Cuando me asomé a mirar, vi las banquetas de la cocina, las que soltaban ventosidades cuando te sentabas, y el aparador, ahora ocupado por periódicos viejos, no por la colección de cristal tallado de la abuela.

Una mujer que estaba barriendo el patio de la casa contigua me miró con suspicacia.

—Puedes llamar todo lo que quieras. No están en casa.

—Estoy buscando a mis abuelos...

—¿En esa casa? Ahí viven dos médicos jóvenes. No hay ninguna persona mayor.

—¿No se acuerda de mí? Soy Ella. Ésta era mi casa.

La mujer me miró guiñando los ojos.

—No sé nada de eso.

—Pero mis abuelos..., ¿dónde están? ¿Se los llevaron... a Birchwood? —Odiaba el regusto de esa palabra en mi boca.

La vecina retrocedió detrás de su escoba.

—¡No vas a creerte esas historias de horror! ¡Birchwood, madre mía!

No me fue mejor en el quiosco. Era allí donde entraba casi a diario en mi vida anterior, para comprar cosas. Tabaco para el abuelo, revistas para mí y la abuela. Las estanterías no estaban tan repletas ahora, a causa de la Guerra. Pero en la caja estaba la misma mujer nerviosa como un hámster, con sus tintineantes pendientes dorados.

—Hola, cariño, ¿qué deseas?

—¡Soy yo, Ella! ¡He vuelto!

Hámster me miró de arriba abajo. Por un momento pareció que estuviera observando a una Rayada con la cabeza rapada y unos absurdos zapatos de madera. Yo estuve a punto de recitarle mi número del campo.

—¿Ella? ¡No puede ser! ¡Si era sólo una colegiala! ¿Tú eres Ella? ¿De veras? ¡Jamás te habría reconocido! ¡Te has convertido en una mujer hecha y derecha! Tienes buen aspecto. No te ha ido mal durante la Guerra, ¿eh? Los de Tu Clase siempre caen de pie, ¿no es así?

Aquello me desconcertó. Resistí el impulso de salir corriendo. Las chicas con Vestido de Liberación no huían del enemigo.

—Estoy buscando a mis abuelos. ¿Sabe dónde están?

Hámster agitó los brazos y sus pulseras tintinearon.

—Ah, se fueron. A otro sitio. Por el este, creo. Tampoco soy capaz de recordar lo que hacen todos mis clientes. Ha habido una Guerra, ¿sabes? Ahora que lo pienso, me debían dinero. Eso es. Lo tengo apuntado aquí, en el libro de cuentas. Por tabaco y una revista. Qué bien que te has pasado por aquí. Así puedes saldar la cuenta, ¿no? —Me dijo cuánto era.

Durante unos segundos no pude ni respirar, no digamos ya abrir la boca, de lo rabiosa que estaba. Luego, mirándola fijamente a los ojos, saqué mi precioso alijo de dinero. Conté la cantidad adeudada por mis abuelos hasta el último céntimo y empujé el dinero a través del mostrador. Aún mantuve la mirada sobre Hámster con desprecio durante unos momentos; luego di media vuelta.

Cuando salí, ella aún no había tocado el dinero.

Mis botas de Birchwood me llevaron por las aceras hasta mi antiguo colegio, pasando por el punto exacto donde me habían capturado en plena calle hacía un año. Me detuve allí un rato, abrumada por todo lo que había ocurrido desde aquel momento terrorífico, cuando me habían llevado en un camión. ¿Mi delito? ¿El motivo de que me hubieran raptado y encerrado en el infierno? Según sus leyes odiosas, yo no era Ella, no era una chica, ni una nieta, ni un ser humano: sólo una judía.

Sentí en la espalda el peso fantasmal de mi cartera del colegio. Sólo que yo ya no era una colegiala. Y ahora tenía que decidir adónde iba y qué hacía. Tomé otro tren.

La Ciudad de la Luz estaba llena de flores.

Había un puesto de floristería en la misma estación en la que me bajé, con cubetas repletos de color. Había hierbas florecidas cabeceando en las grietas del pavimento y en las esquinas de los edificios acribilladas de balas. Y había flores en los vestidos: maravillosos estampados floridos que proclamaban a los cuatro vientos: «¡Ya es primavera otra vez!». Era primavera, la ciudad había sido liberada y la Guerra casi había terminado.

Una fabulosa torre de metal se alzaba hacia el cielo sobre los tejados de la ciudad, muy por encima de los edificios más altos. Estaba decorada con banderas, lo cual me trajo el recuerdo de Henrik, tan audaz y glorioso.

¡Había una energía increíble en el ambiente! Supe que aquél era el lugar adecuado, el lugar perfecto para empezar de cero. Rose había dicho una vez que la Ciudad de la Luz era el corazón palpitante del mundo de la moda. Y yo percibía esa palpitación. La ciudad se extendía a mi alrededor, lista para que la explorase. No era un país de fantasía que Rose se hubiera inventado, a pesar de que en Birchwood todo parecía demasiado fantástico para ser cierto. Allí, en el mundo real, la Ciudad de la Luz era más conocida como París. Aunque ese sencillo nombre no le hacía justicia a la ciudad realmente, al contrario de lo que sucedía con aquel obsceno y áspero «Auschwitz», el término que Ellos usaban para Birchwood: dos sílabas que estragaban la boca de cualquiera que las pronunciara.

Pese a las flores, las banderas y los diseños de moda, yo no podía dejar atrás el campo de Birchwood. Estaba ahí, royéndome por dentro. Vi que una generosa ama de casa arrojaba pan duro a los pájaros y me acordé de que yo había llegado a estar tan hambrienta que me habría arrastrado por el suelo para atrapar aquellas migajas.

Reparé en el rótulo de un escaparate que anunciaba el perfume Blue Evening y mi nariz se llenó del fuerte hedor que desprendía Carla.

Lo percibía siempre que veía ropa de rayas.

La gente me veía con mi Vestido de Liberación rosa y sonreía. Yo no les devolvía la sonrisa la mayoría de las veces. No podía dejar de mirar a los desconocidos y preguntarme: «¿Cómo te habrías portado en Birchwood?». ¡Ah, pero era agradable volver a estar guapa! Sentirse aseada y vestida como es debido.

Había viajado más de mil quinientos kilómetros para llegar allí justo en ese día del año. Se cumplía el aniversario de mi primer encuentro con Rose, cuando corrimos a la puerta del taller de costura de Birchwood y nos encontramos con la mirada cortante de Mina. Era ese día, estaba segura. ¿Acaso no me había obligado Rose a aprenderme la fecha de memoria antes de su muerte?

Hacía exactamente un año que le había hecho un vestido verde a Carla. La misma Carla que me había disparado. Yo me había devanado los sesos, alisándolos más que una madeja de lana enredada, para intentar descifrar por qué lo había hecho. ¿Fue para que dejase de sufrir? ¿O acaso fue para darme una oportunidad, para que no me convirtiera en blanco de otras Guardianas más despiadadas, que me habrían apuntado a la cabeza? Jamás lo sabría. Ahora que la Guerra ya casi terminaba, Ellos debían de estar quitándose los uniformes y escondiendo sus insignias. Si Carla había sobrevivido a la marcha de la muerte desde Birchwood, estaría oculta en alguna parte recordando sus días de gloria, cuando disfrutaba de ropa de alta costura, de pasteles de chocolate y del perfume Blue Evening.

En todo caso, hoy era el día en que Rose y yo habíamos jurado encontrarnos, si llegábamos a separarnos, en un parque, bajo las flores de un manzano. Aunque ahora lo que habíamos de hacer juntas tendría que hacerlo yo sola.

Caminé deprisa. Le había pedido indicaciones a un mozo de la estación de ferrocarril. Él se había rascado la cabeza y restregado el mentón cubierto de barba incipiente.

—¿Un parque con un manzano? ¿Enfrente de una pastelería, una librería y una peluquería, dice?

—Y una tienda de ropa. Enfrente de una tienda de ropa también.

—Lo de la tienda de ropa no lo sé, pero creo que ya sé el parque y la pastelería a la que se refiere...

—¡Eh, guapa! ¡Bonito vestido! —dijo una voz. Un joven con uniforme pasó bamboleándose en una bicicleta con una cesta muy cargada—. ¿Quieres que te lleve, bella damisela?

Yo me sonrojé y negué con la cabeza.

—¡Como quieras! —repuso él.

Sí, podía hacer lo que quisiera. Ya no había nadie que me diera órdenes, que me dijera cuándo dormir, cuándo levantarme, cuándo encogerme de miedo, cuándo humillarme. Ahora comía cuando me apetecía, al menos mientras me durase el dinero, y dormía allí donde me sorprendiera la noche: en albergues de refugiados, en el sofá de amables desconocidos que se apiadaban de mi soledad, e incluso en los bancos de las estaciones. Algunas personas me rehuían cuando se enteraban de que no tenía familia o deducían de dónde venía. Otras, las verdaderamente humanas, compartían lo poco que tenían. Ésas eran las que me habían hecho soportable el viaje.

—No lo sabíamos... —decían—. Nunca lo intuimos siquiera.

Yo hablaba con la gente o me quedaba callada, según. En los viajes desde la granja a mi casa y luego hasta allí, me había cruzado con otros supervivientes. Nos reconocíamos en el acto. No hacían falta palabras. No teníamos que enseñarnos nuestro número. Cuando nos encontrábamos, pasábamos un tiempo hablando. Mencionábamos los nombres de las personas que habíamos conocido en Birchwood, y de aquellas a las que buscábamos.

No había tenido ninguna noticia de mis abuelos.

Llegué al parque. Tenía que ser allí. No había ninguna verja, sólo la base de metal de las barandas que habían sido arrancadas para convertirlas en bombas, en tanques o en aquello que precisara la maquinaria de la Guerra. Imagínense: un espacio sin límites; sin un trozo de alambre de púas a la vista; sin torres de vigilancia; sin centinelas.

Al otro lado de la calle había una hilera de tiendas, tal como Rose me las había descrito. Una pastelería (abierta), una sombrerería, una librería, una peluquería (cerrada) y una tienda de ropa. Bueno, en realidad era una tienda de ropa vacía, sin un rótulo y sólo con un maniquí sin cabeza en el escaparate.

El corazón se me aceleró. Así pues, cuando Rose contaba sus historias estaba diciendo la verdad. Yo era una idiota, una completa idiota por no haberle creído nunca del todo. Me era más fácil hacerme la lista y pensar que ella soñaba despierta.

Mis botas me llevaron a través de la calle, esquivando automóviles, camionetas y bicicletas. Había una mujer de la limpieza arrodillada en el umbral de la tienda de ropa. Estaba encerando el suelo tranquilamente con unas grandes manoplas amarillas en las manos. Me recordó aquella vez que me ordenaron limpiar el suelo del probador del Estudio de Alta Costura. Durante un instante absurdo, miré a la mujer y pensé: «¿Es Rose?». Ella percibió mi mirada y se volvió.

No, no era Rose. ¿Cómo iba a ser Rose?

Aquélla era una mujer de cincuenta o sesenta años, con una mata de pelo blanco y arrugas en la cara. Tenía un cigarro metido detrás de la oreja y un libro de tapa blanda embutido en el bolsillo del delantal, en cuya parte delantera llevaba prendido un ramito de capullos rosas. Su acento, cuando se dirigió a mí, me pareció sorprendentemente refinado.

—¿Puedo ayudarla?

Negué con la cabeza y volví a cruzar la calle hacia el parque.

Había llovido por la noche y el césped estaba de un intenso color verde. Entre las hierbas asomaban aquí y allá botones de oro. Me acordé de la absurda idea de Rose según la cual, si sujetabas esa flor bajo el mentón de alguien y aparecía en su piel un reflejo amarillo, sabías si le gustaba o no la mantequilla. Tomé una. Yo no veía por debajo de mi propio mentón, pero no había que preocuparse: sabía de todas formas que me gustaba la mantequilla.

También había margaritas. Carla me había explicado que debía arrancar los pétalos uno a uno, diciendo: «Me quiere, no me quiere, me quiere...».

Dejé de lado las margaritas.

Me paseé por los pulcros senderos, pasando junto a una fuente, y llegué al centro del parque, donde un manzano extendía sus ramas florecidas, tal como Rose me había descrito. O sea, que otra de sus historias era cierta. Ojalá la hubiera escuchado con más atención cuando aún estaba viva.

Ya tenía la cinta preparada. De tanto lavarla, era más rosa que roja. Pensaba atarla a una rama del árbol, como Rose y yo habíamos acordado hacía una eternidad en Birchwood. Ya no sería para celebrar que habíamos sobrevivido juntas, pero no dejaría de constituir un pequeño homenaje a una chica cuyos innumerables actos de bondad la volvían más heroica, a mis ojos, que cualquiera de los generales cuyas estatuas se encontraban por toda la Ciudad de la Luz.

Al ponerme bajo el árbol, empezaron a caer pétalos sobre mi vestido: blanco sobre rosa. Acaricié la cinta. Ahora, de repente, me daba vergüenza hacer algo tan personal habiendo gente alrededor. ¿Estarían mirando? ¿Se echarían a reír o, peor aún, empezarían a hacerme preguntas?

Había un viejo paseando a un perro: un perro peludo como una alfombra que tenía una pelota en la boca (no la pierna de un prisionero). Había un hombre alto rodeando con el brazo a una mujer bajita. Estaban riéndose y ella alzó la cara para que la besara. Había una dama joven y elegante sentada en un banco, con las rodillas y los tobillos juntos. Tenía un bolsito en el regazo y llevaba un ridículo sombrero rosa prendido sobre sus cortos rizos. Y sin duda me estaba observando.

Les di a todos la espalda, escogí una rama baja y la rodeé con la cinta roja para hacer un lazo.

Una sombra se alargó sobre la hierba.

La dama se hallaba justo detrás de mí, con la cabeza ligeramente ladeada como una ardilla examinando una nuez. Nos miramos con fijeza.

La joven dama apretaba su bolsito con tanta fuerza que creí que iba a partir las correas. Su voz apenas acertó a susurrar:

—¿Ella? —Y luego con más fuerza—: ¡La chica que cose! ¡Eres tú! ¡Ay, querida Ella! —Dejó caer el bolso y me rodeó con sus brazos escuálidos—. ¡Has venido! ¡Estás aquí!

Lentamente, mis brazos la rodearon también. Lentamente, asimilé la noción portentosa de que aquella dama, aunque pareciera increíble, era ella. No una sombra soñada, no una voz susurrando en mi cabeza, ni tampoco el tembloroso costal de huesos que yo había dejado tosiendo en una mugrienta litera de Birchwood. No. Era Rose. En el mundo real..., ¡viva!

Temblando, le tomé las manos. Sí, eran reales. Le toqué la cara, el pelo, los labios. Todo real. Aún no podía hablar.

—Ay, Ella —dijo—, no sabes cuánto me alegro de verte.

Yo sólo podía asentir. No me salían las palabras.

Rose siguió cotorreando, como la ardillita que era.

—Ya le dije a mamá que tú eres una superviviente. Si alguien puede salir entera de Birchwood, le dije, es Ella. Estás muy pálida... ¿Te encuentras bien? ¿Quieres sentarte? ¡A mí me tiemblan las piernas! Ven aquí, sobre la hierba... Ah, no, que te mancharás el vestido. Es un vestido increíble. ¿Es un diseño tuyo? Sabía que eras tú en cuanto te he visto cruzando el parque. Al principio no podía creerlo realmente, y entonces has sacado la cinta roja.

La cinta oscilaba sobre nosotras, un trazo rojo rosado entre las flores blancas.

Sentía alivio, asombro, alegría: todo eso a la vez mientras las lágrimas rodaban por mis mejillas y manchaban mi vestido rosa.

—¿Estás bien? Háblame, Ella. ¡Di algo!

Inspiré hondo, solté una risita e hice una reverencia.

—¿Me hace el honor... de concederme este baile?

Rose pareció desconcertada; luego se acordó también de aquel primer día en el probador, cuando nos pusimos a pulir el suelo con las manoplas en los pies. Ahora, en vez de los zapatos desparejados de Birchwood, ella llevaba unos de cuero con cordones. Ese pequeño detalle me llenó de felicidad.

—Bueno —accedió con una sonrisa—. Ya que me lo pide con tanta gentileza... ¡Será un placer!

Bailamos sobre la hierba primaveral el vals más dulce y feliz de la historia. Al cabo de un rato, nos estábamos riendo tanto que a mí me entró hipo, lo cual aún nos hizo reír más.

—Tienes que venir a conocer a mamá —dijo Rose bruscamente, interrumpiendo nuestro vals.

Entre hipidos, conseguí preguntar:

—¿Tu madre está viva?

—Inspira hondo y aguanta la respiración —respondió—. Es el segundo mejor método para quitar el hipo. No, no hables aún. Sigue aguantando la respiración. Aunque la mejor manera de quitar el hipo es tragarse un sapo vivo...

Saqué el aire de mis pulmones.

—¡Qué va! —repuse riendo—. Te lo estás inventando.

—¿A que se te ha ido el hipo? Mamá me enseñó ese truco. Y, sí, está viva y se muere de ganas de conocerte. La he vuelto loca contándole cosas de ti, explicándole que habíamos acordado encontrarnos hoy y que estaba segura de que vendrías. Ella me decía que no debía hacerme ilusiones y..., bueno, aquí estás.

—¡Aquí estoy!

Rose me dio un fuerte abrazo.

—Eres una superviviente, Ella, estaba segura. Mamá también es dura de pelar. Ya verás cuando te cuente ella misma toda la historia del tiempo que pasó en una cárcel política. No te lo podrás creer... ¡y es todo cierto! Cuando la soltaron, me localizó en un hospital de refugiados. Pero, bueno, eso es lo de menos.

Bajó la cabeza, como si a mí no fuera a interesarme su propia historia.

—¡Yo creía que estabas muerta! Que toda la gente del Hospital había subido por la..., ya sabes.

Rose se llevó las manos a la boca.

—¿Me creías... muerta? ¡Ay, no, Ella, no! Siento muchísimo no haber podido despedirme, o decirte adónde iba. Desalojaron el Hospital y nos llevaron al oeste. No me preguntes por qué. Algún plan absurdo para evitar que fuéramos liberadas, no lo sé. Fue todo muy rápido, no hubo tiempo para enviar ningún mensaje. Te dejé la cinta para que mantuvieras la esperanza.

Le apreté la mano, con la cara bañada en lágrimas. No me animaba a decirle que había llorado su pérdida todos los días desde que había encontrado el Hospital vacío y la cinta roja en el suelo, junto a su litera.

—¿Rose? —Al acercarnos, la mujer de la limpieza de la tienda de ropa se cubrió los ojos para protegerse del sol con sus manoplas amarillas.

Rose y yo estallamos en carcajadas.

—¡No es así como se pule el suelo! —dijimos las dos a la vez.

—Mamá, ¡ésta es Ella! —exclamó Rose—. ¡De verdad, y para siempre! Ella, ésta es mi madre...

La mujer se quitó las manoplas y se desató el delantal.

—¡Pasa, Ella! Eres muy, pero que muy bienvenida. Ahora tal vez mi hija dejará de decir y repetir que vas a llegar hoy.

Caí en la cuenta de que Rose quizá había dicho la verdad al asegurar que era una condesa, lo cual debía de significar que su madre también era una aristócrata. Conseguí contenerme y no hacerle una reverencia.

La madre de Rose prosiguió:

—¡Creo que esto hay que celebrarlo! Rose, no seas atolondrada y ocúpate de ofrecerle una silla a Ella antes de que desfallezca. ¿Tienes hambre? ¡Pues claro que sí! ¿Acaso no la tenemos siempre después de tantas privaciones? Voy a la pastelería. Bollos glaseados para todas, no reparemos en gastos. Y una ronda de champán del pobre... Es limonada —añadió en tono confidencial. Besó a Rose, me besó a mí, lanzó un beso al mundo en general y se fue bailoteando a la pastelería.

Ojalá yo también hubiera tenido una madre. A lo mejor Rose me dejaría compartir la suya.

Más tarde, después de los bollos glaseados y la limonada, hubo tiempo para explicaciones y preguntas. Todo embarullado y atropellado. Así supe que Rose se había tomado las medicinas que yo le había llevado y que de ese modo había logrado sobrevivir al viaje cuando se la llevaron de Birchwood.

—Te habrías sentido orgullosa de mí. Sólo repartí la mitad de las vitaminas —alardeó.

La habían trasladado en vagones de carbón a otro campo de prisioneros, y luego a otro y a otro, cada uno más abarrotado y caótico que el anterior, hasta que el último fue liberado.

—Con tanques y banderas y toda la cosa —explicó Rose—. Me acerqué a besar a un soldado para darle las gracias. Él arrugó la nariz, pobrecito (yo llevaba una gruesa capa de mugre), pero me dejó. ¿Te puedes imaginar lo que fue recibir ropas de verdad después de aquel horrible uniforme de rayas? Claro que puedes. Yo aún no me acostumbro a llevar otra vez sujetador. Se me caen los tirantes todo el rato. Pero... ¡ya basta de contarte mis aventuras! ¿Qué me dices de ti?

—Yo no he besado a ningún soldado —dije fingiendo que me hacía la ofendida.

—No, idiota. ¿Cómo saliste de allí?

—Salimos a pie —fue lo único que le conté—. Las perdí a todas de vista, excepto a Mina.

—¡Debería haber supuesto que ella lo conseguiría!

—Al final no lo consiguió. Pero... trató de evitar que me disparasen, lo creas o no.

—¡Gracias a Dios que lo hizo! —exclamó Rose horrorizada.

No era el momento para hablarle de Carla y de aquella última bala casi fatídica.

La madre de Rose declaró que deberían erigir una estatua a la granjera que me salvó de morir en medio de la nieve.

—¡Pondré a tu Flora en mi próximo libro! —anunció agitando su vaso de limonada a modo de homenaje—. El mundo necesita más historias sobre héroes reales. Especialmente sobre los que distinguen a una vaca de un buey, lo cual no es mi caso.

Me eché a reír.

—Yo nunca creía las historias que contaba Rose, pero ahora resulta que usted es una escritora de verdad, que ella es condesa y que antes vivían en un palacio, ¿no?

La madre de Rose pareció un poco ofendida.

—Pues claro, querida. ¿Por qué iba a creer nadie otra cosa?

—Ella no ha acabado de encontrarles el chiste a las historias, mamá —dijo Rose—. Tendremos que trabajar para educarla.

—Ay, no me hables de trabajo —repuso su madre—. ¿Has visto cómo hemos dejado este lugar? Nos hemos pasado una eternidad limpiando y pintando para que estuviera así de bonito. ¿Qué te parece?

—Sí —asintió Rose, poniéndose de pie de golpe—, ¿qué te parece, Ella? Esta habitación de delante acabará siendo la sala de exhibición, con los mejores vestidos expuestos en el escaparate. Entretanto, he pensado que estaría bien poner nuestras mesas de costura aquí, para que la gente nos vea trabajando al pasar. Mamá ha visto en el mercado una máquina de coser de segunda mano. Iremos juntas a comprarla.

Sonreí.

—¿Otra *Betty*?

—¡Otra *Betty*!

Rose se puso seria.

—¿Has sabido algo de tus abuelos?

—Aún no. No estaban en casa. He preguntado en todos los lugares a los que he ido. Seguiré buscando.

—Y nosotras te ayudaremos —brindó la madre de Rose—. Rastrearemos todo el mundo conocido en busca de noticias de tu familia. Yo tengo algunos contactos. Si es posible localizarlos, los encontraremos, te lo prometo.

Rose miró a su madre y no dijo nada. Supuse que no habían encontrado a su padre, que probablemente nunca lo encontrarían. Ya habría tiempo más adelante para oír ese triste capítulo de su historia.

Era casi abrumador estar sentada allí, en la tienda vacía, tejiendo un futuro con palabras, bordándolo con simples sueños. Estuvimos hablando hasta que anocheció y se encendieron las farolas, cuyo resplandor resultaba mucho más suave que el de los focos de las torres de vigilancia de Birchwood.

—¿Lo ves? La Ciudad de la Luz, tal como te conté —dijo Rose—. Te va a encantar..., espero.

Yo le apreté la mano.

—Ya me encanta. Simplemente no puedo creer que estés aquí... y que la tienda exista. ¡Demasiados milagros a la vez! Va a ser increíble, ¿verdad?

La madre de Rose afirmó:

—Tu primer encargo será hacerme una copia de ese divino vestido rosa que llevas puesto. ¿Dónde lo compraste?

—Eh..., lo hice yo —repuse con orgullo, aunque era plenamente consciente de todos sus defectos. Con mucha frecuencia, creía sentir como un pinchazo de un colchón de paja.

Rose sonrió.

—Ya te dije que era buena, mamá. Ella, ¿te acuerdas del primer día, cuando te plantaste delante de Mina en el taller y le dijiste: «Soy modista profesional, cortadora y diseñadora de patrones, y algún día tendré mi propia tienda de ropa»?

—Si consigo la tela —expuse—, diseñaré una serie de conjuntos de primavera. Entonces todo el mundo podrá tener su Vestido de Liberación... Es el nombre que le puse a éste.

Rose asintió.

—Después necesitaremos diseños para la colección de otoño y las exhibiciones de entretiempo...

—Bueno, ten por seguro que empezaremos haciendo remiendos y remodelaciones —dije pinchándole un poco la burbuja.

—Ya, ya lo sé —repuso Rose—. Pero yo puedo imaginarme el futuro, ¿no? Empezaremos modestamente, pero pensaremos a lo grande. Ya lo verás. La gente ya está harta de la moda apagada de los tiempos de guerra. Pronto querrán soñar y volver a lucir vestidos fantasiosos.

Yo sonreí para mí misma al imaginármela rodeada de libros y bordados, perdida en un mundo de sedas e historias.

Me volví hacia su madre.

—Si no le importa que se lo pregunte, ¿cómo puede permitirse alquilar este local? Tiene una ubicación preciosa, en una parte muy bonita de la ciudad.

—Ah, no, no lo alquilamos —replicó ella, mirándome como si acabara de acusarla de asesinato—. Es nuestro. Desde luego, no es nada comparado con los locales que poseíamos antes de la Guerra. Los requisaron los militares cuando mi marido y yo fuimos detenidos. El palacio de verano lo hemos perdido definitivamente, y lo mismo las casas adosadas y el chalet junto al mar. Éste es el único local comercial que he conseguido recuperar hasta ahora. Pero ¿qué importa, queridas? ¡Estamos aquí! ¡Y estamos vivas! Ustedes coserán y yo escribiré día y noche. Mi nombre y mi fama todavía valen algo. Y si llevamos los vestidos que tú diseñas, Ella, todas las damas distinguidas empezarán muy pronto a encargarnos otros para ellas. Nos estaremos bañando en champán antes de que te des cuenta.

Soltó una carcajada ante su propia extravagancia.

—Y no olvidemos el anillo —dijo Rose.

—¿Qué anillo? —pregunté.

—El que dejaste para mí en el Hospital...

—¿Ese anillo? Yo estaba convencida de que la enfermera Pato lo vendería inmediatamente y se quedaría el dinero. ¿De veras te lo dio?

—Claro. No hubo tiempo de hacer ningún trueque antes de que desalojaran el Hospital, así que la Patita me lo entregó por si acabábamos separándonos.

Vaya, ¿quién lo habría dicho? Yo me había habituado a encontrar tanto ángeles como demonios en la misma prisión. Pero aun así me costaba ver a la enfermera Pato como un ángel.

—Tampoco esperes sacar demasiado por este anillo —le confesé—. Es de imitación.

—¿Perdona? —me interrumpió la madre de Rose—. ¿Cómo se te ocurre decir que ese diamante es una imitación?

—Una imitación muy buena. Pero es de cristal, me temo.

La mujer extendió la mano.

—Querida, yo he llevado en esta mano más diamantes de los que tú has visto en tu vida. Y creo que sé distinguir uno auténtico cuando lo tengo delante.

Rose se inclinó y me susurró al oído:

—Además, lo hemos tasado en la joyería de la esquina. Es auténtico.

Intenté por un instante ver a Carla como un ángel. Lo intenté, pero fracasé por completo.

—¿Y no le importa usarlo —le pregunté a la madre de Rose— aunque fuese robado? —Yo misma aún me sentía un poco culpable por utilizar el dinero que había encontrado en el abrigo del Gran Almacén.

Ella frunció el ceño.

—Nunca sabremos a quién pertenecía ni qué le ha ocurrido a esa persona. Si el anillo nos brinda la oportunidad de vivir, trabajar y amar, que así sea. Y ahora, queridas, voy a ver si le saco algunas mantas más a esa dama tan amable que vive aquí al lado. Esta noche dormiremos tres en el cuarto de arriba.

El cuarto que había sobre la tienda, con el suelo de tablas, una bombilla desnuda y una ventana sin cortinas, me pareció un verdadero palacio aquella noche. Rose y yo compartimos uno de los dos colchones, tal como habíamos hecho en Birchwood. Era un millón de veces más confortable. Nos tumbamos allí, tomadas de las manos y sonriéndonos.

—Dime cómo sería un vestido adecuado para este sitio —me pidió Rose, como solía hacer cuando nos acostábamos.

—No puedo. Sería un vestido de baile tan deslumbrante que te cegaría por completo.

—Bueno, me pondría unos lentes de sol.

Hubo una pausa. Me tomé unos momentos para apreciar de verdad dónde y con quién estaba.

—Lo siento mucho —susurré de repente.

Rose me apartó de la cara un mechón de pelo, que ya empezaba a crecerme.

—Que sientes... ¿qué?

—Haber sido tan horrible muchas veces. Mandona. Mala.

—¡No recuerdo nada de eso! —replicó ella con una risotada—. Tú fuiste fuerte. Me mantuviste de pie.

Negué con la cabeza.

—No, fuiste tú la que me mantuvo de pie. —Luego, en voz aún más baja, añadí—: ¿Cómo sabías que vendría? ¿Cómo sabías siquiera que sobreviviría?

También en voz muy baja, Rose respondió:

—Porque pensar lo contrario era insoportable.

Dos días más tarde me subí a una escalera para empezar a pintar el rótulo del escaparate. Discutimos y discutimos sobre lo que debía poner. Yo quería «Rose y Ella». Rose quería «Ella y Rose». Al final llegamos a un acuerdo y pintamos un rótulo encantador de letras sinuosas que decía: LA CINTA ROJA.

La Guerra terminó. Lo celebramos con un atracón de bollos glaseados. El mundo no se había curado, claro, y nunca cicatrizaría del todo. Yo aún oía a la gente removiendo viejos odios y fomentando otros nuevos. En cuanto llegó la paz, empezaron a formarse nuevas divisiones entre Nosotros y Ellos.

Nuestro método de curación fue seguir el consejo de Girder y dedicarnos a vivir.

Cosíamos, reíamos, amábamos. Y cada día con menos temor a las Listas fatídicas. Si cuando se abría la puerta de la tienda yo alzaba la vista instintivamente temiendo que pudiera ser una Guardiana con una fusta y una pistola, también había otros momentos en los que esperaba que se tratara de una amiga. Quizá la propia Girder cumpliría un día su promesa de entrar allí como clienta. Y tal vez Francine, Shona y Brigid se acabarían presentando también para pedir trabajo.

Las listas, sin embargo, no se habían acabado aún para mí. Ahora había otras, colgadas de las paredes en las estaciones, los lugares de culto y los centros de refugiados, que yo repasaba todos los días. Las examinaba con la esperanza de encontrar impresos tarde o temprano los nombres de mi abuela y mi abuelo. Porque ésas eran listas de supervivientes. Y hay que mantener la esperanza, ¿no?

EPÍLOGO

La cinta roja es una historia. Como los cuentos de Rose, mezcla la verdad y la ficción. La verdad es que Birchwood existió realmente. Fue un inmenso complejo de trabajo y exterminio llamado Auschwitz-Birkenau.

Birkenau es una palabra alemana que yo he traducido por «birchwood» [abedul / madera de abedul]. Durante la Segunda Guerra Mundial, bajo la organización del régimen nazi —y con la ayuda y el apoyo de decenas de miles de personas corrientes—, millones de prisioneros sufrieron en Auschwitz-Birkenau y en muchos otros campos y subcampos, un proceso sistemático de desplazamiento, degradación y asesinato colectivo que ahora conocemos como Holocausto. Las víctimas eran aquellas personas consideradas «infrahumanas» por los nazis. El balance total de los que murieron de hambre, por enfermedad, ejecución y envenenamiento con gas es espantosamente elevado y se estima en unos once millones, incluidos un millón cien mil niños. Sólo en Auschwitz-Birkenau fueron asesinadas más de un millón de personas.

En medio de este horror, la esposa del comandante de Auschwitz, Hedwig Höss (mi Madame H.), empleó realmente a algunas prisioneras para que trabajasen en su guardarropa. Empezó con varias costureras en una habitación de su casa (una preciosa casa construida junto al campo) y luego, en 1943, montó en el interior del campo un taller con veintitrés costureras para que las esposas de los demás oficiales y las guardianas también pudieran lucir vestidos a la última moda. Este taller se llamó Estudio de Alta Costura.

La señora Höss describió su vida en esa casa, situada al lado de Auschwitz, como un «paraíso». Es un hecho que utilizaba a las prisioneras para el servicio doméstico. Es un hecho que uno de sus hijos pequeños la acompañaba al taller para probarse los vestidos, hasta que una costurera lo asustó enrollándose (cuando su madre no estaba mirando) una cinta métrica alrededor del cuello, como si fuera la soga de la horca.

Después de la guerra, Hedwig Höss fue capturada junto con sus hijos. Su marido, Rudolf, fue condenado por crímenes de guerra y ejecutado en Auschwitz. (Una de las niñas Höss, que no era aún una adolescente durante la guerra, trabajó más tarde en una boutique de moda de propiedad judía en Estados Unidos y, al cabo de unos años, con el modisto Balenciaga.)

Para relatar la historia, he simplificado la geografía del complejo Auschwitz-Birkenau. He procurado describir con claridad las atrocidades, escogiendo situaciones e incidentes auténticos, pero mis palabras no reflejan ni de lejos todo el horror de la violencia, la degradación y el sufrimiento vividos allí.

La cinta roja se sitúa aproximadamente entre 1944 y 1945. En el verano de 1944, ingentes cantidades de personas procedentes de los territorios ocupados por Alemania y de los territorios de sus aliados en toda Europa fueron trasladadas en tren a Birkenau para ser gaseadas. En octubre de 1944 hubo una revuelta que fue sofocada rápidamente. En enero de 1945, los prisioneros restantes fueron evacuados del complejo y dispersados a pie hacia otros campos de exterminio de Europa. Sus recorridos constituyeron verdaderas marchas de la muerte. Algunos millares permanecieron en el campo, que fue liberado finalmente el 27 de enero de 1945.

Las descripciones que aparecen en mi novela del Gran Almacén (llamado en realidad «Canadá», la tierra de la abundancia) no son en absoluto una exageración. Aún hoy se exhiben montañas de ropas, zapatos y otras pertenencias en el Museo de Auschwitz. Y representan sólo una fracción del botín amasado. Eran bienes robados a las víctimas que llegaban al complejo de Auschwitz: bienes que sobrevivieron a los incendios provocados cuando se desalojó el campo. Incluso en sus últimos días, cuando ya se enfrentaban a una inevitable derrota, los nazis quisieron ocultar las pruebas de sus crímenes.

Ella, Rose, Mina y Carla podrían haber existido perfectamente en Auschwitz-Birkenau, pero son fruto de mi invención, es decir, son personajes enteramente ficticios. Desde que escribí *La cinta roja*, he descubierto muchas cosas acerca de las vidas y los destinos de las auténticas costureras de Auschwitz, que constituyeron un extraordinario grupo de amigas leales, con una líder valiente y compasiva (¡nada parecida a Mina!). Pero ésa es una historia para otro libro...

Cada personaje de *La cinta roja* encarna las posibles elecciones morales que se presentan frente a la supervivencia y el deseo de salir adelante. Son elecciones que tomamos todos en alguna medida, ya sea en la rutinaria vida cotidiana, ya sea en circunstancias extremas. En Auschwitz cada persona actuó de la mejor manera que pudo. Unas veces, de forma excepcional. Otras, de forma deplorable. Puede ser peligroso juzgar la conducta de los demás sin conocer por qué hicieron lo que hicieron, y bajo qué clase de presión actuaban. Dicho esto, creo que todos debemos asumir la responsabilidad de nuestros actos, sean buenos o malos.

He decidido deliberadamente no hablar en el libro de países, religiones o regímenes concretos, lo cual no pretende devaluar en modo alguno la realidad indiscutible de que algunos pueblos en particular se convirtieron en objetivo preferente para la humillación y el genocidio. Los campos fueron concebidos para castigar y aniquilar a grupos específicos. Entre ellos figuraban los enemigos de la ideología nazi, todo el pueblo judío (sin importar la nacionalidad ni la práctica religiosa), los homosexuales, las comunidades gitanas, los Testigos de Jehová, las personas con capacidades físicas o mentales diferentes y otros.

La mayor parte de las personas asesinadas en Auschwitz eran judías. Eso nunca debe olvidarse. Lejos de querer negar la verdad histórica del Holocausto, he pasado más de veinte años reuniendo información de una amplia variedad de fuentes, incluidos muchos testimonios de supervivientes. Tuve incluso la fortuna de hablar con Eva Schloss, la hermanastra de Ana Frank, que trabajó en los almacenes de ropa Canadá. Me sobrecogió y me llenó de humildad mirar a Eva a los ojos, sabiendo que era una persona para quien lo que los demás llamamos *historia* era parte de su vida.

Mi sincero objetivo en *La cinta roja* ha sido revisitar una época de nuestro pasado que sucedió en la realidad sin la menor duda, pero también elevar las historias por encima de los detalles históricos concretos para mostrar experiencias universales. Los delitos de odio, lamentablemente, no son algo del pasado. Se propugnan como programa político y se ponen en práctica en pequeños gestos cotidianos protagonizados por personas que deberían tener más juicio. Tú, yo, cualquiera... Cuando dividimos el mundo entre NOSOTROS y ELLOS sembramos la semilla del odio. El odio genera violencia. Y la violencia, de un modo u otro, nos mata a todos.

Si somos capaces de ver los actos de bondad como actos de heroísmo, podremos contrarrestar el odio y la violencia.

Así lo espero.